芒博琼博
Mumbo Jumbo

[美] 伊什梅尔·里德 著　蔺玉清 译

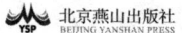

目录

译序......001

1......001
2......012
3......014
4......016
5......018
6......020
7......022
8......025
9......027
10......030
11......037
12......039
13......067
14......070

15 . . . . . . *072*
16 . . . . . . *074*
17 . . . . . . *077*
18 . . . . . . *081*
19 . . . . . . *093*
20 . . . . . . *095*
21 . . . . . . *097*
22 . . . . . . *099*
23 . . . . . . *108*
24 . . . . . . *122*
25 . . . . . . *124*
26 . . . . . . *127*
27 . . . . . . *132*
28 . . . . . . *137*
29 . . . . . . *141*
30 . . . . . . *143*
31 . . . . . . *154*
32 . . . . . . *158*
33 . . . . . . *160*
34 . . . . . . *161*
35 . . . . . . *163*
36 . . . . . . *164*
37 . . . . . . *166*
38 . . . . . . *168*

39 ...... *170*

40 ...... *171*

41 ...... *175*

42 ...... *177*

43 ...... *188*

44 ...... *190*

45 ...... *192*

46 ...... *196*

47 ...... *200*

48 ...... *201*

49 ...... *203*

50 ...... *207*

51 ...... *210*

52 ...... *217*

53 ...... *239*

54 ...... *253*

55 ...... *258*

尾声 *274*

译序

蔺玉清

伊什梅尔·里德,这位美国"黑人文学界的头号顽童"已经80岁了。

1938年,伊什梅尔·里德出生于田纳西州的查特努加市,幼年时随母亲搬到了纽约州的巴法罗市。20世纪60年代,他在纽约参加了当时的一些文学活动,出版了第一本小说,锋芒乍露。之后他以加州西海岸为家,在加州多元文化的背景下进行文学活动,以挑战纽约的文化精英圈、推动多元文化主义的发展为己任,多年勤奋不懈。在长达五十多年的创作生涯中,他出版了11部小说、6部诗集、12部论文评论集以及多部戏剧,他兼具诗人、小说家、剧作家、评论家、编辑和出版人等多重身份。同时,他还有自己的乐队,并且擅长画政治讽刺漫画,还为自己的著作设计封面和插图。

里德是继《隐形人》的作者拉尔夫·埃里森之后最受关注的非裔美国作家,也是全球文学读者和研究者们普遍熟悉的后现代文学代表人物。《芒博琼博》是里德的代表作,体现了里德以黑人文化挑战西方中心主义的思想。年轻时代的里德深受黑人民权运动和爱尔兰诗人叶芝的影响。叶芝等人利用凯尔特神话复兴爱尔兰文学,进而反抗英国殖民者的做法启发了里德,他从文学活动的早期就有意识地建构自己的文化艺术体系。厦门大学杨仁敬教授称里德的作品"结构怪诞,想象奇特,英文深奥难懂"。这不仅是针对中国读者而言，连美国读者也往往因对黑人文化的了解不足而误读里德。在这本小说中，他以美国黑人文化，尤其是黑人的伏都教为基点，反抗西方中心主义，发展了独特的"新伏都"美学思想。

《芒博琼博》的故事发生在20世纪20年代，小说可以看作是这个年代的另类风情志。作者告诉我们，这是哈定时代，是禁酒时代，但究其本质，是爵士时代。爵士时代并非是《了不起的盖茨比》中奢华的白人派对（其中连黑人的影子都少见），它是拉格泰姆、爵士乐、蛋糕舞、慢步舞、卡巴莱和非法小酒馆的年代，是黑人文化蓬勃发展的年代，是欧文顿的利瓦罗庄园里的盛大聚会（"欧洲的王子和哈莱姆的诗人亲密接触"），是棉花俱乐部（小说中化名"种植园俱乐部"）里卡布·卡洛维"嘿嘀嘿嘀吼"的音乐，是收音机电台里大胖子华勒的钢琴演奏。爵士时代曾盛极一时，但是骤然而至的经济大萧条令它戛然而止，人们开始为生计发愁，卡巴莱、音乐、舞蹈消失无踪，为什么这个年代如此戏剧？里德给出了他的神秘学解释。

20世纪20年代，某种类似病毒的神秘力量——"叶斯格鲁"（Jes Grew）流行起来，从新奥尔良一路逼近纽约，所到之处人们兴奋异常，纷纷陷入疯狂的舞蹈和音乐中，这引起了以白人文化为主导的传统势力和统治阶层的不安。叶斯格鲁是一个象征性的概念，它的"流行""传染"隐喻黑人文化的悠久、强韧、蓬勃、乐观、与自然息息相关且极具感染力，某种意义上说它就是小说的主角。为了抵抗叶斯格鲁对白人文化的侵蚀，一个叫作"阿托恩秩序"的组织指挥其旗下的"壁花会"来阻挡和消灭叶斯格鲁。壁花会找来了活了1000年的圣殿骑士亨克尔·范温普顿来对付叶斯格鲁。另一方面，伏都教巫师帕帕·拉巴斯一直期待叶斯格鲁降临纽约。他知道，叶斯格鲁在寻找它的"文本"，只要找到了"文本"并与之结合,叶斯格鲁就会瓦解以基督教①为核心的白人文化对其他弱势文化和宗教排斥和打压的局面,从而挫败西方中心主义。帕帕·拉巴斯一边以芒博琼博教堂为基地实施伏都教疗法,一边在海地伏都将军的协助下,揭露范温普顿的罪行。

叶斯格鲁、阿托恩秩序和壁花会都是作者虚构的"角色",美国黑人文化传统中经常有这种把某种抽象的力量拟人化的做法。叶斯格鲁代表了黑人文化的自由创新精神,作者赋予了它能够瓦解西方白人文化霸权的魔力。"叶斯格鲁"这个词出自斯托夫人的小说《汤姆叔叔的小屋》,书中的黑人小女孩托普希不知道自己从哪里来,不知道自己有多大,不知道自己的母亲,不知道时间,不知道上帝,她说自己"就这么生长"(I grow'd)。当黑人拉格泰姆音乐风靡北美和欧洲时,黑人学者、作家詹姆斯·威尔登·约翰逊说:"最早的拉格泰姆音乐,就像托普希一样,'叶斯格鲁'(jes' grew)。"里德引用了约翰逊这句话,旨在说明黑人音乐和舞蹈具有托普希那样自然生长的能力和非凡的生命活力。此外,里德让叶斯格鲁来纽约寻找文本也契合 20 世纪 20 年代纽约哈莱姆文艺复兴的年代特征。

与叶斯格鲁相对的阿托恩秩序代表了西方白人的统治特点:强调单一文化和单一的神。阿托恩(atonist)一词是作者从阿吞(Aten)一词衍化而来的。阿吞是古代埃及人崇拜的太阳神。古埃及第十八王朝的法老阿赫那吞在位时进行宗教改革,摒弃了所有的旧神,将阿吞视为唯一的神,古埃及从泛神崇拜转为一神崇拜。古埃及的宗教神话是这部小说神秘体系的主要支撑部分。

阿托恩秩序的保镖兼打手就是壁花会,这个神秘组织躲在政治背后,以武力和思想控制的形式来维护阿托恩秩序。它势力强

---

① 这里的基督教指广义的基督教,包含天主教、东正教、基督新教。书中除特别说明外,均为译注。

大，成员包括政治家、经济大亨、精英学者等共济会成员。为了消灭敌对势力，这个组织在基督教的旗帜下发动了十字军东征、第一次世界大战等。这次，这个组织想尽各种办法来阻止叶斯格鲁。"壁花"（wallflower）一词原指在社交场合中因为害羞或者受人冷落而不参加活动的人，尤其是指舞会里不会跳舞默默坐在角落里的人。里德将西方白人文化和政治秩序的维护者命名为壁花会，是在嘲讽他们缺乏生机和活力，与叶斯格鲁及伏都教形成鲜明的对比。

伏都教又称为巫毒教。在美国主流文化中，它被视为愚昧、迷信的宗教，人们往往把它同好莱坞电影中的巫毒娃娃、僵尸还魂和骗子通灵术联系在一起。实际上，伏都教起源于非洲西岸古老的约鲁巴族的宗教，是黑人文化的渊源之一，它随着黑人奴隶贩运而跨越大西洋，在海地和加勒比等地区流散开来，成为海地的主要宗教，在美国南方尤其是新奥尔良地区的黑人中也很有影响。

里德在开篇时引用了黑人女作家、民俗学家佐拉·尼尔·赫斯顿的一句话，介绍伏都教神灵的起源："一些未知的自然现象出现了/人们无法解释/就把它命名成一个新的神灵。"赫斯顿以小说《她们眼望上苍》而为读者熟知，但是她作为民俗学家研究海地和美国南方伏都教的重要成果却经常被忽视。小说中，身为黑人侦探、伏都教巫师的拉巴斯，是伏都教的重要神灵"十字路口之神"的"化身"。书中还有伏都教女神厄祖琳和海神奥格威现身（"神灵附身"）的段落。一方面，里德将伏都教看作黑人的文化源头与核心，因为它保留了非洲文化、宗教传统以及海地黑人的独立精神。另一方面，里德将伏都教视为"多元文化主义的完美隐喻"，是易于与其他文化交融的国际性美学，毕竟伏都教在流转过程中吸收了天主教、加勒比和拉丁美洲文化、新奥尔良的克里奥文化，形成了极具活力的文化特点。

里德在黑人宗教——伏都教的基础上,提炼了自己独特的"新伏都"文学创作手法和思想。"新伏都"吸收了伏都教兼收并蓄、即兴创作的特征,能够像伏都教一样挑战权威,还利用了伏都教中过去与现在并存的共时时间观反对西方的线性时间观。在伏都教时间观念的影响下,"新伏都"将美国黑人当今的文化与古老的非洲文化结合起来,将黑人的民族记忆与当今生活并置在一起,帮助黑人通过文化传统确立自己的历史身份。"新伏都"作为一种艺术思想,一方面突出黑人文化的生命力,另一方面表现了后现代主义挑战权威的颠覆性,体现了黑人艺术家突破白人文化制约的艺术自觉性。这与里德一直以来倡导和推进的多元文化主义思想是一致的。

小说不仅涉及了众多的伏都教神灵和犹太教、基督教的先知、宗教首领,还把伏都教与古埃及神话里的冥王,也是植物、农业和丰饶之神——奥西里斯密切关联起来,甚至还将奥西里斯宗教与古希腊文明联系了起来。奥西里斯、伊西斯和荷鲁斯的神话故事记载于金字塔的铭文和《亡灵书》中,在埃及、西非和北非地区广泛流传。在小说的神话框架之下,叶斯格鲁源自奥西里斯的生命活力,它在寻找由智者托特记录、一直在世界范围内流传的奥西里斯宗教思想的"文本",这份"文本"是"神圣的黑人作品"。奥西里斯的信徒把他的教义和文化传播到希腊、南美以及世界各地,古埃及的黑人文明影响了西方文明和世界各地文化,而西方中心主义却试图抹杀黑人文明影响西方文明的历史。

小说建构的宗教和神话框架里杂糅了非洲、欧洲以及美洲的神话传说、宗教信仰以及神秘学等因素,将古埃及神话传说与20世纪初的黑人音乐、舞蹈、文学、文化复兴结合起来,以叶斯格鲁的自由创新精神对抗美国的盎格鲁-撒克逊文化霸权。叶斯格鲁寻找"文本"的过程反映了里德通过伏都教建构黑人文化体系的艺术自觉性。叶斯格鲁本身就是生命,它不会消失,这种永生的精神体现了人类心灵深处对原始生命力的渴望,也预示着叶斯格鲁和"新伏都"将以开放的姿态继续发展、适时爆发。为了避免抽象地讨论"新伏都"文学和艺术创作,里德赋予了叶斯格鲁神秘的力量,将多维的黑人文化因素糅合到叶斯格鲁的自我生长力量中。

从叙事艺术方面来看,《芒博琼博》在文字中加入了电影、音乐、舞蹈、图片等非文字因素,文本的多重艺术形式变成了一场文学的焰火盛会。

小说在结构上,采用了一些电影艺术的模式,如:小说开始之前有一段如电影开幕时的声明:"本书为虚构作品。其中的名字、人物、地点和事件皆为作者想象或虚构利用。如与真实事件和人物(不论生死)有雷同,纯属巧合。"然后如电影叙事,先以一段序幕性质的故事开篇,然后才出现了小说的扉页、版权信息和献词等本该置于小说最前面的信息。小说结尾是这样的:"(汽车驶向曼哈顿的霓虹天际线,摩天大楼像魔法树一样闪闪发光。镜头定格。)"——再次体现了电影艺术的镜头感和开放性结局的特点。

小说中,里德将后现代非线性、片段化以及多层次的历史和黑人音乐、舞蹈的即兴精神结合了起来。小说的背景——20世纪20年代,那个时代的音乐和舞蹈狂潮是由黑人文化发展而来的,而黑人音乐和舞蹈使美国文化在这一时期被世界关注和承认。小说中大量的黑人音乐、舞蹈的指涉,让人眼花缭乱,同时也充分表现了黑人艺术蓬勃的活力。

《芒博琼博》中还频频出现新闻报道、词典词条、传单资料、作品引用、手写信件、文化图片、广播消息、电影资料、作者评论等叙事性文字之外的材料,以类文本的形式体现叙事形式的创新,这种做法使小说变得立体化,类文本之间也产生了文化的互文性。这也是里德这部作品的一大特点。

小说中还有一些属于里德个人的"极简"创作风格,例如对话不加冒号和引号,直接和叙述性文字"打成一片";数字尽可能地用阿拉伯数字,不用英文单词。翻译时,译者遵照了原文的习惯,表示数量的地方一律用阿拉伯数字,故译文中的阿拉伯数字要远远多于一般的文本,还望读者理解。

另外,原作的最后还列有长达五页的参考书目,使得这本小说作品看上去有了学术著作的严谨、系统气息。这体现了作者对西方文化与黑人文化的研究之深、之广。不过,鉴于参考书目的学术化性质,本译本采用了和日文版等外文版本一样的处理方式,没有翻译这部分资料。客观地说,这对于阅读和理解本书的内容,影响不大,对于文化研究者来说,更是保存了宝贵的资料。

1973年,里德的小说《芒博琼博》和诗集《施咒》同时进入全美图书奖的最后名单,他成为评论家眼中炙手可热的明星作家。尽管他的小说和诗歌一向多产,他也收获了包括1995年的古根海姆写作奖、1998年的麦克阿瑟奖、2011年旧金山文化节的"北非海岸奖"等诸多奖项,但是几十年过去了,他并没有赢得美国重要的文学奖项。背后的原因可以归结于里德"写作即斗争"的原则,他尖锐地批评白人文化、白人女权主义、黑人精英知识分子(这种批评态度在《芒博琼博》中就有体现),这导致他在美国文学界左右不讨好,受到左派、右派、中间派的批评,进而导致他的作品不能被美国主流文学奖项的评委们完全接受。但是里德这部作品的影响力不容小觑,《芒博琼博》如今已经被翻译成多种文字在世界各地出版,哈罗德·布鲁姆将该书收入《西方正典》附录的经典书目中,《芒博琼博》也被视为后现代文学的经典作品。

此外,里德的文化影响力早就超过了作家的范围,作为出版人的里德编辑了多部美国多元文学选集,他带领成立的"前哥伦布基金会"已有42年的历史,这一机构致力于推动多元文化主义的发展,并且每年颁布一次美国图书奖,以对抗纽约精英文化圈的垄断局面。诺贝尔文学奖得主托尼·莫里森得过这个奖项,我们熟悉的《杧果街上的小屋》也是这个奖项的获奖作品。里德的多元文化主义思想也越来越受到美国和美国之外学术界的重视,进入 21 世纪以来,评论家和研究者越来越关注里德的多元文化主义思想和实践,正视里德对于美国文学的贡献。2012 年和 2014 年,里德曾两度来中国访问和参加学术会议,多次提到了多元文化主义思想对于文化交流的重要意义。

  因为里德的"新鲜"和他写作与众不同的缘故,译序较多篇幅介绍了作者情况和作品的文化特点。其实作为小说,这本书除了丰富的文化内涵和创新实践,还具有所有优秀小说的共同性:非常强的可读性!宗教的神秘、神话传说的发挥、历史的演绎、侦探小说的悬疑、社会小说的复杂、爱情故事的噱头、权力与黑帮的纠缠,加上作者机智、幽默、俏皮、嘲讽的文风以及大量后现代主义文学手法的应用,全书读来犹如置身于艺术与文化万花筒中,令人眼花缭乱、兴致高昂、惊喜不断、流连不已……

  我能有机会翻译这本书也属机缘巧合,我的博士论文研究的作家正是伊什梅尔·里德,我在加州大学伯克利分校访学期间曾采访过作家本人,并有幸结识他的家人。通过近距离的交谈,我也切身感受到里德作为作家、诗人和文化评论家的魅力。里德和他的妻子卡拉·布兰科女士在我翻译的过程中给予了许多的帮助,里德本人也多次回答我的疑惑,他们的鼓励和帮助让我能够顺利地翻译完这本意蕴深奥、语言复杂的英文作品,在此向他以及他的家人表示感谢。

本书为虚构作品。其中的名字、人物、地点和事件皆为作者想象或虚构利用。如与真实事件和人物(不论生死)有雷同,纯属巧合。

1

新奥尔良市的市长,一个真正的花花公子,此刻正坐在办公室里,衣冠楚楚,棕白相间的漆皮鞋,呢子花格西装,鲁道夫·瓦伦蒂诺①式的中分、服帖的发型。懒洋洋地躺在他膝头的是祖祖,一个狂放轻佻的女人②。这个放纵的荡妇,身上的绿色亮片裙子在抖抖颤颤。

您最近工作到很晚啊。

市长递给祖祖一瓶走私来的松子酒。她啜了一小口,然后继续贴在他身上,举止轻佻放纵。她一副不知羞耻的大胆样子,深吸了一口切斯特菲尔德牌香烟。

电话铃响了。

---

① 鲁道夫·瓦伦蒂诺(1895—1926),出生于意大利的美国著名影星,20世纪20年代风靡好莱坞。
② 原文是 doo-wack-a-doo and voo-do-dee-odo fizgig。1924年威尔·唐纳森录制的一首歌,歌词里说:号角的 waa-waa 声让女人们疯狂起来(doo-wack-a-doo);Voo-do-dee-odo 类似20世纪30年代美国动画片《贝蒂》中的"boop-oop-a-doop",有一种新奥尔良的风情。这段文字涵盖了20世纪20年代美国的文化特征,涉及各种拉格泰姆的音乐和硬派通俗小说。

市长抬手拿起话筒。他马上辨出了电话里扑克牌友的声音。

哈里,你最好赶快来这里。休眠的那个东西现在开始蠕动了。

市长猛地站起来,祖祖一下跌落在地。倒地的姿势暴露了别在她袜带里的一小瓶酒,还有天生结实的长腿。

怎么了,哈里?

我得赶紧去医务室,祖祖,可怕的事情发生了,那个沉睡的东西已经醒了。我的祖父哈里和他那一代人还以为那不过是虚惊一场的东西。

市长拽着女人脖子上的狐狸皮围巾,快速离开市政厅,跳进他那辆停在路边的斯图兹·比尔凯特车①里。他们一路开车到了圣路易斯大教堂,这里曾是19世纪伏都教女王玛丽·拉芙常来做弥撒的地方,②离刚果广场只有大约10个街区。他们走上台阶,门上的小孔打开了。

乔让我来的。

怎么了,亲爱的?这是家地下酒吧吗?祖祖用那种拖着长腔的矫揉造作的调子问道。

---

① 斯图兹·比尔凯特车,第一次世界大战前后美国流行的高级跑车。
② 伏都教,又译"巫毒教",源于非洲西部,是糅合祖先崇拜、万物有灵论、通灵术的一种原始宗教。玛丽·拉芙是19世纪新奥尔良的伏都教女巫师,当时拥有大量的信徒,她死后葬在圣刘易斯公墓,至今仍有许多人到她墓地去祈求帮助。她的伏都教融合了一些天主教的成分。

门打开了，直通向教堂的主厅，那里如今已经改作了医务室。大约有22个人躺在推车上。

医生们匆忙地来来回回，他们戴着口罩穿着白大褂。门不时地打开、关上。

市长逐床检查那些沉睡的病人，其中还有教区的牧师。1个人走近他。

医生，情况如何？市长问。

有22个病人。唯一能让他们镇静下来的就是睡觉。

什么时候开始的？

今天早上。我们收到报告说这里有人进行"愚蠢的活动"，陷入了"无法控制的疯狂"，他们像鱼一样地扭动，跳着"老鹰摇摆"舞和"时髦碰撞"舞，他们跳着下流的"慢步"，"充满欲望地靠近"。① 我们破解的这个东西就是芒博琼博巫术。我们知道那个称作叶斯格鲁的什么东西正在发酵，和19世纪90年代骤然爆发的那次一样。我们以为当地受感染的地区是刚果广场，所以利用和它冲突的东西来对付它，想把它赶走；但是它开始和我们玩起捉迷藏，疫情出现在1个街区，然后是其他街区。它在我们周围跨越式前进。

---

① 都是布鲁斯舞蹈。

你就不能在显微镜下定位它吗？不能把它关起来吗？你就不能对这个该死的东西采取防御措施吗？你瞧，我正要参加选举——

让你的选举下地狱去吧！你难道不明白，如果这个叶斯格鲁传染开来，就意味着我们的文明都完了吗？

这么严重？

是的。你看，这不是那种会破裂、流血、吸入、腐蚀或者吞噬的细菌。我们无法将它聚集或者分类，一旦我们给它取1个名字，它就会变成另外的东西。哦，不，这是*精神传染病*①，不像是伤寒、黄热病或者梅毒，那些我们都能处理。但这分明属于某种古老的魔鬼式的疾病理论范畴。

那，牧师怎么样了？

我们审问过他了，他也中了病毒。他大喊大叫，就像拍着大鼓的乡下黑鬼女人那样胡闹。

那病人呢，你有没有问问他们到底是怎么惹上它的？

是的，问了1个人，哈里。当时我们以为是身体的疾病，我们检查了他的排泄物和饮水，试图发现某种普通的细菌。我们问了他一些问题，例如他看到了什么。

---

① 原文为斜体，书中以楷体标记。下同。

那他看到了什么?

他说他看到了祖鲁国的乌库鲁·库鲁,红、绿、黑杂色的巨蟒缠绕在火车头上,约翰尼乘船沿河而上。①

克莱门,他的感觉呢,他感觉如何?

他说他感觉到了非洲内陆的肠道和心肺。他说他触摸到了"黑豹之地"刚果。他说他得"离开他的主人",因为刚果"会这样做"。他说他觉得可以在硬币上跳舞。

好了,他听到了什么,克莱门?他的听觉。

他说他可以听到动物胫骨、单簧口琴、风笛、笛子、海螺号、鼓、班卓琴和卡祖笛的声音。②

继续继续,然后他说什么了?

他开始胡言乱语。这件事不是孤立的问题,它传染起来不管阶级不管种族不管意识如何。它在不断地自我繁殖,你也说不清什么时候它会再次发起攻击。

---

① 病人描述的幻觉都是些具有黑人文化特点的场景。乌库鲁·库鲁(Nkulu Kulu)和黑人宗教中至高的神灵(Nkulunkulu)近似;约翰尼(Johnny Canoeing)近似于贾卡努游行(Junkanoo),这是巴哈马和加勒比地区以及中美洲国家流行的一种全民性的舞蹈和游行活动。文中医生的这种转述失误说明他无法正确理解叶斯格鲁的力量,也体现了本书语言的多种含义。
② 这里列举的乐器不同于西方交响乐团的乐器,都是具有各民族特色的乐器。

医生，你有没有听听别人的意见？

你知道其他的感染者有谁吗？病人里有6个人是大学里最杰出的细菌学家、流行病学家和化学家。

外面一阵骚动声。市长冲出去，看见祖祖正在尽情地跳舞。周围的护理人员想要安抚她，却挨了她的巴掌。病床上的人突然跳起来，纷纷开始跳舞。市长觉得头皮上有种不舒服的感觉，很快他也开始表现出类似叶斯格鲁症状的动作，赶来帮助他的医生也突然开始漫步、起伏、滑翔，跳着舞着出门到了街上。街道两侧的窗帘纷纷打开，大楼里的灯亮了起来。一转眼工夫，随着叶斯格鲁进入新奥尔良的圣地，整个街区都震动了。新奥尔良混合了西班牙、法国和非洲文化，是个有魅力的城市，如今它已经发狂。到早上的时候，已经有10000例叶斯格鲁的病例。

愚蠢的壁花会什么教训都没吸取。他们以为19世纪90年代在刚果广场烟熏消毒就能够终结这股力量，那时人们在刚果广场跳巴姆布拉、查克塔、巴部列、康佳列、朱巴、刚果、伏都，他们以为这不过是一时的狂热。但是，他们不知道，叶斯格鲁和其他针对身体的传染病不一样，实际上，叶斯格鲁是反传染病的。有些病会使人日渐衰弱，叶斯格鲁则会让宿主活跃有生机。其他的传染病会伴随着恶臭（疟疾），叶斯格鲁的受害人则说闻到的是有史以来最清新的气味，带有玫瑰和香水的芳香，前所未有的味道诱惑了他们的嗅觉。有些传染病来自腐烂的动物，但是叶斯格鲁像生命一样令人兴奋，它的特点是奔放和忘形。可怕的流行病是由上帝的愤怒而起，但叶斯格鲁是诸神的欢乐。

叶斯格鲁正在寻找它的语言，它的文本。如果没有文本，再好的礼拜仪式①又有什么用？19世纪90年代文本不存在，叶斯格鲁孤立无援。也许20世纪20年代又是场假警报，叶斯格鲁会像来时一样匆匆地消失，伤心欲绝，再遭背叛(＋＋)。②

---

① 礼拜仪式，原指基督教中施礼敬拜的仪式，泛指宗教活动中敬拜的方式。
② 原文 double‐crossed 中 cross 有遭受背叛的意思，还有十字架的意思，所以作者在该词后面画了两个十字架符号，汉译之后无法传达原作的双重含义。

一旦乐队开始演奏,人们开始从街道的一边摇摆着到另一边,尤其是加入进来跟在参加葬礼的人身后的那些人。这些人被叫作"第二线"①,他们可以是街上任何一个经过此处并且想听音乐的人。神灵击中了他们,然后他们开始追随。

(斜体部分由我②所加)

——路易斯·阿姆斯特朗

芒博琼博(Mumbo Jumbo)

[来自曼丁哥语 mā–mā–gyo–mbō,指的是"让祖先受困的灵魂解脱的巫师",mā–mā,祖母 + gyo,困境 + mbō,离开。]

——《美国传统英语辞典》

---

① 新奥尔良乐队游行中,"主线"或者"第一线"是游行演奏的主要部分,"第二线"指大街上喜欢听音乐加入进来唱歌跳舞的人。
② 我,指作者伊什梅尔·里德。后同。

Mumbo Jumbo

芒博琼博

伊什梅尔·里德

一些未知的自然现象出现了
人们无法解释
就把它命名成一个新的神灵。
——佐拉·尼尔·赫斯顿①关于新的神灵起源的解释

最早的拉格泰姆音乐,就像托普希一样,"叶斯格鲁"。

……我们挪用了叶斯格鲁歌曲中最后一首。
这是一首传唱已久的歌
传遍了南方。歌词是不雅的,但是
曲调极有魅力,并且不归任何人所有。
——詹姆斯·韦尔登·约翰逊②
《美国黑人诗歌》

---

① 左拉·尼尔·赫斯顿(1891—1960),美国非裔作家、民俗学家。她曾经深入海地、牙买加等黑人聚居的地区研究伏都教,其成果有《美国伏都教》(1931)、《告诉我的马》(1938),代表作为小说《她们眼望上苍》(1937)。
② 詹姆斯·韦尔登·约翰逊(1871—1938),美国非裔作家、教育家以及民权运动家,他曾是美国有色人种协进会(NAACP)的第一任行政秘书,他的诗歌是哈莱姆文艺复兴的代表性作品,另外他还收集反映黑人文化的诗歌和小说。1914年,美国涉入海地政变时,他曾在海地调查美国军事占领给海地带来的问题,引起了世人对这个黑人国家的重视。小说中叶斯格鲁的说法正是来自于他,里德在书中反复提到他的贡献。

献给我的外祖母
艾玛·柯尔曼·刘易斯
以及
克莱伦斯·希尔
第6大街东"天秤座"的经营者
并致敬乔治·赫里曼
非裔美国人
漫画《疯猫》的作者

2

叶斯格鲁沿着一条奇怪的路线传遍了美国,速度和布克·T.华盛顿①的口口相传信息网②一样令人吃惊。它袭击了阿肯色州的派恩布拉夫和马格诺利亚,密西西比州的纳奇兹、默里迪恩和格林伍德也报告有情况发生。田纳西州的纳什维尔和诺克斯维尔也有零星的状况,而圣路易斯的碰撞和扭动开始失控,政府不得不请海军警卫队来帮忙。叶斯格鲁具有巨大的影响力,所到之处皆受其感染。

---

① 布克·华盛顿(1856—1915),美国黑人政治家、教育家。1895年,华盛顿发表了著名的亚特兰大演说,成为美国黑人的代言人。
② 出自布克·T.华盛顿的自传《超越奴役》,里面提到黑人奴隶靠着这种口口相传的信息网络,往往比白人更早获得时事信息。

3

欧洲又一次试图寻回圣杯,吉本①所说的"粗心草率的军队"——条顿骑士团②又一次搞砸了。他们没有袭击异教徒的神殿,而是选择了杀戮。在瓦尔基里③的异教神话里,他们不断地战斗,负了致命的伤,休养时大吃猪肉、大喝蜂蜜酒恢复体力,伤愈之后又不断地打仗。但是,壁花会没有选择的余地。条顿之外唯一的骑士团④已经蒙羞多年。壁花会有时候也想冲动地召集他们,只有他们才能抵抗叶斯格鲁,保卫西方的宝贵传统,他们能够管理叶斯格鲁的监视站。但是,当年的那场审判已经毫无争论的余地,把那个骑士团从西方和阿托恩秩序中赶了出去。审判谴责他们是"贪食的狼,心灵的亵渎者"。

叶斯格鲁危机日益严重。雪上加霜的是,黑种人、黄种人和红

---

① 爱德华·吉本(1737—1794),英国历史学家,著有《罗马帝国衰亡史》。
② 条顿骑士团,十字军骑士团的一支,和圣殿骑士团、医院骑士团称为"三大骑士团"。
③ 瓦尔基里,北欧神话中的女神。
④ 指圣殿骑士团。该骑士团曾富可敌国。1307年10月13日星期五,圣殿骑士团成员几乎都被逮捕,包括总团长雅克·德·莫莱。雅克·德·莫莱在狱中不堪酷刑而认罪,罪行是"否定耶稣基督,践踏十字架"。他被迫写信给每一位骑士团成员,让他们承认这些罪行。随后法国国王腓力4世和教皇克雷芒5世下令在整个基督教世界搜捕骑士团成员,该骑士团大部分成员死于审讯,其余被处以火刑。

种人组成的**姆塔斐卡**①正在抢劫各地的博物馆,把战利品运回它们原来的地方。由于叶斯格鲁,美国已经开始呈现颓势,现在又加上**姆塔斐卡**。美国是欧洲最后的希望了,是"人类"伟大成就记录的保护者,欧洲无法再负责守护文明的"神物"了,那些物品如今放在纽约市的各种艺术拘留所②里。这是强盗资本家、铜业大王、石油大亨、企业大亨和绅士种植园主资助的走私品营业场所,里面的牢笼里存放了来自非洲、南美和亚洲的财宝。

守护这些赃物的军队比大多数国家军队的规模还要大。这也无可非议,因为如果这些财宝落入"不法分子之手"(财宝原本所在的国家),就会重新点燃人们对于这些艺术的兴趣,而这些艺术毕竟来自长期被侵害的文明。

---

① 姆塔斐卡(Mu'tafikah)——《古兰经》里,居住在被毁灭的城市的阿德人叫作姆塔斐卡。我把这些"劫掠艺术品的人"称为姆塔斐卡,是因为索多玛和蛾摩拉的居民是他们那个时代的波西米亚人,而波比朗和他的同伙则是20世纪20年代曼哈顿的波西米亚人。——原注
② 作者把收纳艺术品的博物馆称为"艺术拘留所"。

4

1920年,查理·帕克①出生了,任何其他大师都没有资格授予这位恩贡②(这个词来自西非古国加纳王国的 *n'gana* 一词)巫师响铃。③ 1920—1930,这10年被刻意忽视的非法贩酒的历史,似乎不属于美国历史的一部分。被抑制的东西只待喷涌而出。

叶斯格鲁的携带者④是因为棉花来到美国。为什么是棉花?美洲印第安人往往只凭水牛一种动物满足所有的需求,食物、居所、衣服,甚至染料;爱斯基摩人只靠鲸鱼;古代的埃及人从橄榄树上能够获取一切,甚至还用它来照明。但是美国人想种棉花。他们本可以种黄豆,养牛养猪,用饲料喂动物。没有什么理由,就是棉花。看着黑色的手碰触雪白的棉花,会不会有非同寻常的兴奋?

占星家伊万杰琳·亚当斯⑤说美国诞生于7月4日3:03,双子星升起之时。它善变、不安又暴力。它西望菲律宾群岛,觊觎着新边疆;它南望南美洲,干涉这些国家的内政,称自己的海盗行为能

---

① 查理·帕克(1920—1955),美国爵士乐史上最伟大的中音萨克斯风手。
② 恩贡(Houngan),源自非洲约鲁巴宗教的战神 Ogun(也称作 Ogoun),他是主管火、铁、狩猎、政治、战争的神灵。
③ 海地伏都教中的男性巫师叫恩贡(Houngan),女性巫师叫作曼波(Mambo),他们具有至高的宗教地位,他们手里拿的爱颂(Asson)表示其权威。爱颂是一种用葫芦做的响铃。
④ 携带者,指的是美国黑人,作者在小说中指出黑人和叶斯格鲁有种天然的联系。
⑤ 伊万杰琳·亚当斯(1868—1932),美国19世纪末20世纪初著名的星象学家。

给这些地区"带来稳定"。如果英国文风是丘吉尔式的威严雄辩,美国的风格就是集市上烟草拍卖商和戏院门口招徕观众的人的吆喝,是鲁尼恩、拉德纳、温切尔,①是能把布鲁克林桥每天卖一遍的旅行推销员,②他能骗得你相信南极能种烟草。如果20世纪20年代英国人宣称"大英帝国太阳永远不落",美国人的格言则是"每分钟都有傻子出生"。美国是"见过世面"自命不凡的青年人,开着改造过的大马力汽车。这个暴发户参加华盛顿的削减军备会议,和英国玩挑战胆量的游戏,建议英国人把包括英国海军的骄傲——皇家舰船和"乔治5世"在内的4艘舰船报废。长着一张斗牛犬脸的英国海军上校贝蒂③怒气冲冲地离席退场。

---

① 达蒙·鲁尼恩(1880—1946),美国记者、短篇小说家。他的作品讲述赌徒、混混、演员、黑帮成员的故事,幽默而富有感情,经常使用各种绰号。由他而起的"鲁尼恩式"风格指的是正式文体和丰富的俚语混在一起,使用幽默的绰号描述各色人物。林·拉德纳(1885—1933),美国体育专栏作家、短篇小说家,擅长讽刺性写作,爵士时代的作家海明威、菲茨杰拉德都对他的文风表示欣赏。华尔特·温切尔(1897—1972),美国电台主持人,坚定的右翼分子,反对共产主义,说话语速极快,夹带着很多美国俚语。
② 美国习语,指骗子和容易上当的人做的交易。
③ 戴维·贝蒂(1881—1936),时任英国第一海务大臣,代表英国参加1922年的华盛顿会议。1922年华盛顿会议期间,美国、英国、日本、法国和意大利5个海军强国签订了《限制海军军备条约》(即《华盛顿海军条约》)。

5

壁花会为了对付心理传染病,任命了反叶斯格鲁的总统——沃伦·哈定①。哈定竞选获胜的主张就是"让我们结束这扭动摇摆"②,说明他将不再容忍叶斯格鲁传播。所有的叶斯格鲁同情者都将受到惩罚,所有的携带者将被隔离消毒。只要他一入职,就会采取免疫疗法。

哈定并未曾察觉,一个来自壁花会的间谍在监视他,这个人成了他的司法部长③。(另外,他身边围绕着一个被历史学家称为"俄亥俄帮派"的奇怪群体。)

壁花会计划的第2步是要打造一个发言机器人,他可以在黑人内部发挥作用,因为黑人似乎是叶斯格鲁的典型宿主。要把叶斯格鲁赶走,把它分类、分析、驱逐、杀死,赶尽杀绝,他们需要一个可以随意利用的发言人。他将会是喋喋不休的抗生素,能够打掉像个顽固的胎儿一样紧紧地附在美国子宫里的叶斯格鲁。

换句话说,这个发言机器人将致力于打碎、分解叶斯格鲁这种病毒,控制住它。开始这场运动之前,壁花会先印制了数百份"禁止跳舞"的海报。

---

① 沃伦·哈定(1865—1923),美国第29任总统(1921—1923)。
② 《哈定时代》——罗伯特·K.穆雷。——原注
③ 指时任司法部长的哈利·多尔蒂。

大家都赞同该做点什么。

"叶斯格鲁是棉铃虫,侵蚀我们的形式、我们的技术、我们的整体美学。"一个南方的议员说。"我们必须考虑叶斯格鲁对2000年文明可能造成的影响。"加尔文主义①的社论作家们高声表达自己的主张。

---

① 加尔文主义,即加尔文教,又称"长老教派",是新教三个教派之一,在美国影响较大。

6

新奥尔良市一片狼藉。人们在大街上清扫杂物,城市的头脑又恢复了平静,正常如初。经过了整夜的大喊大笑、喃喃倾诉、踏着鼓点跳舞,城市又睡着了,天空中有奇怪的光线条痕划过。大街上还有许多人,他们在等待下次的爆发。叶斯格鲁下次什么时候会再来?再过5分钟?3天?还是20年?如果说19世纪90年代叶斯格鲁试探众人反应时还是区域性的,现在它已经是普遍流行了,它越过好几个州奔向芝加哥。

● ○

有人设法悄悄溜进了市长的私人病房,他们活像20世纪30年代侦探电影里墙上投映的跟踪者的样子。他们在市长床前放了张桌子,一个戴着面罩只露出眼睛和嘴巴的人宣布开会。

这看上去像场审讯,这个男人负责主持,以查清为什么市长这样一个共济会会员会在叶斯格鲁的传染面前丧失了核心抵抗力。这可是个不好的兆头。如果叶斯格鲁对古老的疗法——欧洲血液中流淌的救命病毒——已经免疫的话,人类就完了。这个消息绝不能泄露出去,市长甚至愿意拿起铜匕首"做个了断"。一切为了阿托恩主义。等到他发出最后的呻吟,无力的手垂落在床侧摇晃,来访者们才悄无声息地离开,和来时一样。

这并非是一般的任务。当壁花会的秩序遭到可怕的外来挑战时，他们普通的负责人——政客、学者和商人都得靠边站。曾有人说过，所有政治和文化战争的表面下都隐藏着秘密团体的斗争。有位作家曾暗示，童谣和科幻书可能比任何政治领域的传单、小册子和宣言更具有革命性。

7

纽约的帮派斗争已经司空见惯了。"可怕的火花塞""巴尔的摩血浴盆""费城斯库基尔游侠队""纽约鲍厄里街的死兔帮""罗奇警卫"和"牛湾黑帮"等白人帮派常引起城市的恐慌,他们抢劫、突袭,还时不时地和警察僵持对峙。

巴迪·杰克逊最近卷入了帮派斗争,他以脚蹬时髦的带花图案的彩色鞋子和豪华的生活方式而著名。关于他有很多传奇故事,他曾大摇大摆走进警察局,打晕了警察队长,原因是警方没有及时为他的生意提供保护。后来,当高谈阔论的众人还一如既往地饶舌不停的时候,他派出护卫队到皮克斯基尔①,从"白人那里把自己人救了出来"。

啤酒巨头施利兹在哈莱姆经营赌博业和非法酒吧获利不菲,人称他为"约克镇警佐"。他名下的商铺窗户上都有"荷兰大师"牌雪茄烟盒②做标志。

1天,正好是施利兹收钱的日子,3辆帕卡德车③停在1家门店前,这家店在"警佐"名下。这条位于哈莱姆的街道有些不寻常地

---

① 皮克斯基尔,纽约哈德逊湾东部的小城。
② "荷兰大师",著名的雪茄品牌。它的包装上使用了荷兰绘画大师伦勃朗1662年的画《纺织工会理事》。
③ 帕卡德,1899年成立于密歇根州的底特律市的美国汽车生产商,于1958年倒闭。其生产的帕卡德车曾是豪华汽车的代表。

安静,唯一能听到的声音是"警佐"的漆皮鞋踩在人行道上的动静。那些推销员、"新黑人"①,该在上班路上的"抛火腿""翻锅子""厨房技师"呢②,他们都去哪里了?那些妓女和她们的甜爹、叫卖的商贩、交通警察、卖大麻的人呢?卖大麻的人一般站在街角光明正大地做生意(那时是合法的)。既没有狂欢的男人也没有放荡的女子,整条街上空空荡荡……

施利兹往第一家店的窗户一看。怎么回事?"荷兰大师"上的伦勃朗没有了,取而代之的是黑人共济会非洲会馆1号的创始人王子霍尔③的画像,画里的霍尔紧盯着"约克镇警佐"。

施利兹继续往前走,3辆帕卡德跟在他后面。下一家店也是同样的情况。王子霍尔穿着殖民时期的正式服装,长燕尾服,背心下露出带褶边的白色衬衣和领子,戴着白色的短发套。

这幅画像非常逼真,以至于王子霍尔的气质也清晰可见。他右手握着的是英国颁发给黑人共济会的许可证。施利兹耸了耸肩,他嘴里叼着根雪茄,走到路边和一个帕卡德车的司机说话。突然有个冰凉的东西抵住他的脖子。转过身来,他看见巴迪·杰克逊站在身后,用汤普逊自动步枪瞄准了他。这种枪当时被叫作"走私犯专用枪"。

施利兹的手下马上拿起枪,准备打开车门营救老板。巴迪·杰克逊的人从屋顶上来了串扫射,这伙人穿着衣领夸张的上衣、喇叭裤,斜戴着帽子。"警佐"的人坐在车里不敢动。子弹呼啸着打

---

① "新黑人",哈莱姆文艺复兴时期的一种流行称呼,指的是对美国的吉姆·克劳政策更有反抗精神的黑人。艾伦·洛克编辑的文集《新黑人》对这个称呼的流行有重要意义。
② 这一连串称谓是对在厨房工作的黑人的俚语说法,当时南方的很多黑人来到哈莱姆,做厨房帮佣工作。
③ 王子霍尔(1735—1807),美国"黑人共济会"的创始人,创立了北美的非洲总会馆,致力于黑人平等事业。

中汽车的正面,擦过车顶和车厢。巴迪·杰克逊警告"警佐"离开哈莱姆,"永远别再弄脏我们地盘的大门"。他把"警佐"押到地铁口,许多人跟着围观,他们刚才在过道、公寓、小巷子、酒吧、办公室、美发店里目睹了这一幕。大多数人靠读报纸了解有什么新鲜事发生,但是在20世纪20年代的哈莱姆,人们依靠口口相传的方式。布克·T.华盛顿深谙此术,他就是那个1895年9月18日在亚特兰大"棉花州博览会"上对成千上万的人"施了魔法"的人。

8

把20世纪20年代想象成一场汽车拉力赛,参赛者都努力争夺冠军头衔是时代的本质——时代的血肉消逝之后剩下的那种气质,20世纪20年代闪光的灵性本质,简洁地代表时代特征的那种东西。喀迈拉①怪物一样的参赛选手们列队而来。

首先过来的是"哈定时代",刻板的镀铬金属装饰板,沉闷的燕尾形车身,中规中矩的大礼帽前盖,外观总体上是沉稳少变化的造型,车的内部却是暴露真相的扑克牌、昂贵的走私酒,还有后座上阵阵丑闻的气息。另一个是"禁酒时代":非法酒吧、卡巴莱②、后窗窗帘拉起来遮住里面违禁物的注定要驶向海边葬礼的灵车。

现在想象得出,这场时代拉力赛的观众是群无事可做的闲人,就像是光顾"蓝丝带狗狗秀"的那种人。狗主人们在检查他们的哈巴狗、苏格兰牧羊犬、斗牛犬、德国牧羊狗,这时,一只杂种狗一样的破旧老汽车凑过来,在观众的叫骂声中,开始毫无预警地加速,伴随着小号的嘹亮、萨克斯的低吟和灰熊舞的粗野而疯狂起来,把它所有的对手远远甩在后面。

如果"爵士时代"这个词是时代的本质和特征,那么叶斯格鲁

---

① 喀迈拉,希腊神话里狮头、羊身、蛇尾的喷火妖怪。这里指的是想象出来的虚妄之物。
② 卡巴莱,指的是具有喜剧、歌曲、舞蹈及话剧等元素的娱乐表演,表演场地是设有舞台的餐厅或夜总会。此类演出的场地也可以称为卡巴莱。

就是让它能够像酵母发酵一样传遍美洲大陆的病毒。

参考文献《我们的时代》可以说明这个问题：

哈定当选总统时的美国①

由于战时的紧张结束，这个时代的人们处于精神疲惫的状态；由于战时刻意形成的团结结束，国家之间不和；战时的高额生活成本持续，导致罢工不断；战时的物价开始下跌，造成经济危机，在一定程度上，由于战争及战后经济错位造成了各种动荡。鉴于此种种，人们的不安和恐惧情绪日益增加，以骚乱和冲突的形式表现出来。出现了波士顿警察罢工，钢铁工人罢工、"消费者抗议运动"和"租房抗议"，还有"红色恐怖"、邮包炸弹、纽约金融街的爆炸案、驱逐激进分子、限制移民入境、世界产业工人联盟以及"大工会"、萨科和万泽提、白人和黑人之间的种族暴乱，等等。②当哈定当选总统时，一切都显示这是个不幸的国家。

---

① 《我们的时代》，第6卷，《20年代》——马克·苏利文。——原注
② 此处列举的一系列冲突骚乱说明美国当时的社会不安定。1919—1920年的"红色恐怖"是因共产主义与左派激进主义的兴起，在美国造成的恐慌。萨科和万泽提指美国在20世纪20年代镇压工人运动中制造的一桩假案，在世界范围内引起巨大的抗议浪潮。

9

华尔街气氛紧张。有些没有受感染的年轻人坚决拒绝回避叶斯格鲁,最近发生的一切让他们很有可能受到感染,成为摩登人士。上次报道说,叶斯格鲁正飞往芝加哥,之前阿肯色州有 18000 例病例,田纳西州有 60000 例,密西西比州有 98000 例,甚至连怀俄明州也有疫情发生。再过几个月,会有女人因为走在新泽西的大街上唱"每个人都在这样"①而被捕。一周之前,华尔街有 16 个人被炒了鱿鱼,原因是他们出现了叶斯格鲁的症状,在午餐期间跳了小鸡舞。这些戴网眼刺绣帽的女孩、戴草帽的年轻人威胁说要报复解雇他们的证券经纪人。

年轻人们想要身子贴着身子、脸贴着脸跳舞,但年纪大的人主张立法禁止他们跳舞时距离小于 9 英寸。年轻人想跳放克舞、黑臀舞,但年纪大的人更喜欢华尔兹,华尔兹是针对目前这种流行病的有效预防措施。年轻人想用灵活的身体活动来消遣、放松,然而年纪大的人强烈批评他们,要求中断、停止这种淫荡"罪恶的"邦尼·哈格舞②,这种舞带有挑逗性的碰撞、扭动,还有狂野、不知廉耻的抚摸动作。

---

① 《空中的卡索尔》——艾琳·卡索尔。——原注
② 邦尼·哈格舞,20 世纪初期美国年轻人中流行的拉格泰姆音乐伴奏的舞蹈,和其他的"动物"舞蹈一样,这种舞蹈在上流社会掀起了轩然大波。

伏都将军包围太子港的美国海军

……这让危机更严重了。一个肥胖的、胡须柔软光滑的强盗资本家看到《纽约太阳报》上的这一头条——为了盖住他那满是有毒废物的庞大身体,白白牺牲了一头海豹做衣服——他粗暴地断言:海地唯一拿得出手的是杧果和咖啡,有了禁酒令,我们已经不需要咖啡了,杧果只有少数人喜欢,新奇玩意儿而已。海地不过是牛肉加土豆大餐之后的小菜。那里也没有任何文化,我去的时候那里连一门大炮、一个教堂都看不见。你看这儿!

他从口袋里掏出一个木质雕像。这个丑陋的雕像是我妻子给我的,她从黑市上一个皮脖子①那里买的……猪一样的圆鼻头、香肠嘴唇,你有没有见过这么丑的玩意儿?威尔逊把南方海军派到那里是真聪明,美国兵一定能快速把这事情搞定!伏都将军?荒唐!

你知道他为什么把部队派去吗?他的同伴问道,他拿了把黑色的雨伞,戴着圆顶礼帽,灰西装、黑鞋子,胳膊下夹着份华尔街报纸。

我想明白了。据说老头子身体虚弱,他的妻子在主持工作。也许是老太婆为了某个新时髦探险呢。你没见她头顶绑着篮子在白宫的草坪上走来走去吗?这难道不可笑吗?

2个人走近布罗德和市场路交会处的时候,有个黑人正给阔步走来的巴迪·杰克逊和他浅褐肤色的女伴开车门。这一对走向银行的大门,杰克逊拿着个大袋子要把昨晚卡巴莱赚的钱存进去。那个证券经纪人正要评论杰克逊的女伴"热辣",一阵巨大的爆炸

---

① 皮脖子,俚语,指美国海军队员。

声响起。周围的摩登女郎们四下散开,人们的身体飞向空中,然后血肉横飞地倒在地上。3辆帕卡德从远处开到路口,又极速转弯飙走。

摩登女孩、意大利佬、时髦男子、经纪人、速记员、马车、汽车、自行车在大街上一片狼藉。那个证券经纪人和他的朋友几分钟前还在深入分析占领海地的经济意义,如今他横在大街上,嘴角汩汩流血,他同伴1/2的残尸横在他身边。

10

据说他的祖先长期担任尼日利亚东部阿诺的守护者,能够传达神谕,当年他坐在山洞口,他的信徒们恭敬地站在浅水中聆听。

另一种说法说他是夏宫里那个赫赫有名的摩尔人的化身,苏菲教文献里说他是让欧洲的女巫们发疯的那个黑吉卜赛人。不管他的祖先是谁,不管他的血统如何,大家都知道他的祖父是被奴隶船带到美国来的,他和其他奴隶把非洲的宗教带到了美国,这种宗教保留发展至今。

一个残忍的年轻种植园主买下了他的祖父,不久之后人们发现这个种植园主上吊死了。接下来的奴隶主们都是类似的命运,发疯、酗酒、得病、生出智障的孩子。一个喝醉的白人辱骂了他,这个人污言秽语之后不久就死掉了。

他父亲在新奥尔良以经营邮购草药的生意起家。帕帕·拉巴斯①身上携带叶斯格鲁并不意外,就像普通人携带家族基因一样自然。

一个小男孩踢了他的狗,那只名叫"伏都3分钱"的纽芬兰犬,结果男孩整晚都躁动不安,不停地磨牙。一家仓库拒绝给他的教堂某种特殊的草药,结果着了火。他那座位于褐色石头街的教堂

---

① 帕帕·拉巴斯,在海地伏都教中叫作 Papa Legba,在美国伏都教中叫作 Papa Labas,意为"十字路口之神",他的形象和书中描写的近似。

是个心灵杂货店,他诊断顾客的灵魂,拿出适合每个人的方案。这个总部被批评者们嘲笑为"芒博琼博"的巫术教堂,其实是个经营珠宝、黑人星象图、草药、药剂、蜡烛和护身符的作坊,这里治愈和帮助了许多人。

人们相信他的能力。他们曾目睹拉巴斯仅凭注视就将桌上的杯子打翻,他能让美洲豹的嘶吼和大象的长鸣等森林动物的声音充斥整个屋子。他常坐着一辆洛克莫比尔①汽车到处走动,车的名字让他的批评者们觉得好笑。他的批评者包括汉克·罗林斯,罗林斯是来自几内亚的艺术评论家,在牛津受的教育,他称帕帕·拉巴斯是"福音传教士",还说期待有一天拉巴斯可以"好起来"。对于有些人来说,有自己的想法意味着你的思想有毛病,但是如果你有阿托恩主义的思想,你才是健康的。阿托恩思想试图用唯一的洛阿②来解释世界,无异于把海洋装进一个牛奶瓶里。

他的身影常出现在哈莱姆,穿着双排扣大衣,戴着折叠礼帽、茶色眼镜,拿着手杖。现在他正要把大蒜、鼠尾草、百里香、天竺葵花水、罗勒干叶、欧芹、硝石、月桂油、马鞭草精华和金银花草药送到芒博琼博教堂的 2 楼。这是给一个夜里睡不好觉的老妇人准备的。

门牌子上写着:

帕帕·拉巴斯
芒博琼博教堂
适合你的头脑

当他爬上芒博琼博教堂 2 楼的时候,办公室已经该关门了。

---

① 洛克莫比尔,是美国一家在 1899—1929 年间经营的汽车公司。帕帕·拉巴斯一直开一辆洛克莫比尔小汽车。
② 洛阿,伏都教中神灵的统称。伏都教中有无数的神灵。

他的助理治疗师厄琳正在整理桌子。她穿着白色的上衣和短裙子,光着脚,头发垂了下来。拉巴斯把草药放在她的桌上。

把这些给布朗妈妈。让她用这个来洗澡,药能捕捉盘旋在她睡梦里的恶灵,驱散恶灵。

厄琳点了点头。她坐在座位上,拿了盒子里的无花果饼干嚼了起来。

帕帕·拉巴斯看了一眼挂在墙上的油画,那是几个星期之前芒博琼博教堂原班人马的画像。波比朗脸上谜一样的笑容,黑色的小胡子,德比帽,时髦的领结,神秘的戒指上刻着 E.F.,瘦削的脸上有双黑色石头般的眼睛,像是从太空深处发出辐射能量的两个神秘物体。厄琳穿着她标志性的黑裙子,肩边带褶的白衬衣,脖子上戴着紫罗兰石。他雇来接替波比朗的法国实习生夏洛特穿着和厄琳类似的衣服,站在厄琳身边,吸着香烟。这幅画像是在波比朗离开 2 周之前绘制的。

厄琳坐在椅子上吸着烟。她一手扶额,开始检查新的草药和熏香订单。

孩子?

她抬起头,眼光迷离。

叶斯格鲁从新奥尔良起程,已经到了芝加哥。他们叫它传染病,但实际上它是反传染病。我知道它在寻找什么,它没有固定的路线,但根据它的形态来看,它会在纽约落脚。除非找到它想要的东西,否则它是不会停止的。它会大规模地普遍流行,到时候你会看到它的厉害。然后他们就完蛋了。

厄琳把手里的文件砰地摔到桌上。

怎么了,厄琳?

你又开始说个不停了。这就是为什么波比朗会离开。什么秘密团体塑造了西方的意识形态,这种阴谋假设论。你知道你根本没有任何证据,你无法证明……

证据?女人,我能够梦到,我感觉得到,我用我的 2 个头,我的意念。① 难道你们年轻人都不用自己的意念吗?是不是你们"新黑人"失去了其他的意识,那些我们从非洲带来的意识?意念非常精确,它可以画出海洋上几千英里之外的锤头鲨的行程。厄琳,站在这里,我可以打开印度市场上眼镜蛇的篮子,把它催眠。你怎么了,难道你忘了你的意念了吗?当火星上季节变化的时候,我都会感觉到。

哦,老爹,那太可笑了,这是文化排外。为什么你非得把诗歌和具体的事情混在一起?这是新时代,老爹。我们需要科学家和工程师,我们需要律师。

好吧,你说得都对,但是你说的并不代表一切,还有很多其他的东西。我打赌,这个世纪结束之前,人们会把目光再次转向神秘和惊奇,他们会探索人类内心无尽的空间,而不是更多的测量、更多的"进步"之类的,什么更多增长、通货膨胀。当叶斯格鲁和道琼斯指数一样发展,比 GNP 上升得还要快时,他们根本不知道该怎么办;这些科学家有许多东西并不明白。你不信神秘组织?共产党起源于巴黎的德国工人集会,他们自称"工人流放者联盟"。后来马克思来了,去掉了所谓的仪式上的繁琐程序,这样大众都能参与,而不仅限于少数人。孩子,在哈莱姆 125 大街和利诺克斯大街交会处②演讲的人,说的内容可能来自于某个鸡尾酒会或者某个越洋电话或者……

厄琳趴在桌子上啜泣起来。帕帕·拉巴斯开始安慰她。

---

① B. 富勒称这种现象是"超级高频率电磁波传播"。——原注
② 125 大街和利诺克斯大街是哈莱姆区的两条重要的大街。

噢,我又来了,害你难过……

她坦白道,不是你,老爹,不关你的事,是……

波比朗?

老爹,他认为你是个失败者,他觉得你限制了你的技术。他认为你应该添加印加、道教和其他体系。他觉得你陷在叶斯格鲁里,而这只是个流行一时的玩意儿。他不是过去的波比朗了,老爹,他的眼睛都红了。他对他现在卷进去的那档子事有股传教般的热情。我觉得非常孤单,我需要出去散散心,比如今晚。今晚有人邀请我去猪肠交换派对。

猪肠交换派对?那是什么东西,厄琳?

她把邀请函递给他。

好吃的!好玩的!好喝的!

猪肠交换派对

赞助者

利瓦罗夫人[①]

反私刑运动

136 大街西路 108 号

10 月 22 日周四,9:00 至?

让我们把兄弟们解救出来

来客按人头付费捐款

(届时有神秘同胞惊喜来访!)

---

① 利瓦罗夫人,指 C. J. 沃克夫人(1867—1919),她是当时美国最成功的黑人企业家。利瓦罗庄园是她的宅邸,这栋别墅位于纽约哈德逊湾的欧文顿,这里曾经举办了很多关于种族关系的会议和派对。

我们想为反私刑法筹款。詹姆斯·威尔登·约翰逊会来发表演说……有点像出租屋派对①,你知道吗?

你和马里斯现在满嘴的俚语,我都没法和你们交流了。不过你的猪肠交换派对听起来不错。你介意一个老头子陪你去吗?

得了老爹,如今50岁可不算老。

你过奖了,等我锁好办公室。

我也得换衣服。我很快就好。

帕帕·拉巴斯瞥了一眼芒博琼博教堂主厅的另一间办公室。

夏洛特去哪儿了?

厄琳已经进了洗手间。

老爹,你知道的,她最近有点奇怪,无精打采又爱生气。她今天早上和一个顾客吵了起来,开始用法语骂他,这算不算个信号?

他思忖片刻。

我得和她聊聊。也许她是因为波比朗离开而不安,你知道,他们俩关系不错。我那位革命家助手很吸引女人,我猜这就是为什么他能追到你这样的美女。

老爹,别说笑了!

厄琳看着镜子里的自己,她身上有了些变化。她发现自己最近需要格外精细地盥洗,用上了非常昂贵的进口香皂和刺绣的毛巾;她爱上了买蛋糕,虽然她从来不喜欢甜食。她看了一眼大理石洗脸池上的字:

---

① 出租屋派对,20世纪20年代在哈莱姆兴起的一种社交派对形式。租房人会请乐队或者音乐家来家中表演,邀请朋友参加,期间会有一顶帽子轮番传递,让大家捐钱帮助租房人筹集房租。这种派对形式对爵士音乐的发展有重要作用,派对上音乐的非正式即兴演出和爵士乐的形式很好地结合了起来。

谨记供奉神祇

哦,这提醒了她。她还没有给 21 号托盘里添加供奉。在那间叫作"杧果"的房间里,一张长条桌子上有 22 个供奉海地神灵的托盘,拉巴斯说海地神灵对他的施法有影响。这是拉巴斯的怪癖之 1,他仍然坚持某些老派的方式。波比朗有 1 天晚上嘲笑他供奉神灵,这也是他们决裂的原因之 1。当然,她听不懂他们深奥的争论,拉巴斯不要求技师们学会施法,连那些鼓手也只懂技术,拉巴斯负责总管,而他们只负责伴奏。他们不了解拉巴斯的技术和疗法,也不需要知道,他们只要知道乐章就好了。拉巴斯并不劝人改变信仰。但是,厄琳觉得,供奉神灵只是拉巴斯无关紧要的预防措施之 1。这似乎不是件大事,她会明天或者改天再处理的。

我马上就好,她朝着门外的拉巴斯喊道。

我们还有的是时间,不着急,拉巴斯回答道。他在检查托盘供奉的情况。到第 12 个托盘的时候,他停了下来,厄琳已经准备好在等他了。

两人走下台阶。司机 T. 马里斯正在外面和一个女孩聊天,女孩两手背在身后,挑逗地摇摆着身体。看见拉巴斯和厄琳,他马上压低司机帽的帽檐,笔直地往前看。他们取笑了他一番,当然,他是个开得起玩笑的人。

11

每次伍德罗·威尔逊·杰弗森撵狗、鸡、猪和羊的时候,这些牲畜都会集结起来反追他。伍德罗·威尔逊只好回过头来对付它们。

快点!嘿,快点!别等我用棍子揍你们。我告诉你们,赶紧回农场,别等爸爸从主教会议回来看到你们跑了,伍德罗·威尔逊·杰弗森威胁这些4英尺高的朋友。他的脑袋像是戴着老奶奶眼镜的鳄鱼。

伍德罗·威尔逊·杰弗森下定决心要离开农场去大城市。他已经准备好了。19世纪50年代,他的祖父曾经陪着奴隶主去纽约,带回来了两位绅士——卡尔·马克思和弗里德里希·恩格斯——所写的文章和评论。多少年来,他家的阁楼上一直存放着霍勒斯·格里利①当时编辑的《纽约论坛报》。他喜欢这种文体,客观、科学,使用总括性的"我们""我们的",因此,不存在幻想和意外事件,完全不像这些住在密西西比偏远小镇的乡下人,相信鬼魂之类的东西,还有幽灵和双头人、美人鱼和巫婆,等等。他将抛弃黑暗迎接光明,让自己成就一番事业。当地人都说他会成为医生甚至牧师,但是他们懂什么,愚昧、落后的家伙们。

---

① 霍勒斯·格里利(1811—1872),1841年创办《纽约论坛报》,任主编达30年之久。他是自由共和党的资助人之一,政治改革家。

他感觉到带羽毛的东西擦过他的脚后跟,马上转过身去。

你又出来了,该死的。我的棍子呢?

杰弗森走到灌木丛边要折根棍子,他打算砍根枝条削成棍子,狠狠地揍它们一顿,最好抽出血来。动物们马上察觉了他的意图,开始惊慌失措地朝着远处山上的农舍逃跑。

他继续沿着路往下走,一直到了火车站。他的包里鼓鼓囊囊全是报纸、期刊(总共 487 份。威尔逊不一定理解内容,但是他肯定很喜欢这种文章)。当他到了火车站的时候,有 2 个人正在车站的走廊里下棋。他们身后是胡椒博士①、六角符②、切斯特菲尔德香烟和布尔达勒姆烟草的广告。

哎哟,这不是杰弗森牧师家的儿子嘛。看你的头发用黄油抹得服服帖帖,这是要去哪里?你这是要去哪儿?

杰弗森站在偏远镇车站,他打算无视这些人,他们懒惰、缺乏意志,没有为将来做打算的考虑。他打算做出一番事业,不要变成另一个乡巴佬,唯一的娱乐就是捉捉虫子、跟着蟋蟀唧唧叫。

我要离开这个该死的地方了。

哟哟哟……我没听错吧!一个人嘲弄地应道。他的同伴把嚼在嘴里的烟草吐到了车站的墙上。

火车来了。他要乘着火车到密西西比的杰克逊③,然后一路到纽约。

---

① 胡椒博士,当时美国流行的一种可乐。
② 六角符,起源于宾夕法尼亚州的一种美国民间艺术,常画在谷仓上的八角或者六角图案,常见的造型有星星状、玫瑰花瓣等。
③ 杰克逊,密西西比州的首府。

12

派对是在哈莱姆的一栋联排别墅里举办的,一个有钱的赞助人把房子借给了这些狂欢者。派对模仿南方的猪肠交换派对,但并不地道,这是"新黑人"们臆想中出租屋派对的样子。乍到北方的南方黑人举办出租屋派对是为了凑齐当月的房租。事实上,派对上没有任何痕迹显示有"流落街头的兄弟们"的代表。有个人正在钢琴上卖力地弹奏,不时地喝一口放在钢琴上的科恩酒①。人们在各个房间里转来转去,不时地有酒递过来。女士们穿着鲜艳的礼服,戴着耳环、手镯、胸针和各种珠子,华丽的打扮会被普通的无产阶级认为"过于俗丽"。1个吉卜赛异域风情打扮的女人站在门口收现金,这些钱将用于资助反私刑运动。

1920年发生了61起私刑事件,1921年有62起,受害者包括从"大战"战场上回来的士兵,尽管他们打赢了仗,取得意义深远的胜利。黑人士兵同样参加了独立战争、内战和对印第安人的战争,他们以为美国会回报他们,毕竟他们慷慨地冒死作战,从"德国皇帝"那里费力地救了美国的命,"德国皇帝"那时贴的还是"敌人"的标签。恰恰相反,这个不了解西方神秘学的清教徒国家以中世纪处决女巫的方式来处死士兵。欧洲和天主教会对大洋彼岸的这种"硬汉"行为感到震惊,但他们并不感到奇怪。毕竟,当年发生在塞

---

① 科恩酒,用谷物酿造的无色烈酒,原料一般是小麦、黑麦或大麦。

勒姆的谋杀惨剧让欧洲震惊之余修改了其"女巫法"。①

在马库斯·加维②来拯救他们之前,美国黑人就像太阳下沉睡的鳄鱼一样,无精打采地晒着太阳。

几内亚艺术评论家正在高谈阔论,他聊天的对象正嘟囔着什么"浣熊""撵猴子的"③,拉巴斯和厄琳继续向里走,以避开这类谈话通常会引发的冲突。

他们看见了波比朗和一个衣着精致的年轻金发白人在一起,根据阅读报纸社会版的印象,他们认出那人是某个著名大亨的儿子,名叫索尔·温特格林。

嘿,你们好……波比朗向拉巴斯和厄琳打招呼。

波比朗,你怎么在这里?

没时间解释了,我们要走了。我一会儿回家。

可是……你什么时间才能回家?

我会给你打电话的,波比朗边说边往门口走。

有空来教堂一下,波比朗,我想和你谈谈,拉巴斯在他身后喊道。

波比朗和同伴穿上女招待递给他们的大衣。

好的,我会的……下周找1天吧。我也想和你谈谈。

你看到了吗,老爹?他根本没有时间和我交流。

厄琳伤心的指控和周围的氛围形成了对比,各个房间里都是欢乐的笑声、成双成对的跳舞者和觥筹交错的声音。

---

① 波士顿小镇塞勒姆于17世纪发生过声名狼藉的"女巫审判案"。牧师的女儿和镇上一些女孩出现了尖叫、痉挛的症状,3个女奴被当作女巫受到指控。1个女奴开始"揭发"其他女巫,受指控的女巫越来越多,最后导致20人死亡、200多人被捕。这一审判案体现了美国这个清教徒国家对异教的态度。

② 马库斯·加维(1887—1940),来自牙买加的黑人民族主义者,他成立了全球黑人促进协会,提倡非裔美国人返回非洲,建立统一的黑人国家。

③ 这两个词都是对黑人的蔑称,浣熊也指没用的流浪汉;撵猴子的,在20世纪20年代指来自加勒比地区的黑人。

我想我得走了,帕帕。

但是我们才刚到,厄琳。这里看起来挺不错的。

你留下吧,我得回家等他了。我们俩也许能好好聊聊。

帕帕·拉巴斯帮厄琳穿上她的大衣。刚穿上大衣,她就冲出了门外,眼里泪光涌动。

拉巴斯摇摇头,转过身来。没有什么比爱情更伤人了,拉巴斯心里说道,想起了自己年轻时那些甜蜜又伤心的日子。他们会把问题解决的,这些美好的年轻人。拉巴斯边想边穿过大堂和宾客,走到后面的1间屋子里。屋里只有2个人,桌子上放着木质的教堂式收音机,其中1个人在桌边玩牌。拉巴斯立刻认出他就是布莱克·赫尔曼[①],著名的神秘学者,刚结束了芝加哥的成功演出,正在访问纽约。他坐在桌边,标志性的蝙蝠翼眉毛、山羊胡,窄窄的八字胡横在鼻梁下和上嘴唇间,白色的背心外面穿了件礼服,脖子上戴了个3角形的护身符。他的样子很像他的著作封面上的那张照片,照片边缘装饰了阿拉伯式花纹,他坐在地球上,穿靴子的1只脚搁在堆成一摞的3本书上,最上面的那本是《消失的钥匙》,副标题叫"成功的钥匙"。

一条黑红两色的绶带从他的左肩垂到腰上。他安静地坐在桌前,边喝酒边玩单人纸牌。靠在墙边的是著名的杂志编辑阿卜杜勒·哈米德,他站在那里,双手交叉抱在胸前,盯着另一间屋子里寻欢作乐的人,他的脸上似乎永远带着一股怒容。他们正在听电子管收音机里的报道。

[①] 布莱克·赫尔曼(1892—1934),美国著名的黑人魔术师,他的舞台表演除了常见的戏法之外,还有一种"活埋不死"的绝技。赫尔曼的《魔术、神秘术及戏法的秘密》(1925)一书中介绍了美国非裔伏都教的神秘法术。接下来描述的赫尔曼的样子正是该书1938年版本中书封上的形象。他是小说中的重要人物,拥有丰富的伏都教相关知识。

情况报道:叶斯格鲁的发展给美国带来了巨大的刺激。在印第安纳州的曼西市,它导致了前所未有的兴奋。从昨晚起,已有800人感染,他们立即被隔离在匆忙修建的基督教青年会营房里。轻佻女孩和时髦少年①感染尤为严重……明尼苏达州的圣保罗市和宾夕法尼亚州的惠勒斯堡出现了类似的疫情……潜在的受害者聚集在感染者的周围狂欢,高唱着"让我高烧让我高烧"……

新闻报道的声音渐息,收音机里响起了《当褪色柳对猫薄荷低语时》②。

关掉那白鬼的音乐,阿卜杜勒几乎在咆哮。他径直走到收音机前关了机,然后回到刚才站着看别人跳舞的墙角。他戴着一顶鲜红色的土耳其毡帽,穿着黑色条纹西装,黑色领带上装饰着伊斯兰教的新月符号。

布莱克·赫尔曼抬起头,看到拉巴斯站在门口。

嘿,帕帕·拉巴斯,你这个老家伙!从上次黑人命理学大会之后我就再也没见过你,你怎么样?

帕帕·拉巴斯走进房间,阿卜杜勒满脸嘲弄,瞅着他的鞋子,然后是他的脸。

我刚才不想打断你,你怎么样?我听说自由厅的表演座无虚席。③

---

① 轻佻女孩和时髦少年(O YOU KIDS)出自20世纪初流行的小调《我爱我的妻子,但是》(*I Love My Wife, But!*),歌里男子对着漂亮女孩挑起眉毛夸张地称赞对方"Oh You Kid"。歌曲体现了拉格泰姆音乐对那个时代自由精神的影响。
② 《当褪色柳对猫薄荷低语时》,这是20世纪二三十年代美国电台大热的一首歌。
③ 1923年赫尔曼在纽约市自由厅的魔术表演持续了2个月,场场爆满。自由厅可容纳4000人左右,归属马库斯·加维的全球黑人促进协会。

是啊,每晚4000人,观众和听加维演讲的人数不相上下。

赫尔曼站在那里,就像是早期电影镜头里立在大地上的罕见的、枝叶优雅的树。

你戴的奖章真好看。

是吗,布莱克·赫尔曼和帕帕·拉巴斯握手,这是一个外国的君主颁给我的,因为我表演"种子人"的魔术,在地下埋了整整8天。看来,你在黑人命理学大会上的预言已经实现了,拉巴斯。这个叶斯格鲁,你怎么预测到的?靠一般的星象学吗?

不。是意念。

意念?你向来擅长这个。你觉得叶斯格鲁打算干什么?

它在找它的文本。对有些人来说,它是疾病,是瘟疫,但实际上它是反传染病的。你还记得吧,布莱克·赫尔曼,过去有些病毒会躲避文字。

S A T A N
A D A M A
T A B A T
A M A D A
N A T A S[①]

过去人们用"撒旦"的文字对病毒施法。我认为,作为反传染病,叶斯格鲁在寻求文本的法术,否则它会像19世纪90年代那样逐渐消失,那时它还没有准备好,也不知道该寻找什么。它必须找到**表达之道**,否则会因为无法言说而窒息。

有趣的理论。

我非常不同意这种说法,实际上,我认为这是一派胡言。

---

① 《流行疾病的治愈》——查尔斯·爱德华·阿莫里。——原注

布莱克·赫尔曼和帕帕·拉巴斯把目光投向倚在墙边的阿卜杜勒。他慢慢地走了过来。

你们俩把一派胡言灌输给大伙。你们认为哈莱姆会一直像现在这样吗？穷人们迁往北方，这里已经现出恶化的迹象了。人们必须振作起来，不然他们没法生存下去。我们要停止这些跳舞胡闹，满足基本的身体需求，我们需要工厂、学校和枪，我们需要钱。

但是，我的朋友阿卜杜勒，你不会认为叶斯格鲁的感染是个骗局吧。它席卷了整个国家，接触到的人都受它影响，帕帕·拉巴斯质问他。

哼，那不过是一群人扭扭屁股寻开心罢了，不过是些过时的、原始的、迷信的丛林做法。真主至大，赞美真主。

门口聚满了人，他们都是被争论声吸引过来的。看到有人聚来，阿卜杜勒提高了分贝。

你们俩和那些相信鬼魂、跳慢步舞①的黑鬼阻碍了我们的进步。

我们黑人已经跳了几千年的舞了，阿卜杜勒，拉巴斯回答道。

这是我们传统的一部分。

为什么你想禁止扎根在我们民族灵魂深处的东西呢？赫尔曼问。

对啊，拉巴斯也问道。上次你在你的《黑人病例史期刊》上评论我的作品——你杂志的内容和那些阿托恩主义的"医院"里病人用排泄物在墙上乱涂的东西差不多——你指责我的员工里有法国女人。我猜你的教育没教你反省认识自己的粗鲁无礼。因为你刻薄的批评，现在没有人赞助支持你的杂志，你又把矛头对准了我们。现在出现了黑人自由派这种新现象，这些人和之前你的受害者是一样的，他们受够了你，现在撤走了所有对你的资金支持。你

---

① 慢步舞，是美国拉格泰姆爵士音乐的一种，也是一种舞蹈形式。跳慢步舞的两人贴紧对方，摩擦扭动，舞蹈的肉体刺激让白人评论家们谈之变色。

和基督徒没什么两样,本来他们就是你们模仿的对象。他们都不肯容忍那些拒绝接受他们模式的人。

有些在听的人发现,这不过是又**一场那种争论**罢了,就走开了。

基督教?和我有什么关系?

你们两个很像,拉巴斯继续说道。他们一致认为女人是极度邪恶的,甚至使用女性的性别来描述困扰人类的灾难,把女人叫作牲口,认为女人不干净。他们都谴责犹太人背弃了信仰,因为他们发现犹太人并没有反对尊崇其他的神灵,"上帝的选民"中普遍存在泛神论的倾向。有1个晚上,看到你给黑人女士读诗,我突然意识到,虽然你的比喻意象是关于黑人女性的,你的诗的核心却是关于圣母的。

帕帕·拉巴斯,你最好当心你的话,阿卜杜勒说,你记住:"谁信奉安拉之外的其他伪神,安拉就禁止他进入乐园,而火狱就是他的归宿。"

果然,赫尔曼道,和基督徒一样不容异说。

是啊,拉巴斯继续道,你们把古老的伏都教美学置于何地,伏都教是泛神的、变化的,伏都教有数以万计的神灵,竭尽人的想象,无穷的精灵和神。这么多的神灵,全世界所有的神书都盛不下,而且伏都教里还会有新的神灵出现。

另外,我还痛恨你指责我们利用别人,布莱克·赫尔曼也加入了指责,为什么你认为你应该决定人们的品位呢?我们和你们的行业里都有骗子,有人卖蛇油,有人拼命接受这个国家的恩惠同时还主张成立独立州或者独立国。我最受不了的是,你评论我的梦之书时居然说我"疯了"。

阿卜杜勒笑了起来,那种纯粹的嘲笑让人恨不得捏碎他。

你说别人"疯了",可你自己在棉花俱乐部①外面持着手杖追打年轻女孩,原因不过是她们穿了短裙子,你凭什么说别人疯了?拉巴斯指控道。

我没有打她们,不过她们活该。一个狡猾的笑容挂在阿卜杜勒脸上。

姑娘们把你从嫌疑犯里指认出来了,你还要抵赖吗,阿卜杜勒?

因为我没有做。但是她们穿着那么短的裙子,她们罪有应得。嫖客,荡妇,扭屁股,真是下流。

也许她们觉得应该由自己决定最好穿什么,阿卜杜勒,不关你的事。如果你没有去殴打这些浅肤色的歌舞女郎的话,那你鬼鬼祟祟地在棉花俱乐部里晃荡什么?

不关你的事,护身符②先生。阿卜杜勒鄙夷地说。

看来你是捡到普利茅斯的石头③就叫它麦加了。你根本不了解历史,古埃及宗教仪式里的徽章图案非常大胆,以至于外国侵略者烧了他们祭祀的神殿,指责参与者"淫秽""色情"。

阿卜杜勒看见门口已经没人了。没有了听众,他的态度变了,突然变得礼貌、友善、有耐心、讲道理了。

好吧,拉巴斯、赫尔曼,你们赢了。芝加哥南部的约翰尼·詹姆斯。满意了吧?我不像帕帕·拉巴斯天生脸上有印记④,也不像布莱克·赫尔曼连降生都有预言者预言,那个老妇人预言你会是

---

① 美国禁酒时代纽约哈莱姆区有名的夜总会,它以黑人表演为特色,只对白人开放。
② 护身符,指的是起源于非洲的一种护身符,能够为佩戴者赶走厄运带来好运,被伏都教信徒采用。
③ 指普利茅斯岩,据说是1620年"五月花号"上的清教徒移民踏上美洲的第一块大岩石,是美国历史开始的地方。
④ 在伏都教里,出生时脸上有印记的人被认为具有神力。

"你的时代的奇迹"。帕帕·拉巴斯,我不像你那样深谙伏都教精神学,赫尔曼,我也不像你能和动物对话,或者把1块钱花出去两遍。你瞧,你们有信奉者、支持者和主顾保护你们与世隔绝,可我却人在街头,眼睁睁地看着一个美丽的社区变成了奴隶窝。如今人们离开家乡拥向这里,我打赌,黑人很快就会有1场不亚于出埃及记的大出逃。谁来帮助这些人呢?这里现在有快乐粉①了。谁知道以后还会有什么奇怪的毒品来控制我们?这些人能去哪里工作?他们怎样才能填饱肚子?你要他们去吃熏香、蜡烛吗?也许你说的几千年前关于宗教的东西是真的,但是,如果没有戒律,黑人如何生存?我在监狱里待了9年,因为我捅伤了一个男人,因为我母亲不肯和他性交,所以他想把她强行驱逐出去。1天我回到家,那个男人就在那里,她几乎没穿衣服,他肮脏肥胖的手抓着她的裸体。整整9年我待在牢里,有2年被单独关禁闭。从坐牢起我开始疯狂地阅读,无所不看。我一直好奇,为什么在学校的时候老师根本不关心我们有没有学到东西,只会把知识盲目地抛给我们。我发现,他们故意把知识变成了神秘术,如果去掉里面的术语、专用符号和行业用语,几个星期你就能学会,根本不需要4年。大学设置成4年是因为这样他们才能逐渐除掉反抗者和异见分子。大学的学习和学术惯例是为了确保培养出遵循体制的人。这些人没有1个能比得上乔尔·奥古斯都·罗杰斯②做出的巨大贡献,罗杰斯曾经是普尔曼卧铺车上的行李搬运工。这些拿着学历的人到处高喊他们是新黑人,他们不过是为授给他们学位的体制服务而已。白人体制把专业术语教给他们,认定他们"具有资格",所谓"具有

---

① 快乐粉,指非法的毒品。
② 乔尔·奥古斯都·罗杰斯(1880—1966),来自牙买加的美国黑人作家、记者、历史学家,他自学成才,学术研究涉及历史、哲学和社会学几个领域。20世纪20年代罗杰斯在普尔曼火车上做行李搬运工。

资格"不过是说他们忠实于体制罢了。我努力且专注,学了生物、化学、哲学、数学,学了各种语言,甚至还学了音译法和翻译象形文字,这项本领最近派上了用场。我没有系统的学习方式,而是像缝被子一样,把这里一块那里一块的知识好看地缝制起来。我贪婪地咽下有学问者的残渣剩饭。我每天学习一个新字符,学会怎么写。我意识到,我在借鉴所有的体系,宗教、哲学、音乐、科学,甚至是绘画,然后建成1个包含所有元素的自身体系,就像格里芬①一样。我以自己的方式把东西拼凑在一起,我自学的方式成了我的风格、我的艺术、我的方法。瞧,拉巴斯、赫尔曼,我相信你们俩有真才实学,你们掌握的东西是基础的、经过时间验证的、属于民族的东西,这些东西潜藏在人们的对话和音乐中。你们要唤起人们的记忆,但是你们会失败的。现在是20世纪20年代,不是公元前8000年。如今是现代了,你的草药、你的巫术、你的护身符、你的治疗药、你的爱药都离末日不远了。我正在创立大家能懂的东西。这个国家是折中的,建筑、百姓、音乐、写作皆如此。要想起作用,得加入各种成分,一点黑人土话,一点北非文化,戴着土耳其毡帽、穿条纹西服的混血儿,一个见面可以像黑人一样击掌碰拳头打招呼也可以说伊斯兰教的真主至上的人。② 你们难道没听说过吗?在这个国家,成功和耍花招、赌输赢的方式有直接关系。你看摩门教③教徒,摩门教招了成千上万的白人加入,难道是靠德鲁伊教④教士的巫术吗?不是。他们利用人们熟悉的东西,然后再加点自

---

① 格里芬,古希腊神话传说中的怪物,长有狮子的躯体与利爪、鹰的头和翅膀。
② 黑人打招呼时击掌碰拳头;伊斯兰教徒是致意,说祝你安好。
③ 摩门教,也称耶稣基督后期圣徒教会,成立于1830年,总部位于美国犹他州盐湖城。
④ 德鲁伊教,是凯尔特人古老的宗教,也被基督教视为异教。阿卜杜勒认为摩门教的成功不是靠欧洲来源中的古老异教,而黑人的成功也不能靠伏都教等来自非洲的宗教。

己的东西而已。摩门教最重要的经典《摩门之书》是个大骗局,如果我们黑人提出什么像莫罗尼天使一样老土的东西,像他们的故事一样老套假冒的东西,说什么《摩门之书》记录了美国人从公元前600年来到这里到公元400年消失的故事,他们肯定会用"所谓的""自称的"这类贬义词来嘲笑我们。他们拒绝让我们的牧师免服兵役,可是每个白人乡巴佬的水果摊只要自称是教会的就有这种权利。但是,不管欺骗也好,诡计也好,摩门教有了犹他州,不是吗?有可能我会创立一套东西,让它的建筑像清真寺,内部装饰采用维多利亚式,牧师们穿天主教的长袍,用南方黑人的传统食物做祭祀。只要有吸引力——有什么大不了的?这就是马库斯·加维能赢得人心的原因。是的,在你们看来,他可能是古怪又招摇的,但是人们尊重他,因为他们知道他有自己的想法,他是具有自己艺术的大师。先生们,如果我是你们的话,我不会这么自以为是的。官方已经开始讨论要在哈莱姆禁止伏都教了,这是你们最后的日子了,赫尔曼,虽然你的魔术戏法能连续60天表演座无虚席。但是,新一代人已经走上了舞台。他们会操着时髦的黑人土语,说些"实质上""说真的""事情的关键"之类的套话,强调什么"根本上""真相是",他们会滥用"坏"的意思,他们不会采用你们的知识,他们会认为你们"恶心""过时"。虽然那会让人不安,但是我们必须为那一天做好准备。因为在那一天,他们会抛弃那个非洲的旧世界,成为世俗主义者、实用主义者、具体主义者。他们会大声地谈论灵魂,因为他们已经失去了灵魂。他们的抗议是一声尖叫,恐慌的声音。事情会变成这样的,兄弟们。你们会过时,被淘汰,变成像阑尾一样闲置无用的奇怪角色,就像澳大利亚的动物园一样滑稽,没有人想去看的。但是我和我的格里芬政治,我的荒诞艺术会活下去的。就算我不在了,也会有人继承下去,我能感觉得到。他甚至可能长了一头巫师的红头发,但他不是巫师。他让大众能够接受他,人们会记住他是"能够让大众接受"的人。而你们这样的人会与社会隔离,你们的圈子有限,那些读你们作品的人会为自己的文化和高标准而骄傲得意,得意自己对先锋艺术的认同。

好吧,阿卜杜勒看了一眼手表,我该回办公室了。我手头有本文集,等我翻译完了会让所有人大吃一惊的。

什么语种的?拉巴斯问道。

象形文字。阿卜杜勒和赫尔曼及拉巴斯握手,但是当看到门口有一对人时,他友好的表情立刻变成了怒容,抽回了自己的手。

阿卜杜勒在两人脸前挑衅地摇晃着手指头,如果再让我看见你们在我的清真寺前面晃悠,我的人会让你们好看。他背对门口的2个人朝拉巴斯和赫尔曼眨眨眼,出门的时候险些把门口的2个人撞倒。站在门口的是个浅褐肤色的女人和她的浅肤色男伴,他戴着眼镜,一副无所适从的表情。

小心点,你个又老又矮又丑的黑东西,她轻蔑地朝着经过他们身边快步向门口走去的阿卜杜勒嚷道。

朱利亚斯?你怎么回事,朱利亚斯?你怎么能让这些黑鬼这样对我?

亲爱的,我亲爱的努比亚女王,男人温顺地回话,2人转身走向其他房间。(朱利亚斯是个高级绅士俱乐部的黑人门卫,他负责暴打那些表现粗野的文化界的坏黑鬼。他是 W. E. B. 杜波依斯的仰慕者——杜波依斯的博斯威尔[1],不过杜波依斯总是无视他。)

---

[1] 威廉·爱德华·伯格哈特·杜波依斯(1868—1963),美国著名的社会学家、政治家、教育家、民权斗士,是哈佛大学第一个取得博士学位的非裔美国人,也是美国有色人种协会的创建者之一。博斯威尔,指的是详细记述名人言行的人。历史上的博斯威尔(1740—1795)追随 18 世纪英国著名作家、诗人塞缪尔·约翰逊博士(1709—1794),写了一本有名的约翰逊博士的传记。

帕帕·拉巴斯和布莱克·赫尔曼从屋子里出来,走向别墅的大厅,大厅里满是人。

也许,他说得有些道理,赫尔曼。

可能吧,但是我认为他不应该公然这样做,把整个体系放到脆弱的根基上,这会造成巨大的损失。他偏执的一面近似于极端主义,这是个善于伪装的人……我们拭目以待吧。

帕帕·拉巴斯思考了一会儿,你觉得我们像他说的一样过时了吗?

我知道,历史会更多地记住这个时代的政治家,而不是我,但是我愿意相信,我们是为了正义的原则,而不是为了自己,就像他们所说的,"我们敬奉洛阿"。有魅力的领导人也会和单人纸牌一样过时,因为人们会认识到,领导人死去,运动也会跟着解体,而不会变成永恒的实体,不会变成实质的外在保护层。是的,人们会聚在阿卜杜勒身边,那些人把自己生命的一部分交给他,他们成为围绕着发光体运转的卫星。但这会是短暂的,比起1000年前的巫术面具来,就像褪色的剪报。不,拉巴斯,纽约警察能取缔伏都教,就像在新奥尔良一样,但是,伏都教会栖身在哈莱姆阿波罗剧院舞台上的乐队身上,会藏在临街的店面里,会有人宁可被同时代无知的人嘲笑也要重新复兴我们所代表的这一切。

帕帕·拉巴斯和布莱克·赫尔曼2个人一起走进别墅20世纪20年代风格的客厅里。众人正围着一个浅肤色的男人。

我的天,布莱克·赫尔曼惊道,是当选总统,沃伦·哈定。

他们走近哈定,他站在屋子中央的白色吊灯下,正要结束对众人发表的讲话。女主人站在旁边,她的旁边是来自黑人种族通讯社的社交活动采访记者。有总统不请自来,她的聚会成名了。

你们都听说了,詹姆斯·威尔登·约翰逊先生来曼西市拜访我,带来海地战争的消息,说当局试图掩盖这场难堪的战争。

客人不断地拥进这间屋子,哈定伸手从裤子口袋里拿出块压扁的烟草。

我认为,我们很好地利用了海地这件事,抓住了政府的问题,迫使他们采取守势。我们强烈要求他们出来解释,为什么这样一场海军犯下众多暴行的可怕战争要继续打下去。我答应了约翰逊先生,我去华盛顿的时候会顺路拜访他,正是他建议我参加你们的小派对,说能够听到真正的好音乐。我的司法部长多尔蒂和我妻子弗洛伦斯瞒着不让我接触这些音乐。如果你们不介意不速之客的话,我打算去尝尝你们地下室厨房里准备的猪肠和猪脚了。

当选总统在两个助手的陪同下走向通往地下室的楼梯,屋子里又响起了阵阵嬉笑声。

好了,我得走了,拉巴斯对赫尔曼说。

等一下,我和你下去。

赫尔曼戴上他的黑色高顶大圆礼帽,披上黑色斗篷,2人一起走下别墅的台阶。来到人行道上,布莱克·赫尔曼和帕帕·拉巴斯握手道别。

保持联系,帕帕,港口有人想和你见个面。

好的,给我打电话。拉巴斯走向他的车,司机T.马里斯今晚休息。他回头看布莱克·赫尔曼,对方已经走到了街区尽头。

赫尔曼,我送你吧?

他转过身来。不用了,我走走。

赫尔曼?

怎么了?

如今这些年轻人真会办派对,是吧?

你说得没错。赫尔曼的声音消失在拐角处。

● ○

比夫·马索怀特主动从警察局局长的位置退下来,甘愿担任约克镇下辖区的警察顾问,目的是成为艺术拘留中心的馆长(工资更高)。他和老同行"约克镇警佐"施利兹坐在一起。这个绰号是警察局的人亲切地给他取的,多年来他没少光顾警察局。

他们正坐在种植园俱乐部的桌前,这个俱乐部位于曼哈顿银河路上的剧院和夜间酒吧区。舞台上南方美女合唱团穿着层层叠叠的裙子,拿着阳伞,戴着花边帽子,正在慢步跳舞(背景是条船)。班卓琴漫不经心地拨弄着,黑人侍者们贴着墙站着,打扮得就像在18世纪的法国宫廷一样,白色的假发,荷叶边的袖口和衬衫。深蓝色的灯光洒满了整个俱乐部。

我会想你的,比夫,还记得我常给你送去的麻袋吗,你可真是发了大财,每年3000块钱退休金还成了百万富翁,真不愧是你。我打赌你家的鞋盒里还放着上百万的股票和债券。

是啊,我也算走过了漫长的路,如今在长岛能和有钱人举杯共饮……博物馆的馆长……从过去那个在田德隆区①靠着你的小子到现在,我也算走过了不少的路,马索怀特大笑道。

我记得你去参战的时候,我们所有人一起去给你送行,唱着《到那里去》②,你狠狠教训了德国佬,比夫,我们为你骄傲。

……知道吗,"警佐",有人会以为这是卡格尼③电影里的情节。我们兄弟俩,你成了黑帮,我成了警察……

不过你可没走上正道。我一直头脑愚蠢,你却很聪明,你从我

---

① 田德隆区,19世纪末20世纪初纽约市犯罪活动多发的娱乐红灯区。
② 《到那里去》,美国编剧、演员、音乐人乔治·柯汉于1917年创作的、在第一次世界大战期间走红的爱国歌曲,鼓励年轻人们参军上战场。
③ 詹姆斯·卡格尼(1899—1986),美国演员,在电影中扮演过不少不法之徒。

这里拿走的钱比我设赌场、贩私酒赚得还多,现在还成了艺术拘留中心的馆长,对我们这帮骗子、小偷来说,这可是个大人物。你看你,比我拿得多还能干净脱身,你是怎么办到的?

财阀俱乐部的朋友告诉我这个职位有空缺。我问他们,如果我唯一的经验就是当过警察局局长,怎么才能拿到这个职位。他们说我得学会把一幅普通的油画说成是天堂窗户上的艺术品,他们说艺术全靠瞎扯,看你怎么来宣传……所以我就一直读《纽约太阳报》,学习上面的艺术表达方式。你瞧,现在我已经用得不错了。

和我的生意差不多,比夫。我就说你一直脑瓜灵光。你满头银发,穿戴名贵,和阔气时髦的人混在一起。不错的掩护,你已经成功了,哥们。我现在的压力……巴迪·杰克逊正在对我哈莱姆的生意动手,我们那天想要解决他,但是那个黑鬼有9条命,我的人朝他和他的女人扔了个炸弹。

[幕布拉开,夏洛特的搭档皮特匹克①出来了,他是个身高4英尺1英寸的侏儒。他所在的地方看起来像奴隶住的小屋,舞台的装饰显示屋子是在森林里。屋里的木头桌子上放着些草药,还有本破破烂烂的书。从皮特鼓捣东西的样子、有点发绿的黄蜡烛、来回走动的黑猫,还有那只紧盯着这一切的黑鸟来看,他在扮演一个巫师。他打开那本破烂的书,开始对着它念念有词。奴隶主的妻子夏洛特在咒语中现身了,她挑逗地脱下自己带裙撑的裙子和衬裙,直到只剩下条摩登女郎穿的小短裙。背景中出现猎狗的声音,巫师皮特采用各种办法想把她藏起来,观众们开始咯咯地发笑。夏洛特对着皮特做出更大胆、更挑逗的动作。猎狗的声音越来越接近小屋,观众们对他的窘境报以更大的笑声。银行家、出版商、

---

① 滑稽戏里当白人演员尤其是女演员表演时,用来做陪衬的载歌载舞的黑人男孩,叫作匹克(pick)。

来访的皮提亚骑士和白人卡米莉亚骑士、①剧院的人、黑帮分子和常光顾俱乐部的城市官员,等等,在座的人笑得前仰后合。

穿着电影《青草地上》②服饰的天使经过。匹克邀请他进来,让他念书上的咒语。什么用也没有,夏洛特开始脱她的上衣了。天使抽着雪茄,抬起带有饰带的黑色圆顶毡帽向大伙致意,然后离开了。猎狗已经逼近了小屋,皮特匹克手忙脚乱,用各种办法想把她变回原来的地方。魔鬼由此经过,皮特匹克抓住它的尾巴,把它拉进了屋里。魔鬼也开始念那本魔法书里的咒语,什么也没有发生。夏洛特开始脱她的内衣了,还把头发放了下来。猎狗听起来就在沼泽地那边了,有几只狗听起来已经上岸,来到离匹克小屋几码之外的地方。情急之下,匹克把书递给了种植园主的妻子,让她念咒语。夏洛特开始念,突然匹克消失了!]在如雷般的掌声和笑声中,幕布慢慢地合上。

哦,这就是夏洛特,他的朋友——熟悉内幕的白人共济会分会会员——谈论的夏洛特。听说她在她的公寓里传授某种仪式,他们称那里为伊西斯的神庙。据说那些仪式和性欲有关。比夫·马索怀特深思着,像个白胡子的绅士。一个道貌岸然的老家伙。

真不错的演出!

是啊,马索怀特漫不经心地回答"警佐"施利兹。美人啊,这个女人迷人的身体,马索怀特想,哦……我们来点东西吧。

"警佐"打了个响指。

嘿,庞贝!卡托!过来!他朝站在种植园俱乐部墙角的 2 个黑人侍者喊道。

---

① 皮提亚骑士团是 1864 年成立的秘密团体和兄弟会;卡米莉亚骑士团是 19 世纪美国南方的白人政治恐怖组织,和 3K 党有相似之处,主张白人至上,反对黑人的自由权利。
② 《青草地上》,好莱坞拍摄的黑人演员主演的电影,主题是关于《圣经》故事的。

他们马上过来,走近比夫·马索怀特和"警佐"施利兹的桌子,华丽的制服让人看得眼花缭乱。从警察局局长变成艺术拘留中心馆长的马索怀特低头看着菜单。

"警佐"施利兹要点菜了,他抬起头来,头被一枪打爆。

2个人把枪放回他们的背心,跳过了几张桌子,消失在门后。客人们尖叫起来,有人晕倒了,有人惊恐万分,大声尖叫。

大惊之下,马索怀特站起来开始追那两个侍者。他的朋友向后仰在椅子上,眼睛直盯着前方,眉毛以上1/3的脑袋被枪打爆了,血污溅在邻桌的盘子和客人的衣服上。

俱乐部外面,2个人已经无影无踪。只有两顶白色的假发落在人行道上。

● ○

帕帕·拉巴斯——正午的伏都、逃亡的隐士、巫术师、植物学家、动物模仿者、双头人,什么身份都有可能——50岁了,身手敏捷(虽然他爱享用美食,反对憔悴、消瘦的耶稣那种克己和鞭笞①的做法)。

他爱沉思和放松,所以阿托恩主义者总以为他懒惰,毕竟他没有像他们那样埋头工作、忽视海洋的美景、毁坏牡蛎养殖场或者释放放射性物质让3岁的孩子染上白血病和癌症。拉巴斯来自一个历史悠久、和自然达成了协议的部落。他从来不会说"如果你看到了1棵红杉树,你就看到了所有的树";相反,他和非洲酋长一样回答"我即是大象"。这句话在利物浦的乐队之前已经由来已久。② 当一个叫赫胥黎的人居然有脸警告非洲酋长大象即将灭绝时,酋

---

① 克己和鞭笞,指宗教修行行为。
② 利物浦的披头士乐队有首风格奇异的歌叫《我是海象》。

长回答的正是这句话。① 话说,大象的灭绝正是赫胥黎的同胞首先导致并加剧的。

(弗洛伊德会将此解释为"与外在世界合为一体的感觉,不可解开的关联",但是身为一个阿托恩主义者,可怜的弗洛伊德"从未体验过"。阿托恩主义中,嫉妒的艺术是拒绝接受万物有灵论的任何迹象。1909年,弗洛伊德来纽约的时候,拉巴斯找到他,想教给他法术,但是他进不了弗洛伊德住的酒店套房,因为门被各种马屁精和奉承者挡住了。就像是后来围着希特勒和斯大林的人一样,他们拼命对"大师"说他爱听的话,掩盖所有可能引起大师注意的异质的材料。虽然他们中很多人喜欢自称为自由派,但是他们不许拉巴斯走正门,而是让这个黑人走电梯后面的门。这些人包括来自纽约大学的42位教授和哥伦比亚大学的人。)(这些人像是1909年版的阿尔伯特·古德曼②,这位《生活》杂志和《纽约时报》上的"流行"专家在评论某个自称约翰医生的人的专辑时[那个时代的新奥尔良人称真正的约翰医生是"体形巨大的黑人……来自塞内加尔的王子……"],做出了迄今为止对伏都教最恶意的诽谤——I.R.)③,拉巴斯倍感羞辱,在这些人的哄笑声中,离开了酒店。他没有见到弗洛伊德,不过这是弗洛伊德和西方文明的损失。

他本可以教弗洛伊德法术。教给弗洛伊德一星半点儿的神秘法术,也许他的追随者就不会把这种感受称为"不正常"或者"病态"的。因为,除了布莱克·赫尔曼之外,拉巴斯是美国东北部为

---

① 作者指出非洲部落的酋长早就对赫胥黎表达过自然与人为一体的观点。
② 阿尔伯特·古德曼(1927—1994),美国作家,曾任教哥伦比亚大学,写了很多音乐和流行文化评论。
然而没有一个人说他是反黑人的庸俗者。——原注
③ I.R.即作者名字缩写。里德以作者的身份插入这段评论,直接批评古德曼对黑人伏都教文化的贬低。

数不多的能随心召唤洛阿的人之1。

伟大之人的追随者们往往自命不凡，水平低下，反而会扭曲和贬低大师的水平。

拉巴斯坐在法庭里，等书记员审理他的案件。他被传唤的原因是他的纽芬兰犬"伏都3分钱"弄脏了圣派屈克大教堂的圣坛。拉巴斯完全无法理解这项指控，他不过是遵守古老的公民义务，不弄脏城市的街道罢了。

近期，曼哈顿的阿托恩主义者针对他制造了许多的麻烦，这只不过是其中之1。他们知道他和叶斯格鲁有关系。

常有可疑的邮差出现。有只讨厌的胖脸黑猫整日坐在他办公室下面的围墙上，盯着他的窗户。他收到过装有人手的邮件。这太野蛮，是吧？可能吧，但这可不是排列希腊字母或者麻烦的脚注之类的事情，这是钱的问题，牵扯到那些人的生计。

白人病人蜂拥而来体验拉巴斯的法术。艾琳·卡索尔在书里推荐了他的一个作法。

> 如今我们从早到晚在跳舞。更重要的是，在跳舞时，我们不光是无意识地与不正常的身体线条和礼服做斗争，我们还不经意地与脂肪、疾病、精神问题作战。我们在运动，我们让自己的身体柔软、苗条、健康，这是任何改革者都无法为我们做到的。[1]

最初，艾琳·卡索尔对拉巴斯的推荐对他非常有利。卡索尔这个女人癖好打扮成修女的样子。自从她推荐之后，针对他的恶意行动有所缓减。这些行动包括来自警察的骚扰、消防部门对他的芒博琼博教堂频繁的检查，还有对他的税务记录的检查。

---

[1] 《空中的卡索尔》——艾琳·卡索尔。——原注

艾琳·卡索尔的客户是工业界的巨头——她每小时收100美元教哈里曼、艾斯特、范德比尔特①等人一种弱化了的叶斯格鲁，虽然这些人白天对阿托恩主义的教义致以清教徒的敬意。他们和海地的精英一样，表面上信奉天主教，背后却会偷偷地敬奉伏都教的恩贡。

晚上，这些人在艾琳的地盘跳着查尔斯顿舞，挥金如土，光顾上流人士的酒吧而不是普通的酒馆，伴着吉姆·欧罗普的"黑魔鬼"音乐跳舞——"黑魔鬼"是第1首在第5大道上表演的爵士乐队。②

既然有了如此有力的支持者，拉巴斯有一阵子避开了来自曼哈顿的阿托恩主义者的攻击。拉巴斯的技法得到了艾琳·卡索尔的推荐，他们就不敢冒任何风险去攻击他了，毕竟"病人"里很多人都是这些巨头的亲戚朋友。

但是最近，她开始从侧面攻击叶斯格鲁，成了政府针对叶斯格鲁传染症的咨询顾问。针对拉巴斯的敌对行动又开始了。拉巴斯知道那些对阿托恩秩序有威胁的人的下场，阿托恩的中坚机构——专门负责卑鄙勾当的壁花会——会把怒火投向他们。

壁花会禁止他们的作品，把它们放入禁书目录里，或者故意降低他们作品的可信度，让书里满是拼写错误。当他们写信表示抗议时，他们的话会被大段地删节。作为一个已经掌权2000年的体制，他们有些耍小聪明的手段。他们的敌人、叛教者和异端们常常被投入地牢、被绞死，甚至被自己人流放、排斥，因为阿托恩主义控制了人们的意识，人们只关注世俗的东西。帕帕·拉巴斯从不要求别人改变信仰，即使是和他一起工作的厄琳和夏洛特，他只要求

---

① 以上都是社会精英、商业巨子。
② 詹姆斯·瑞斯·欧罗普(1880—1919)，美国拉格泰姆音乐时代的乐队领队、作曲家，他是20世纪前10年美国黑人音乐的代表人物。"黑魔鬼"是詹姆斯·提姆·布瑞姆(1881—1946)领导的黑人乐队的绰号。两人利用了20世纪初黑人音乐崛起的机遇把拉格泰姆音乐和爵士乐介绍到了欧洲大陆。

她们供奉洛阿。供奉是为了感谢洛阿对他的影响,也是种预防措施。

书记员叫到了他的案子,也打断了他的思绪。他被传唤过来,法官要求他对着那本"他的法庭"上唯一允许的书宣誓。拉巴斯根本不去碰那个可恶的东西。他要求对着自己宗教的神像和书宣誓。这让他想起了某句熟悉的讽刺:"正统信仰是我的信仰,异端邪说是别人的信仰。"

在公民自由问题上,1920年前后是段倒退的时期。1917年,在亚利桑那州的比斯比,1100名"世界产业工人联盟"成员(别称"摇摆者")遭到治安警卫队暴徒的攻击。① 1920年1月23日,5000名"赤色分子"被人从他们的家中带走,或被关押或被驱逐。② 1919年2月20日,爵士时代初期,在印第安纳州的哈蒙德市,在仅仅审议了2分钟后,陪审团宣布弗兰克·皮特罗尼无罪。皮特罗尼以极为残忍的方式杀死了一个高喊"美国去死吧"的普通人。③

恐慌在这片大地上蔓延。(现在一如既往,这并不新鲜,是吧?)

帕帕·拉巴斯和法官正在争论,公诉人和警察也在交换意见。公诉人要求上前和法官说话,他们谈了一会儿,法官就撤销了案件。

他们并不想让他进监狱,他们只想用些无关紧要的出庭来消耗他、激怒他、迷惑他、困住他,这样他就没时间处理芒博琼博教堂的事了。

---

① 第一次世界大战后"世界产业工人联盟"派遣组织者去亚利桑那州的矿业小镇比斯比,为提高矿工权益做斗争。矿工要求加薪遭到拒绝后开始罢工,当权者成立了"公民保护联盟",野蛮驱逐了1100名矿工,制造了美国历史上有名的"比斯比驱逐"事件。
② 1920年1月,美国司法部部长米切尔·帕尔默下令实行了一系列的突袭行动,逮捕了5000余名受到怀疑的无政府主义者。
③ 1919年,意大利裔美籍公民皮特罗尼杀死了高喊"美国去死吧"的外国移民,他以爱国主义的理由辩解无罪。

出了法庭,帕帕·拉巴斯坐进了他那辆1915年洛克莫比尔产的2座轿式双门小汽车,这种车的设计体现了"量少成就品质,量多破坏品质"的原则,它的产量每天仅为4辆。他伸手从车的1个木质小箱里拿出支天蓝色的香烟,是他自己的品牌——"芒博"。

他的司机T.马里斯——他因为喜欢开玩笑得了这个名字——是个瘦高个的年轻人,正在林肯大学读图书管理的学位。

人们正往华尔街的方向跑。

怎么了?帕帕·拉巴斯边问边拿起小报来读。

好像是"约克镇警佐"派他的杀手对付巴迪·杰克逊,但是失败了。巴迪和他的女人毫发无伤。你的案子怎么样了?

他们又撤销了,又是拖延而已。等我们回到教堂时,很有可能碰上什么消防检查员。自从艾琳批评我的作法以来,公共卫生部门也来骚扰我们。那些从阿托恩主义那里拿到学位的人还到处散布关于我们的谣言。每当他们的诡辩和措辞失败之后,他们就会派来白人流氓打手,他们缺少真正的黑帮分子那样的胆量。他们名字后面的头衔是他们的冲锋枪,把各种知识固定在小隔间里的大学是他们手下的监狱。

你知道这些fagingy‑fagades是怎么回事,老爹。白人艾迪先生们最近神经不正常。

fagingy‑fagade?是什么?

白人,老爹。白鬼。

帕帕·拉巴斯把这个词写进他的黑色笔记本里,自从波比朗指责他之后,他开始关注当代流行的东西。他让T.马里斯把这个词重复了好几遍,才确定了正确的拼写,他像语音学的学生一样认真地记下来。他们的汽车从中心大街100号往北走,中途还绕行,给赶往暴力事件现场的救护车让路。

汽车载着2个人和他的狗到了暴力事件现场附近。他们看到人们到处乱窜，消防车、警察和各种车在路上乱停着。帕帕·拉巴斯注意到人行道上有个暴力行为留下的东西。他示意T.马里斯停下车，从车里下来。原来是那个经纪人"丑陋的"雕像：盖德①的雕像。这有点奇怪，帕帕·拉巴斯想。他回到车里，他需要隐私就把后座的丝质卷帘放下来，仔细观察盖德的样子。车的后座装配的是50英寸的弹簧，一路上都很平稳。

● ○

帕帕·拉巴斯的芒博琼博教堂位于136街西路119号。他爬上教堂的台阶，狗紧跟在他后面。帕帕·拉巴斯逐个房间走过去："黑塔""疲惫的布鲁斯""节奏、撞击和摇摆""我们躺下时"。② 在"节奏、撞击和摇摆"房间，人们正在以橡胶腿舞③的形式拥抱生活，他们向后弯下身子，让洛阿进入他们的身体。在"黑塔"房间，艺术家们在用谷物粉掺水画伏都教符号，这些符号向新的艺术之神发出邀请，这个房间是用黑色、红色和金色装饰的。

钢琴曲唱片正在放杰瑞·罗尔·莫顿④的《珍珠》，忧郁的旋律让人满怀惆怅。在"我们躺下时"房间里，受过净化洗礼的大鼓陷入了沉睡，有个守护者站在旁边，以防大鼓起来到处走动。帕帕·拉巴斯打开他那中空的伏都教巫师手杖，给大鼓加了杯走私

---

① 盖德，即伏都教中的拉巴斯神，十字路口之神，在美国、拉丁美洲与加勒比海地区不同地方称呼不同。
② 这些奇怪的房间名分别是黑人作家康梯·卡伦、兰斯顿·休斯、斯蒂芬·卡侬和普利切特的作品名。作者使用黑人文学作品名做房间的名称，一方面体现了黑人民间文化对文学作品的影响，另一方面也代表作者向非裔美国文学致敬。
③ 橡胶腿舞，19世纪末20世纪初在非洲舞蹈的影响下产生的有独特个性的舞蹈。
④ 杰利·罗尔·莫顿（1890—1941），来自新奥尔良的钢琴演奏家、爵士乐作曲家、乐队领导者。

的威士忌。波比朗批评他"不合时宜"让他有些震惊,从那时起,他开始加入了一些瑜伽的技巧。在一个大厅里,人们在做着眼镜蛇式、鱼式、狮式、莲花式、树式、窥式、至善坐式、轮式、乌鸦式和其他姿势。有1间屋子,帕帕·拉巴斯给它取名叫"杧果",是为了纪念这种具有净化作用的水果。在1张长长的枫木桌子上,铺着白得耀眼的亚麻布,上面的21个托盘里装满了利口酒、糖果、朗姆酒、烤鸡和牛肉等各种美味。桌子上有美丽的花瓶,里面插了各种玫瑰。这间屋子是神灵进食的地方,拉巴斯要求里面的供品一旦享用完了就立刻续上,这件事由助理来负责。屋子里点着各种颜色的蜡烛,桌子上燃烧的是天蓝色的蜡烛。另一个大厅里,参加者正在指导下练习,洛阿会不时地占据他们的灵魂。这里的洛阿不是弗洛伊德意义上的恶魔,并非歇斯底里的状态。不是的,人们通过一些特征可以知道洛阿的身份,然后给它供奉食物、祈福并且表演鼓乐,直到洛阿离开他的马和宿主①,不再打扰人们。参加者们都很有经验,他们知道神灵的名字,这些知识在阿托恩主义者清除希腊神秘术之后就已经消失了。参加者们绝对不会想到要对洛阿的宿主实施电刑、切除脑叶或是切除她们的阴蒂,上述作法是弗洛伊德之前"治疗"歇斯底里的方式。不,这些人对神灵没有恶意,而是欢迎他的降临。当有特别强有力的洛阿出现在人身上时,其他人会站在他的旁边,给他鼓励。帕帕和T.马里斯微笑着,满意地看到一切正常。

  帕帕·拉巴斯走进办公室,他的台灯亮着,屋里焚着熏香,有檀香、没药,还有其他的成分。虽然天主教下令只有乳香能用于宗教仪式,但是其他的熏香也延续了下来。他开始检查被伦敦出版

---

① 伏都教仪式中,洛阿占据人的身体,人成为洛阿的马和宿主。

社拒绝而退回的文章,编辑说他喜欢"关于新奥尔良失传的礼拜仪式"的文章,但是感觉"这不符合我们的格式"。拉巴斯看了看编辑委员会的名单,不出所料,全都是阿托恩主义者。他看了一眼大厅,厄琳正从一个房间里出来。奇怪,他以前从没注意过,她走路的样子像蛇,在薄薄的白色短裙下,她的臀部挑逗地扭动着。

厄琳,谢谢你邀请我去你的派对。希望我没有让客人们觉得不安,关于我和阿卜杜勒的争论。事情发生在你走之后,不过你应该听说了。

哦,我们习惯阿卜杜勒的鬼话了,他逮住机会就几个小时地长篇大论。我听说他背后有3K党骑士团的赞助。

帕帕·拉巴斯想了想,我还挺喜欢他的,至少他有自己的主张,和那些黑人马克思主义者不一样,他们只会模仿什么"英特纳雄耐尔",别人的思想,别人的歌。阿卜杜勒是个无法唱出自己歌曲的恼怒的作词家,等他的书出版了我非常愿意去读。

夏洛特想见你。

是吗?我还觉得奇怪,为什么她没来给你帮忙呢。

我自己可以做得来。我觉得她想要辞职了。

怎么了?

我不知道,你最好去问她。

帕帕·拉巴斯走进夏洛特的办公室,她正坐在桌子上。夏洛特打扮得整齐利落,黑色的毡帽上别着鸵鸟毛,她戴着珍珠饰品,黑色的套装配摩登短裙。她正在看杂志《名利场》,一抬头看见了拉巴斯。她吸了口象牙烟托里的法蒂玛①土耳其烟。

怎么了,夏洛特?

---

① 法蒂玛,美国19世纪开始生产的香烟品牌,包装具有土耳其风情。

哦,老爹,我不想让你难受,不过我得走了。你知道,波比朗说得很有道理,自从他辞职走后,他的追随者纷纷走了。他影响了你的作法,刚开始我以为你的作法是可行的,但是,老爹,你知道吗,最近你对新伏都的疗法有点过于狂热了,我是说,我学会了各种舞步和所有的……我觉得……

你的意思是你有新工作了……

噢,是的,我要登台表演,种植园俱乐部让我去主演他们的新剧《女巫的匹克》。我几个月前去参加选拔了,然后以业余身份去演了几场。现在他们想让我长期演出,我已经有不少支持者了。

恭喜你,这是好消息。

哦,你是说你同意了?她用那种独特的性感声音问道。

是的,当然了,既然你有这样的好运气。你只要记住,不要变成艾琳·卡索尔那样的淘金者。

她的目光落到地板上。

还有其他要说的吗?

经理想让我招待一些高端的客人,戴钻石领带夹的人的大生意。你知道的,教给他们我从这里学会的那种舞蹈的皮毛。

夏洛特,你不应该为了赚钱利用任何法术。

为什么不能?我帮助你们翻译法文,在你们缺人的时候接替了波比朗的位置。老爹,你不能把你的法术这么完美的东西藏起来,这些法术有利于整个世界。

夏洛特,我觉得我们应该谨慎些。我不知道海地的法术能多大程度地在美国转化过来。如果洛阿们跟随着我借用的法术也来到我们身边呢?这意味着我们必须供奉满足他们。这就是为什么我要求必须盛满22个托盘,以防万一,这22个托盘是献给海地洛阿的。我知道你们都认为我这样做很傻,但是我们得采取预防措施。我当时警告大家叶斯格鲁流行症会来的时候,没有人相信我的话,但是现在它真的来了。

老爹,这只不过是他们捏造出来吸引眼球的东西,你知道现在的报纸有多么无耻。

我仍然认为你应该等等,夏洛特。这可能会很危险。激怒洛阿神培多罗①的一面,你会惹上你想象不到的麻烦。

夏洛特从桌上站起来,走近拉巴斯,用胳膊搂住他的脖子。

瞧,老爹,我想好好利用你和厄琳还有波比朗教给我的这些美好的东西,把它分享给大家。

帕帕·拉巴斯停顿了一会儿。

我不愿意你走,不过我想你知道你在做什么。

夏洛特收拾好自己的东西,走向门口。她又转身和拉巴斯亲吻道别,然后走了出去。拉巴斯听到她和厄琳在外面说话。

一开始雇她来是做翻译,有时候邮件太慢了,她就充当送信人,回家的路上把包裹送给顾客。他有些替她担心,他总是非常谨慎,因为之前他曾经被神灵"附身",并且授予了自己爱颂,这相当于继承了法术。但是,他觉得有义务警告技师们这个领域邪恶的一面,以防他们不经意地惹上了不该碰的洛阿。如果这就算是保守主义或者过于正统,那就是这样吧。

他打电话给花店,他打算送夏洛特一束杂色的玫瑰,她可以选择自己喜欢的。她喜欢自己选择。

---

① 培多罗,又译佩德罗,指的是神灵残暴、好战的一面。

13

厄琳到家的时候,心里非常高兴,她买了这款绝妙的围巾,上面是匕首插入心脏的图案设计。她自嘲地想,这倒是对她现在的感情状况绝妙的比喻。她把邮件从信箱里拿出来,拾起了门垫上的《纽约太阳报》。头条是关于海地的,伏都将军,什么美国海军。她听拉巴斯说起过海地,他一直想去那儿却没有去成。拉巴斯曾经说过,如果我不去海地,可能海地会来找我。厄琳进了公寓,走进客厅。她脱下衣服,在罗勒叶和奇异的芳香中泡了个奢华的香浴澡。她黑色的肌肤像光滑的陶器一样闪光,摸上去像缎子。她躺在浴缸里,手里拿着折叠的报纸。这些步兵僵尸是怎么回事?现在的小报真是太过分了,似乎好莱坞的丑闻还不够,他们又开始渲染海地。最近1个记者潜入了监狱执行死刑的房间,拍下了一个女人被处决的照片——虽然恐怖也很有趣。新闻照片上穿白袍子的人团团围住一个海军僵尸。突然门开了。

嗨!

厄琳从开着的浴室门向外面的房间看,波比朗回来了。嗨?你走了3天了,你要说的就是嗨吗?

哈啰!

波比朗,你怎么了?

波比朗打开冰箱,从碗里拿出块烤肉。他打开包装纸,开始啃肋排。

哦,我一直很忙,你知道的,在外面。

他戴着黑色的帽子,帽子上有条白色丝质饰带,上面是黑色的圣甲虫花纹,黑色羊毛长礼服直包到他的脚踝,脚上穿着内战时期风格的圆头黑色高筒靴,擦得一尘不染,手绘图案的领带打了个肥大的结,放在装饰着黑色兰花的白马甲里。虽然不是簇新的衣服,但他打扮得干净,穿着得体。很多人因为他和女人打交道的方式觉得他是个花花公子,但是波比朗从来不会利用这一点。他不是杂货店牛仔①,或者喜欢闲逛、盯着每个路过的爵士宝贝②的那种变态之人。波比朗是个严肃的人。

宝贝,我很快就能结束这件事,到时候我会告诉你一切。但是,现在,亲爱的,你要相信我。

厄琳站在门口,身上披着块花色精致的浴巾。

波比朗看了一眼墙上的画,是海地人 J. B. 博特克斯③画的《抹大拉的黑人玛丽亚与耶稣》。首先吸引人眼光的是女人酸橙色裙子下令人瞩目的臀部曲线,她佩戴珠宝,脖子上绕着串珍珠项链,她的头发盘成髻。她在看着海地人跟随耶稣的队伍……耶稣被她吸引住了,他停下来盯着她看,而她从阳台的栏杆上探出身去。

波比朗的裤子在膝盖那里有点鼓包。他脱下大衣、帽子,从桌子上扔过去。厄琳走到床边,两腿交叉着坐在床沿。

你旁边那个漂亮东西是什么?

---

① 杂货店牛仔,20 世纪 20 年代美国俚语,指在杂货店等地方穿戴讲究、无事闲逛的年轻男性。
② 爵士宝贝,是 1919 年的一首流行歌曲;也指喜欢爵士音乐和舞蹈,并且有些放荡的摩登女孩。
③ J. B. 博特克斯(1918—1979),海地画家,他的作品表现的是《圣经》主题和日常的海地生活。

我今天买的围巾。

波比朗走到床前,拿起了围巾,他抚摸着手里的丝巾笑了。

亲爱的,最近发生了些非常严肃的问题,波比朗躺在厄琳身边坦白道,你会发现叶斯格鲁并不是一个老头的白日梦……它充满活力,引人入胜——

厄琳起身,双手支撑着身体,她开始为帕帕·拉巴斯辩护。

哦,波比朗,他非常欣赏你,为什么你不能——

但是波比朗另有打算。他的双手放在她的腰间,两人激烈地缠绵。他把灯关上,屋子里只有"爱之火"牌精油蜡烛在燃烧,火花跳动,蜡烛烛身上涂了油。

早上3:00的时候,厄琳醒来,被窝里她觉得很暖和,像是在罗勒叶中洗泡泡澡一样满足。她转头看自己的爱人,人已经走了,枕头上只剩他留下的痕迹。

14

亨克尔·范温普顿长得很像威廉·布莱克[①]那幅关于《天启录》的怪异画像里的第4个骑手,长着灰胡子的人物。《天启录》里是这样写的:"看,有匹灰马。骑在马上的,名字叫死亡。地府也随着他……"范温普顿在阿托恩主义的喉舌《纽约太阳报》的影印室里工作,这个报社由壁花会成员负责管理。他住在纽约切尔西区的出租屋里,他一直未结婚,夜复一夜,他和他的同伴们在23街的一家自助餐馆里喝着咖啡,吃着豆馅饼,谈论欧洲历史。在自动龙头里流出的无数杯咖啡的陪伴下,他的同伴们热烈地争论,亨克尔·范温普顿稳坐在那里,一块黑色的眼罩遮住了眼睛在旧日战争中所受的伤,那些争吵的人常称他为"大团长"。

● ○

那天晚上,好管闲事的房东太太通过范温普顿的房门钥匙孔窥视——她经常到他的屋里扫地打断他的冥思——发现他正盯着个丑陋可怕的东西:一个小小的黑人玩偶,上面镶了钻石。据她后来说,亨克尔·范温普顿穿得"像过去的骑士,开始亲吻那个丑陋的黑玩偶"。他坐在那里,精神恍惚,瞳孔涣散,穿着带有红十字徽章的破破烂烂的制服,羔羊毛纺织的粗线大衣,发出奇怪的哭声。

[①] 威廉·布莱克(1757—1827),英国诗人,他的作品趋向于充满神秘色彩,代表作有诗集《纯真之歌》《经验之歌》等。

然后他向后靠在椅子上,陷入沉思。

那是公元1118年——勃艮第骑士雨果·德·帕英在所罗门的神殿前举行了仪式。他成立了"圣殿骑士团",又叫"耶稣的穷人骑士"。他们是蓬头垢面的一伙人,看起来好像几个月没洗澡的样子。他们是西方文明的战术部队,一个强有力的公路侦察队,被授命保护去圣地的朝圣者不受异教徒和强盗的攻击。

1天,亨克尔·范温普顿犯了错,忘记把新闻标题写成现在时态。文字编辑主任的原话是:"那个老头大脑已经失去控制了。"那时起,他把温水瓶里装上松子酒,带到上班的地方。

● ○

那天晚上,亨克尔·范温普顿回到家,发现他的房间被彻底搜查了。他的衣服被扔得到处都是,他的书被扔在地上,箱子和抽屉都空了。亨克尔·范温普顿质问他的女房东。

"她一无所知。"

亨克尔·范温普顿的女房东出于对自己窥见的那一幕的好奇——看到她的租客亲吻这个长相奇怪的"雕像"——专门邀请她的牌友们来楼上"看洋相"。

她们的有利位置是公寓上的天窗,能通过玻璃往下看而不被发现。这次他站在一个狗的塑像上,举起酒杯和剑,在头顶上乱舞着剑,说些奇怪的话,房东的1个牌友后来想起来这是"阿拉伯话"。

圣殿骑士的声誉日增,他们不会退却或者逃避责任,他们不是软蛋和怂包,他们的确不是。他们是军事圣殿,保护所罗门巫师的圣殿和里面的宝藏。他们拯救了第二次十字军东征(1146—1150)不被消灭。

15

《纽约太阳报》特别版现在已经成了收藏家喜欢的藏品,它对阿托恩主义的秩序也算尽心尽力。阿托恩主义要求《纽约太阳报》每月把大量的专栏版面贡献出来歌颂西方文化——"人类最卓著的成就"。关于伦勃朗作品鉴定的相关故事跳到第60页,旁边专栏是关于非裔美国绘画的,阿托恩的评论家评价其"原始",充其量是"颇有魅力","大部分是宣传性的"。

执行编辑一整天都在和"上面的人"开会,商量决定这份小报能做点什么,来击垮现在已经抵达芝加哥的叶斯格鲁传染病。当他走进办公室,拿起未经他检查发表的这版报纸时,他开始咬牙切齿,暴跳如雷,像头咆哮的公牛一样冲出了办公室。头版头条里出现了巨大的错误,成千上万份报纸已经在街头了,其他的也已经在路上了。已经太晚,无法召回了。有人该掉脑袋了。

他气冲冲地进了影印室,看到排版编辑醉醺醺地头抵在桌子上。执行编辑当场就解雇了他。他收拾东西的时候,执行编辑问究竟是谁犯的这个错误。

"那个外国佬,"排版编辑说,"亨克尔·范温普顿,那个外国家伙。"

公司已经把亨克尔·范温普顿打发到新闻头条纠正室去了,希望能纠正他那过时、混乱的脑袋,但是他冥顽不化。在紧邻影印

室的小屋里,亨克尔·范温普顿正坐在他的椅子上沉思:

只要他们肯开口索要,私人的城堡马上就是他们的囊中之物。据说他们还有隐秘的港口,从那里可以驶向未知的大陆。他们引起了欧洲君主的妒忌,妒忌他们直接为教皇服务,于是君主们打击他们的势力。但是在贵族中,他们有不少有权势的朋友,英格兰的理查德1世是他们的庇护人,阿拉贡和纳瓦拉的阿方索国王把自己的国家遗赠给他们,可惜这个计划后来被摩尔人阻挠。鲍德温1世把自己的宫殿献给圣殿骑士做他们的总部。

16

范温普顿?

亨克尔·范温普顿的1只蓝眼睛眨了眨,看见站在他面前黑不溜秋的人。此人穿着大了几号的裤子,系着背带,头发用一股难闻的油膏固定住。

我们给过你机会,老家伙,现在你完了。占领军方面给我们下了命令,这场战争的任何消息都不能在大陆上宣传。你倒好,做了整版的横幅标语,**伏都将军包围太子港的美国海军**。我们警告过你,老头,但是这次你真的完蛋了。你的文体本来就太花哨了,我们喜欢有力、生动、简短的动词和现在时态,你适应不了这种美国风格,老家伙。

去死吧!

外面透过玻璃窗偷听的人被亨克尔·范温普顿骂人的脏话吓了一跳。

你和你的报纸一样粗野,执行编辑本人的风格就是报纸的风格。你每顿饭都要吃番茄酱,你从不爱换衣服,你是个邋遢鬼,所以你的报纸也邋遢。你在头版放上冠冕堂皇的故事,后面却是最廉价的珠宝广告、好莱坞的丑闻和充满挑逗的照片,你的封面那么卑鄙,使用记者从监狱里偷拍出来的女人被处死的照片。

嘿,等一下,酒鬼,怎么了你?

你的报纸每一页都和你一样下流。你的浅薄思想势必导致错误百出,最终摧毁你所代表的"资产阶级"意识。你会引诱出你那扭曲的噩梦里的魔鬼,他们会像死鱼一样浮起来。另外,朋友,你的文体风格就是赛马新闻而已。

执行编辑的脸红得像猩猩屁股,他赶紧咽下几颗药丸。

好吧,亨克尔,我不想和你争论。关于海地这件事我们有命令,美国人接受不了这种不能用简单的经济学术语或者白人的天命解释的战争。你的头条已经造成了巨大的损失,我们的接线台现在收到无数民众关于海地的问题。他们中很多人甚至不知道海地在哪里。

海地在北纬21°,西经72°,范温普顿回答道。

是的,对……那些乌合之众正从42街的图书馆里借走关于海地的书,图书馆门口的狮子为了安全起见也移到室内了。你给我们惹了大麻烦了,你必须得离开。

海地这件事得靠西方精神中的蛇怪和海怪来解决。

亨克尔·范温普顿端详着执行编辑的脸,双下巴,透着饮酒过量引起的苍白。他看到对方的袖扣上有穿盔甲的骑士,骑士胸前有红十字。

你从哪里得到这副袖扣的?

在42街的街角买的,怎么了?

你不光是个卑鄙小人,还敢亵渎神灵。渎神者去死吧!

范温普顿掏出把铜质短匕首,向执行编辑的胸膛插去。其他的员工赶紧冲进办公室,把他从执行编辑身上拉开。

就这样,你疯了。现在去领你的薪水,给我滚出去,别等我叫警察!

乐意之至,亨克尔·范温普顿答道,掸了掸完美上浆的衣领。

从你无视堕落的情势来看,你应该能把他们管理好。

亨克尔·范温普顿收起他的报纸,派头十足地走出了《纽约太阳报》的办公室。

大街上,戴着帽子穿着短裤的男孩正在叫喊头条消息。

伏都将军包围太子港的美国海军

亨克尔·范温普顿笑了起来。这就是美国。层层的谎言就像砖头建起了共济会(又名石匠)的巴别塔。社会批评家 H. L. 门肯专门造了个词"迦玛列式"来形容哈定的文风。这种风格坏到了别具一格的程度。

> 情况报道:海地出现新情况,有消息说一名南方海军队员被人活吃掉。这种行为是野蛮的、可怕的、恐怖的,是对整个"文明"世界的公开侮辱。国会几乎全票通过决议强烈地谴责海地。有人要求詹姆斯·威尔登·约翰逊对此发表评论,他说:
>> 海地所谓的习俗是没有烹煮就把人吃掉,美国确凿的习俗是把人烧死了又不吃①,两者究竟哪个更应该被谴责。海地的做法,至少有实用的目的可以抵罪。②

---

① 指的是美国白人私刑烧死黑人的残暴行为。
② 《这条路》——詹姆斯·威尔登·约翰逊。——原注

17

失去了工作的亨克尔·范温普顿蹒跚地走在路上,帽檐拉得很低,过去的一切终于结束了。他不介意给美国人叫作"报纸"的垃圾安排构思头条,庸俗小报到处是"纵火谋杀""春满情巢""甜心爹地"和"心跳激情"。他不介意它内容廉价、修辞空洞、滥用同义词,他已经完成了自己要做的事,这下他的老雇主不得不来找他了。如果叶斯格鲁这件事还是没有说服他们,他们会通过海地情况泄露这件事找到他,那时大家就可以讨价还价了。嘿嘿,他笑起来。嘿嘿,亨克尔笑起来。过路的行人停下来看着这个人在大街上笑弯了腰,嘿嘿嘿嘿嘿嘿嘿嘿嘿嘿嘿嘿嘿嘿……

> 舞蹈是普遍的艺术,是常见的喜悦的表达,那些不能跳舞的人被禁锢在他们的自我中,不能和其他人以及世界相处。他们丧失了生命的诗意,他们只活在冰冷的思考中。当他们的双脚可悲地依附在地上时,他们的情感被深深地压制住。①

---

① 《舞蹈:从仪式到摇滚,从芭蕾舞到舞厅》——约斯特·A. M. 梅尔卢,费城:奇尔顿出版社,1960,第39页。——原注

●　○

那天晚上,亨克尔·范温普顿因为成功而不胜欣喜,参加了一场在圣殿骑士的楼里举办的讲座,这里曾有著名的创始会员德维特·克林顿①,曾经的纽约州州长。会员们站起来给亨克尔鼓掌,邀请他到讲台上。他安静地坐在硬背椅子上,听着讲演者描述当年感激涕零的欧洲人对如今名誉扫地的古老的圣殿骑士团所表达的敬意。他们当年被赠予了墓地、教堂、农场、村庄和牧场,他们成了地中海地区的银行,和基督徒、穆斯林都做生意。他们不用侍奉君主,只需要对教皇本人负责。他们曾经一度收入高达900,000,000 先令,公元 1128 年,教皇宣布他们永远不会被逐出

---

① 德维特·克林顿(1769—1828),美国的政治家,曾担任纽约州州长,1812 年曾竞选美国总统。

教会。

那天晚上,亨克尔·范温普顿因为胜利而喜极而泣,对着那个黑色卷发的小黑人玩偶唱赞美诗,唱歌用的是全世界只有10个人会说的古老语言:"上帝制造了我们,绝不会抛弃我们。"房东太太笑得咯咯响,差点暴露她在门外的藏身处。

● ○

早上,亨克尔·范温普顿去银行提钱交房租,有辆车驶过来,里面的人跳出来,当着吓坏的顾客的面,光天化日之下用枪抵着带走了范温普顿。目击者根本无法说清这些人的样子。那天下午,当亨克尔·范温普顿的房东太太开门进他的房间打扫时,发现屋里一团糟。她很吃惊。"他可能神经有问题,但是一直很干净。"她后来告诉她的牌友。

> 基督教从来不是现世的,它也从来不看重美食和美酒,它严重怀疑让教徒接触到爵士乐是不是真的有益。
> ——卡尔·G·荣格,《心理学和宗教:西方与东方》

> ……非洲的神灵喜欢美食、美酒、战争和性爱。
> ——大卫·圣卡莱尔,《鼓与蜡烛》

这是壁花会的总部。这里一切都不是天然的,所有的东西都是聚氨酯、聚丙乙烯、聚甲基丙烯酸酯、树脂玻璃、丙烯酸盐、聚酯薄膜、聚四氟乙烯、酚醛树脂、聚碳酸酯等复合材料掺杂在一起。这里的人痛恨树木,没有任何能让人联想起"种子人"的东西。这里的美学和哈欠类似,单薄又单调、枯燥、无聊、乏味。他们这里整齐、干净、准确、精确,但是像个大哈欠一样乏味。和几千年前赫里奥波里斯定下的规矩一样。(赫里奥波里斯是敬奉太阳神的古城阿吞或者阿托恩的希腊语说法。)这里的人吃的是射线,零食是声频,睡觉就是加载数据,娱乐就是分解身体。这里器官移植很受欢迎,有时人们玩交换头脑、隐藏心脏的游戏。这里总是在齐步走,一队类似人的生物刚刚单列一队走过大厅,另一队又走了过来。数千年前,阿托恩主义者已经把自己的灵魂交给了上帝,下一步要交出的是血肉躯体。塑料很快就会战胜血肉和骨骼。死亡会取而代之。为什么热爱死亡?因为死亡之后,就没有那些让你整晚睡不着觉的喧闹的舞蹈和唱歌。第二天早上你就能够按时起床,建设、操练、扩展、盖起摩天大楼,和……和……和……工作,等等。知道吗?忙个不停。

现在出了问题。叶斯格鲁,**姆塔卡菲**,再次搞砸了弄得一团糟的条顿骑士,卡尔·荣格写道:

> 人们需要第一次世界大战的灾难,和随之而来的异常的精神萎靡,这能够引起大家的怀疑,怀疑白人的精神是否正常。

18

在壁花会的总部里,阿托恩主义的骨干力量正由于叶斯格鲁传染病而忙作一团。助理们像白色电话上的蚂蚁一样快速地跑来跑去。他们利用一种新发明——电视——来扫描全国,查看叶斯格鲁目前在芝加哥活动的迹象。

1号祭司穿着凉鞋,打扮得像塞西尔·B.戴米尔①电影里的临时演员,正在踱步,他的灰色胡须长及腰部。他在看传染病的进程,黄色的眼珠飞快地从这个屏幕跳到另一个,看着叶斯格鲁刚从堪萨斯城消失,又出现在圣路易斯。各种木质、金属质和塑料质的人、动物僵尸和生物正在用代码交流,莫名其妙的声音,像是录音机快进播放的人的声音。姆塔卡菲加剧了叶斯格鲁的问题,负责抢劫艺术品的姆塔卡菲正在劫掠欧洲和美国的私人展览馆。他们中的1个人,是个国际姆塔卡菲,偷了大英博物馆珍藏的神圣的纸莎草书②,把它归还给"开罗的兄弟们"。根据留在盗窃现场"无知蒙昧的""自相矛盾"的"涂写",这是"精神错乱者"的作为。

德国科隆的远东博物馆发现中国展区的好几件文物被盗。壁花会针对海地发起的战争被《纽约太阳报》的头条给披露出来,更

---

① 塞西尔·B.戴米尔(1881—1959),好莱坞的著名电影人,从默片到有声电影,他制作了70余部电影,有《十字军东征》《十诫》《埃及艳后》等。
② 纸莎草书,指古埃及的《亡灵之书》。莎草纸是古埃及人的书写介质,是用当时盛产于尼罗河三角洲的纸莎草的茎制成。

是火上浇油。一周之内,美国图书馆里关于海地的书的借阅量超过了图书馆系统以往的总和。另外,人们在纽约街头说克里奥语,穿着热带地区服饰,女人穿着白色长衫,男人穿亚麻西装。随着战争的进行,它已经到达了美国海岸。壁花会对海地发动战争的目的是想要通过进攻叶斯格鲁毒瘴的来源以减轻它的影响症状。但是小小的海地起来反抗,它成了全世界范围内宗教和美学自由的象征。当艺术家突然找到新的艺术形式时,他会高喊:"我找到了我的海地!"

跳舞的狂潮在全国泛滥。J. A. 罗杰斯写道:"这恰恰是爵士乐的传染性、感染力所导致的,它就像麻疹横扫处。"[1]人们跳查尔斯顿舞、德克萨斯托米舞,以及其他不知名的叶斯格鲁症状的舞蹈。壁花会想起了10世纪时的**毒蜘蛛舞蹈症**[2],当时它甚至危及了教会的存亡。甚至连帕拉塞尔苏斯,一个曾经因为用地方语言而非拉丁语授课令学术界震惊的"激进分子",也称这种狂热为"疾病"。[3]

壁花会其实很明白叶斯格鲁想要什么,叶斯格鲁需要什么。就算是猜错了,他们还有其他的办法。他们的诊断和拉巴斯的一样,他们正在监视这位"所谓的"占星侦探。

你必须掌握叶斯格鲁的庆祝仪式,它才会消失。现在是新时代了,20世纪20年代,刀剑打斗只能吸引参加演出的小孩子。道

---

[1] 《新黑人》——艾伦·洛克主编。——原注
[2] 毒蜘蛛舞蹈症,源自意大利南部的一种宗教仪式,未婚的年轻女子被毒蜘蛛咬过后出现歇斯底里、癫痫的症状,然后失去意识。治愈这种中毒现象的方法是跳一种特殊旋律的舞蹈,让中毒者一直跳舞,直到用尽所有的力气。直到19世纪,西方还有这样的看法,认为被毒蜘蛛咬后出现病症,只有和着音乐舞蹈才能治愈。
[3] 帕拉塞尔苏斯(1493—1541),炼金师、医师、自然哲学家。他打破学界规则用日耳曼语而非拉丁语在大学授课,曾用 choreomania 一词来形容跳舞狂。

格拉斯·费尔班克斯能卖国债能演戏,①可是对你没有多大的帮助。条顿骑士团也毫无用处。你必须找到现代的东西来控制叶斯格鲁,去揍它、限制它、收编它、改变它、打败它。如果叶斯格鲁溜进了收音机和录音机里,那一切都完了。幸运的是,你的科学家正在致力于微生物研究,生产可以适应任何星球的大气层的极微小的人类复制品。你的发明家正在准备一艘飞船,打算把这些微生物运送到你看好的3个星球上。你希望所有的子民都像科学家一样,忠诚、不反抗、"默默地工作"。

你必须要掌握叶斯格鲁渴望的东西,那个文本。最新的报告说它在一个幸存下来的圣殿骑士手里,那个名誉扫地的圣殿骑士团在其丑闻之前曾经掌握了西方文明的命运。

亨克尔·范温普顿被推进那个圆形的、旋转的房间里,他打断了祭司的思绪。

这个圆形房间的顶棚是玻璃圆顶,祭司可以从这里观察天空的变化。亨克尔首先看到一个患有严重脊柱后凸症的人正站在梯子上标注一幅巨大的地图。他在记录物种,那些近乎灭绝的生物的名称和数目。在鸟类、爬行动物、两栖动物和鱼类的图上标了无数无光泽的圆点。电话响了,那个人爬下梯子去接电话。他咧嘴笑起来,又回到自己的位置,在项镖鲈②上加了个圆点。

一条由毫无血色的电子信息点组成的巨大的魔蛇盘踞在美国地图上,叶斯格鲁从新奥尔良蔓延到了芝加哥地带,这条魔蛇究竟

---

① 道格拉斯·费尔班克斯(1883—1939),美国电影默片时代的著名演员、制片人第一次世界大战期间,美国发行自由公债来应付战争支出,为了卖公债邀请了以费尔班克斯为代表的好莱坞明星来调动人们的购买积极性。这里指的是利用明星效应。
② 项镖鲈,是美国的濒危物种,体形小且色彩鲜艳,仅在阿拉巴马州的四个溪流中生存。

是致命的还是善意的,要看你怎么来看了。报道说,欧洲也出现了传染病,叶斯格鲁开始普遍性感染,跨越了大洋。但是总体来说,它形成了一场从芝加哥指向东海岸的运动。在另一面墙上,是阿托恩主义的象征:燃烧的圆盘,数字1和他们的教义——

> *看看他们!看看他们!*
> *屁股这样、那样摇摆*
> *而我,我的肌肉是石头,*
> *脊椎、骨髓是石膏,*
> *屁股用装饰纸撑着,*
> *站在这里像个蠢女人。*
> *上帝,如果我不能跳舞,谁也不能!*

那群曾经审讯新奥尔良已故市长的人抓住亨克尔·范温普顿的胳膊,让他站在1号祭司的面前。

你为什么把我从纽约带到这里来?

叶斯格鲁已经抓住了美国的命脉,祭司对他的俘虏说。是你把那个头条放进我们的刊物《纽约太阳报》里的,我们找到你了,你知道我们的计划,我们在海地做的一切,我们之前也这样做过。而你手里有滋养叶斯格鲁的东西,叶斯格鲁找不到它就会消失,把东西交出来。

哦,我明白了,亨克尔回答说。他挣脱了胳膊,身旁的人和他这个俘虏扭打起来。

别管他了,祭司命令道。

我明白了,亨克尔一脸得意地说。条顿骑士团搞砸了上一次的圣战,如今你想要让我这个圣殿骑士来救你们。

祭司低下了头。你知道我们有麻烦了,是不是?你看年轻男人戴着奴隶的手环,在咖啡馆里对黑鬼的诗歌引经据典,年轻女人吸着"幸运"牌香烟,穿着短裙,在外面玩到凌晨3:00。如果你知道我们很绝望,那你也肯定知道,我们会不惜任何代价要阻止它,如果你不肯交出文本来,我们会干掉你。

干掉我……亨克尔笑起来,开始在屋子里大摇大摆地踱步。干掉我,你连修辞风格都不要了,原先繁琐的句式,那些300个词长的带着许多附加注释和与对象毫无关系的修饰从句的句子,都没有了,你们一向欣赏的逻辑和理性也没有了。叶斯格鲁流行病让你们这么担心,你说起话来就像是个下等的私酒贩子或者抢劫犯。

我……我不想为难你,1号祭司按下按钮,3个长相奇特的人穿着"第3人"旋律①里的那种军服式大衣,穿过一道道的门,进入了圆形房间。其中一人托举着放在枕垫上的仪式用匕首。

这种情形并没有吓到亨克尔。

你现在手下有暴徒,可以光天化日之下绑架无辜的人,"干掉他们"。有了打手、职业杀手和流氓,你也不再像以前一样引用柏拉图和其他蒙昧主义者的话了……

这是真的,祭司表示同意。我们把那些留给纽约的知识分子和他们的黑人帮佣了。现在你有5秒钟时间告诉我们,你把文本放哪里了,否则这将是你的最后5秒钟。

托着匕首的人似乎受到某种武力冲动的驱使,走到了屋子中心,啪嗒一下站在祭祀的面前。

我手里没有。

什么?

---

① 侦探悬疑电影《第三人》(1949)中配的乐曲叫作《第三人旋律》。

我帮不了你。早在1307年10月13日那黑暗的一天之前,你就应该想到文本了。你们的国王腓力4世和他雇来干"下流勾当"的教皇克雷芒对我们的骑士团提出指控,抓了我们的领袖并且处死了他们,而我们过去为了保护你们的小命做了那么多。

周围的警卫们吃惊地交换眼神。他们以前从没见过有人这样和1号祭司说话。

你不愧是幸存下来的圣殿骑士团的大团长,傲慢又自负。我们别无选择,只能审判你们。你们的骑士团过于强大了,威胁到了我们。我们从来不和他人共享权力,我只不过是个监护者、看门人,直达最高上层的体制中的一个管理者。我收到了命令,然后由教皇和国王们来执行这些命令。他们对你们的指控也已经证明是确实存在的,包括"崇拜猫状的魔鬼","对着十字架吐痰、踩踏、撒尿",还参加使用阿拉伯药物的仪式。你们被指控鸡奸、亲吻黑人神巴弗灭①……为了基督宗教,我们不得不处理你们。

基督宗教?如果没有我们骑士团,根本就没有什么基督宗教。我们当时想要扩张,通过接触阿拉伯人我们已经取得了非洲一部分的势力。我们的大团长雅克·德·莫莱被处死时诅咒你们的腓力4世,一个月之后,1314年11月29日,腓力4世被熊吃掉了,教皇克雷芒5世在1314年4月20日垂死时大喊"我着火了,我着火了",那时你们就应该知道,我们从撒拉逊人②那里学会的不只是下棋和大麻。你们的基督宗教是给农奴、走卒和农夫的,你、教皇和国王,却可以参加"偏离"的仪式,偏离你们的奴仆所遵守的规矩。"扁脚板",你们过去在背后这样叫我们……你们逮捕了我们,但是

---

① 巴弗灭,巫术传说中撒旦化身的羊头恶魔。法国国王腓力4世指责圣殿骑士团崇拜巴弗灭,并以此作为打击圣殿骑士团的理由。
② 撒拉逊人,指阿拉伯人或十字军东征时的穆斯林。

我们中的一些人逃走了。我来到了美国,在这里,我能把我们散布在世界各地的一小撮人聚集起来,我们等着这一天……等着你们不得不收回自己的错误决定,这一天,终于等到了。

警卫们又互相交换眼神,他们无法相信发生在眼前的这一幕。祭司知道对警卫保持神秘感的重要性。

请你们离开,我们得单独谈一会儿,他说道。警卫们把拳头放在胸前行礼,之后离开了房间。

你对文本做了什么,亨克尔?

哦,文本,你想要文本。你这个傻瓜,难道你以为给他们学院奖学金和资助就可以彻底消灭阿托恩的对手了吗?真正的"异教徒"拒绝在你的大学里被米尔和休谟①之类的思想碾磨成碎片,他们会回到自己的部落,穿上巫师的豹纹袍子,把阿托恩思想从脑袋里清除出去,磨剑以待与你的东西开战,难道你不明白?

亨克尔,我们可以做个交易。文本,求你了,想想十字架,想想圣母玛利亚。

想想圣母,他说。我们拼死作战就是为了圣母、十字架和圣杯,看看我们得到了什么?我们的土地被烧毁,我们的财产被没收,还有那场屈辱的审判。

我们需要文本,亨克尔,我求你了,祭司眼里闪着泪花抗议道。

如果你真想知道的话,现在它在哈莱姆的 14 个叶斯格鲁病毒携带者手中。只有我能够召集它,编辑成册。文本在看门人、普尔曼列车服务员、擦鞋的男孩、哈佛的退学生、音乐家、爵士乐手这些人手里。它的复写版在纽约、堪萨斯、奥克兰、加利福尼亚、田纳西

---

① 原文为 be Milled and Humed,作者使用了双关,Mill 和 Hume 做动词。

的查特奴加、底特律、莫比亚、罗利。① 非常的散乱,散成一片。我把它作为系列书寄了出去。

这就是为什么我的人在你的公寓搜查不到它?

是的。如果叶斯格鲁正在找它的文本,我能够帮你。就算它不在找,我也能够协助你,但是有个条件。

什么条件?

让我们骑士团负责第 1 阶段和第 2 阶段的圣战,给我们一个在世人面前洗刷屈辱恢复名誉的机会。

不可能,祭司回答道。上头绝不会同意这样的安排。

那么很好,叶斯格鲁正在向纽约方向发展,因为它感觉到找到文本的关键就在这里。它所需要的就是这 14 个人的名单,我只要告诉它该怎么做,那就……

好吧,好吧! 你赢了。圣殿骑士团将负责这次抗叶斯格鲁的血清。我别无选择,否则黑色的泥沼会把我们全部吞噬掉,你需要什么……

现在你总算动脑子了。1,我打算把文本收集起来烧掉。2,我会制造一个说话机器人,这样的话,如果叶斯格鲁打算进攻纽约,纽约就能坚定地抵抗它。我在《纽约太阳报》学会的几手把戏可以派上用场。你看,叶斯格鲁病毒携带者无法决定由谁来为他们言说,决定权在出版界和广播手里。我们要做的是,办一本杂志,以围绕叶斯格鲁的那种氛围为特征,来吸引它的追随者,把爵士乐评论家、卡巴莱、色情画、社会问题、反禁酒通通放在摩登女孩的双乳之间。我们推出说话机器人,他会告诉叶斯格鲁病毒携带者,叶斯

---

① 人们往往以为 20 世纪 20 年代黑人文化复兴发生在纽约哈莱姆的小范围内,而里德认为哈莱姆地区以外全国各地的黑人生活区都受到叶斯格鲁的影响,都体现了当时黑人文化的兴起,包括密苏里州的堪萨斯市、加州的奥克兰市,以及阿拉巴马州的莫比亚市和北卡罗莱纳州的首府罗利。

格鲁尚未成熟,它是爱尔兰的剧院演出的派生物。这个说话机器人会让叶斯格鲁再也笑不出来。他会说它缺乏原创性,他会指责它玩文字把戏,迎合白人读者。他甚至会建议它彻底抛弃打字机,干脆成立黑人的坦慕尼协会①。他会把它描述成是错误满篇的,说它无知蒙昧并沉湎于花言巧语。如果说话机器人是女人,她会在白人俱乐部面前大喊:"他们根本不会写作,他们根本不会写作!"然后有人逼问她时,她会突然开始她的独白——你知道的那种,"我那没用的黑鬼老公离开了我和孩子们"。这样就不怕叶斯格鲁起作用了。

我会在6个月之内完成这一切,否则……否则……

否则如何?

我会饮下神圣的毒酒。

很好。听起来是个了不起的计划,亨克尔。如果瘟疫寻找的不是文本的话,这也算是个预防措施,还有说话机器人能打它、揍它、痛击它。

祭司笑了起来,现在你跟上我们了,亨克尔,你开始跟着摇摆来了状态了。②

祭司站起身和亨克尔·范温普顿握手。

当然,你会和我们的人合作,他们会给你一切需要的帮助。他们的名字都在这本小黑书里。

祭司递给亨克尔一本小黑书,亨克尔快速地翻阅了一下。

沃伦·哈定?

---

① 坦慕尼协会,也叫作哥伦比亚骑士团,始建于1789年,是位于纽约的民主党政治组织,曾帮助许多爱尔兰移民进入了民主党政治。19世纪因为操纵选举受争议,成为政治腐败的代名词。
② 原文为"You're grooving with the jive",这句话里的"groove with the jive"体现了美国黑人语言的特点,groove和jive是修饰爵士乐的表达。

是的,刚开始提名他的时候,我们就遇到了麻烦,需要 10 票投他。党内大会上有议员叫他"男娼""黑色的巴比伦人"。他们说大会被"上头控制"了,还说他的提名是"议会阴谋"。作家 H. L. 门肯说他是"一串湿漉漉的海绵",①但是从一开始,我们就好好培训他,让他现在的司法部长一直陪在他身边。我们用一个叫"罗德和托马斯"的广告公司把他推销给了美国人民。当然大会上的指责也得解决,如果他们能明事理就好了。但是这些契约仆人和罪犯的后代非常固执。据我所知,仅佐治亚州当时就流放了 30000 名罪犯。这个国家是个充斥血腥、矛盾的地方,叶斯格鲁携带者被船运到这里收棉花和大米,他们周围都是些无足轻重的流氓、放高利贷者,以及最原教旨主义的阿托恩主义者。这个地方表面上看是实用主义的,但是这里的特色小说是"黑色浪漫"的。

这里是工业主义的中心,同时也是福克斯姐妹——通灵主义创始人的老家②⋯⋯不管怎么说,哈定是个共济会会员,你想用的话随时可以,还有个人,这本书的 M 目录下的第 1 个人,紧急情况下你可以找他,但是要小心,他还没有暴露,他是我们最重要的联系人。

我想我不需要任何额外的帮忙了,我会用我的老朋友胡伯特·"窃贼"·谷德⋯⋯

"同时代的人里唯一没进监狱的人?"

是的,我需要他在我身边,为这⋯⋯这场圣战。

我想一切都会顺利的,亨克尔。如果我们早点联系你,可能在

---

① 前文提到:门肯曾称沃伦·迦玛列·哈定的文体为"迦玛列式",认为他的文体已经坏到了别具一格的程度,称"他写的英语是我见过最糟糕的"。
② 1848 年来自纽约的福克斯姐妹自称鬼魂附身能通灵,她们取得了广泛的关注,后来她们坦承自己导演了通灵表演的骗局。但是福克斯姐妹促进了通灵主义的发展。

1917年之前我们就可以重新夺回圣地了。我们会毁灭圣殿骑士受宗教审判的记录,36英尺长的卷轴,上面还有你们骑士团热衷的奇怪符号,今晚就会在梵蒂冈烧毁……另外,亨克尔……亨克尔,如果你们这次成功了,我们会让你们负责下次的圣战,第2次世界大战比第1次场面更大,连刘别谦和戴米尔①这种大场面电影导演做梦也想不到的规模,目前正在设计中。

亨克尔的眼睛放光……

你打算给这份杂志起什么名字,亨克尔?

《善良的魔鬼》。带点弗洛伊德的视角。

亨克尔拿着那本小黑书和他的任命状准备离开房间,会有人把他送到这个神秘地方的港口,那里停着第1次世界大战时的潜水艇,负责把他送到圣殿骑士团在长岛的隐秘庄园。

我还有1个要求,1号祭司。

好的,亨克尔,任何要求,任何要求,你随便提。

召集你的人,我想要唱我们骑士团古老的颂歌。

这里不行,亨克尔,不能在我的人面前。他们听了这么多针对你们骑士团的污蔑、诽谤,他们没法理解。

召集你的人!!!

1号祭司按下按钮,人都出来了。齐步走来,咔咔咔咔咔,嚓,嚓,咔咔咔。很快,所有人聚集在那张著名的马蹄形桌子前面,祭司就站在那里。他们举起杯来高喊"博赛",这是圣殿骑士的第1匹花斑马的名字。②

---

① 刘别谦(Ernst Lubitsch,1892—1947),德国裔犹太导演,在好莱坞执导了一系列娱乐喜剧片。他和戴米尔都是20世纪成功的电影人。
② 圣殿骑士的徽章是1匹马上驮着2个骑士。进攻的时候他们会跟在骑着花斑马的领袖后面,喊 Beascauh 或者 Beauseant,古法语中意思是"光荣(be glorious)"。

19

　　亨克尔·范温普顿是个有天分的掘墓者加小偷,很快,他就在一个月色明亮的夜晚,坐着第 1 次世界大战留下的一艘生锈的潜水艇来上任了,潜水艇是壁花会手里用来防止手下人造反的武器。壁花会手下大多数是像卡尔文·柯立芝这种来自新英格兰的带鼻音的总统、患有脑疾的国王、下巴方正的 44 岁的鹰童军、打马球时心脏病突发的印度王公、和外科医生的女儿结婚的失业演员、人总是不在国内的非洲总统,等等。正像大胖子华勒曾经说的,"谁也不知道,不是吗"。①

　　当潜水艇从黑油覆盖的水里冒出来的时候,他的新家庭正在海边等他,一切像是威士忌的奢华广告。有几名女仆用托盘端着鸡尾酒,她们的黑裙子、白围裙和头发在微风中飘着。亨克尔·范温普顿从潜水艇里出来,乘船到了海滩。他从船舱走出来,挨个检阅他的厨师、司机、女仆、园丁和马夫。

● ○

　　那天晚上,他和他的员工在一张长桌子上共进晚餐,头顶的天

---

① 托马斯·赖特·胖子·华勒(1904—1943),美国爵士乐钢琴家,他为爵士乐钢琴的发展奠定了基础。这句话的英语有个明显的用词错误,华勒这句话成为他无数故意为之的语言错误代表。这种错误也是黑人英语的常见形式。

花板上是一幅壁画,画的是纪念圣殿骑士团获得不会被逐出教会的豁免权的仪式(祭司让人画了上去给他个惊喜)。亨克尔制订了庄园的规矩。

● ○

第二天早上,亨克尔·范温普顿打电话给他的老战友胡伯特·"窃贼"·谷德,这位曾经的投机客、如今的"激进教育专家"住在纽约高高在上的顶层公寓里。他靠乱写黑人流浪小孩故事和偷偷入股市中心第3大街东部的卡巴莱——黑人音乐家的血汗工厂——赚了钱,买了这套公寓。

胡伯特?

是我,你是谁?电话那头的声音是胡伯特·"窃贼"·谷德,他的手指夹着烟斗站在那里。

哦,亨克尔,嗨,老朋友,我听说你成功地完成了计划,羞辱了壁花会。我看到报纸头条了,我们流落在世界各地的人都打电话来问这件事。

不光是这些……壁花会对我面试了一场,我们达成了交易,我们如今免罪了,我们的骑士团。他们烧掉了审判的证物,由我们来负责打击流行病。

你是怎么做到的?

我过后再和你解释。我利用了头条和那本书。

起作用了?

是的,当然可行。

既然有交易,我们怎么做?

他们给了我们人手。他们的北美联系人已经得到消息,现在权力从条顿骑士团那里转交给了我们。听好,计划就是……

20

你们猜外面是谁,有记者兴奋地大叫着,冲进了阿托恩主义的喉舌《纽约太阳报》的新闻编辑室。是亨克尔·范温普顿,打扮得像个银行家、实业家,还带着司机,所有的头头都在那里……他们过来了……

老头子知道吗?

不,他……

这时执行编辑刚刚休息了2分钟,喝完咖啡回来。2个记者坐回座位上,继续在打字机上嗒嗒地打字。你们这些人,少闲扯,多干活,他说道。

新闻编辑室的门打开了,一群人正走向《纽约太阳报》的行政办公室。执行编辑看到亨克尔·范温普顿,他差点吓死。

你!他还没来得及说什么,总编和《纽约太阳报》的董事会主席从他桌前走过。

当然了,你认识执行编辑,是不是,总编停下来,看着亨克尔。

噢,是啊,当然认识了,艾尔姆先生。请把他放进我们的议程话题里,待会儿我们在楼上喝雪莉酒吃蛋糕的时候可以讨论一下。

总编殷勤地伸手扶着亨克尔的胳膊,领着他经过新闻编辑室走了出去。执行编辑一下子跌坐到椅子上。他的动作有点像好笑的列昂·艾罗尔①,张开大手抹了一把通红的脸。在场的记者相视而笑。

那天晚上,执行编辑辞职了。很明显,这个决定是亨克尔·范温普顿和他的联系人为了"熟悉一下"在楼上开会时做出的。

---

① 列昂·艾罗尔(1881—1951),美国喜剧演员,20世纪上半叶在电影中非常受欢迎。

21

嗜酒狂,喜欢和德国牧羊犬用后入式性爱的,热爱针扎脚底板找刺激的,妄自尊大的家伙,喜欢震动棒的,开放性爱的提倡者,前全球产业工人联盟的知识分子,喜欢奥博利·比亚兹莱①的艺术指导,一个端坐旗杆最高纪录是10天10小时10分10秒的纪录保持者,双足麻痹不肯跳舞的人,还有3、4个内幕消息人,以及专挖坦慕尼协会丑闻的人,这些人就是《善良的魔鬼》的员工。

封面非常精彩,有点像是头插进糨糊里,不对……一个胖女人骑着美洲鹤……不对……是头牛？封面很难辨识,是某种先锋风格。阿道夫·希特勒写了篇关于德国未来的文章,这个年轻小伙子在清教徒《圣经》学习营里杀了14个人。他那头发蓬乱的律师正在向德国心理学会发出呼吁,要求无罪释放他。对这个长得像"耶稣一样的"年轻人的诊断是他出现了沃坦②式的精神发作。1张纸上是裸体的摩登女孩,无光泽的皮肤衬着眼周的黑圈。另一张纸上是私刑的照片,鼓出来的眼睛,暴露的内脏,旁边兴致高昂的治安官正在舔着加了巧克力的冰激凌。还有关于一个妓女经常去火车站幽会的热门故事,叫《瓦瓦的内裤》。他们希望这个故事

---

① 奥博利·比亚兹莱(1872—1898),19世纪末英国著名的插画艺术家。
② 沃坦,德国大陆上流传的神,指北欧神话中的至高神奥丁,对基督教来说是异教神。

能让杂志大卖。

电话铃响起,亨克尔·范温普顿和胡伯特·"窃贼"·谷德冲进办公室,亨克尔拿起电话,他总是紧闭着嘴唇的表情变成了大大的笑容。

我们在波士顿被禁了!我们成功了。(就像1932年的电影《X博士》里一个记者说的:"耸人听闻?那些王八蛋读者就喜欢这个。")

当员工们开始庆祝的时候,亨克尔开始思考下一步的动作。他看了一眼自己为报纸专题设计的人气投票,也是爵士乐民意投票,毕克斯·拜德贝克是小号组的第1,保罗·怀特曼是大乐团的第1。[①] 现在还差点什么,需要点黑人的东西。他需要时间找到说话机器人,同时,他们还需要有代表性的黑人观点。

---

① 毕克斯·拜德贝克,20世纪20年代最流行的爵士乐独奏者;保罗·怀特曼,20世纪二三十年代著名的乐队指挥,被称为"爵士乐之王"。这里的讽刺在于两人都是白人,爵士乐虽然是美国黑人创造的艺术形式,但是最受欢迎的、知名度最高的却是白人。

22

在城市另一端的《纽约论坛报》的新闻编辑室里,大伙正乐不可支,记者、改稿编辑、执行编辑笑得滚到了地板上。伍德罗·威尔逊·杰弗森赤脚站在屋子中央,他的包裹里往下掉鸡毛,他的裤脚正好在所谓的"高水位线"上①,非常扎眼。对于眼前的反应,他一脸茫然。

坐在桌前的长着张胖脸的秃头捅了捅杰弗森。再说一遍,你想见谁?

怎么了……卡尔·马克思和弗里德里希·恩格斯。

又是一通爆笑。但是,当总编走进来的时候,大家打住了笑声。

这是怎么回事?你们不知道我们这一期等着出版吗?你,过来。

杰弗森指着自己。

对,你,过来。

杰弗森走向总编。

好了,你是怎么想的,老弟?

我想见卡尔·马克思和弗里德里希·恩格斯。

---

① 指裤子高吊着,有些滑稽的高度。

咳,他们如今不在这里工作了,他们都升职了。你给我出去。

编辑室里的人散开了。伍德罗·威尔逊·杰弗森慢慢地走了出去,他毫无畏惧。他是个有野心的人,如果在这里找不到他们,那他就回自己在弗瑞姆博殡仪馆楼上租的房间,去查查电话簿。他走在格林尼治村的大学路上,这时,他看到了橱窗里的广告:

招聘黑人

伍德罗·威尔逊·杰弗森拿着招聘传单进了《善意的魔鬼》的办公室,亨克尔·范温普顿马上开始对他咂舌。

年轻人,有什么事吗?

我是来看看这份招聘黑人的工作的。

是的,你的工作经历如何?

我读了卡尔·马克思和弗里德里希·恩格斯全部的487篇文章,并铭记在心。

完美的人选,亨克尔·范温普顿拿定了主意。这种人不介意偶像是什么形式的,不管是性、经济还是任何其他的,只要偶像是仅限于1就行。

你被聘用了。

但是,你不想听听我对县里种子包装袋的贡献吗?还有我对鳞茎和胚芽的描述?

够了,你已经说服我了。

亨克尔·范温普顿告诉伍德罗·威尔逊·杰弗森他的薪水,和代表黑人观点这一职位的其他要求。

在我的庄园"螺旋的痛苦"后面,我们给你准备了办公室,除了要写专栏之外,你还得负责一些琐事。因为我们的资源非常有限,人手紧,所以你要多承担一些。

好的,我多承担什么?伍德罗·威尔逊非常开心,他来纽约的第2天就找到了工作。

等你去"螺旋的痛苦"问厨师吧。

亨克尔·范温普顿让他的1个司机送伍德罗·威尔逊去哈莱姆弗瑞姆博殡仪馆楼上租的房间里取行李,然后去长岛。

我还有1件事,范温普顿先生。

伍德罗,什么事?

你能把我介绍给卡尔·马克思和弗里德里希·恩格斯吗?

……亨克尔想,他真得好好打磨打磨这个家伙,不过就当是他找到机器人之前的练习吧。来我的办公室一会儿,伍德罗。我给你解释一下。

情况报道:在海地他叫帕帕·洛阿,在新奥尔良他叫帕帕·拉巴斯,在芝加哥他叫帕帕·乔。地域会发生变化,但是他的功能保持不变。克里奥乐队掩护叶斯格鲁不被芝加哥心灵公共卫生部清扫,放荡的厄祖琳藏在"发声歌唱"的小号里,从无声唱到号叫。拉格巴神在会"说话"的长号后面,他从圆形礼帽状的喇叭口里接受人们的请求。(他是个辛苦工作的洛阿。——I. R.)

几个月后,亨克尔·范温普顿已经熟悉了20年代的美国黑人文学。他写信给传递连锁书的那14个人。但是还没有人回信,如今的邮件慢得可怕,整个美国和地方的服务系统经常看起来处于瘫痪状态。(波士顿还有警察罢工。)但是,一收到书的话,他就会把它烧了。如果这还不能瓦解叶斯格鲁,那说话机器人也肯定能

让它失去动力。

为了说话机器人的职位,他已经面试了3个候选人,这是消灭叶斯格鲁的第2阶段计划。3个人都拒绝了,并解释说他们都是潜在的受感染者,认为自己难免会受叶斯格鲁诱惑力的影响。好吧,还剩3个月,肯定会有人来的。在曼哈顿社交圈子里,亨克尔伪装成黑人文化的爱好者、艺术赞助人,当然还是备受争议的《善良的魔鬼》的出版人。他参加了许多聚会,和诗人、小说家们频繁接触,甚至还被邀请参加哈德逊湾欧文顿①的招待会,他觉得女主人"迷人""活泼"。自从那篇关于"瓦瓦去火车站被所有的火车售票员玩弄"的文章或者说故事发表以来,杂志的发行量猛增。

---

① 欧文顿,前面提到的沃伦夫人的别墅利瓦罗庄园所在地。

今晚,他穿着睡衣坐在那里,小口地吃着无毒的小蛇、鳄鱼蛋和尼罗河蟹,这都是杰弗森给他收集的,这是杰弗森的另一项工作。他边坐着享受美食,边思考他的下一步招募计划。

真不知道该拿伍德罗怎么办。虽然他非常善于收集这些……呃……美食。这是什么?哦哦哦哦哦哦哦哦哦哦哦哦哦!刚死的婴儿坟头长出的野草吧?我已经很久没有尝到了……自从许多许多年以前我们在重兵把守的分会所里举行聚会之后,就再也没有……如果他能够去掉那些马克思恩格斯主义和社会学的陈词滥调就好了。经济学,融合,分离……资本主义,根本没人把这些当回事。为什么,苏维埃那一套会平息的。《纽约时报》的专家每天都在预测君主会再度执政,到那时候,这份杂志会看起来与时代潮流不符,跟随时代潮流是它的1/2魅力所在。他的专栏只有一项好处……搞乱了黑人文学,这也不错,从此以后,黑人作家们会被孤立。他就像头狼,走近杂色的羊群里走失的羊。是的,伍德罗的专栏叫"派特·朱波",里面总是让1个作家和另1个竞争①……说每个新作家让上一个看起来……他是怎么说的来着,"像是滑稽说唱团里的报幕人"?这个专栏也有好的一面,但是伍德罗看起来没有那种超炫的花招。他的那些术语让人觉得无聊……呃……那个傻瓜过来了。

亨克尔·范温普顿吃得很满足,他擦了擦嘴唇——两条几乎细不可见的粉线。

真不知道没有你我该怎么办,伍德罗·威尔逊,他嘴里塞得满满的和伍德罗·威尔逊说着话,对方正往范温普顿的杯里添茶。

---

① 种植园时期,奴隶主让两个奴隶比武决斗,然后众人下注赌输赢,这叫作派特·朱波。

你是从哪里找到这些好吃的?它们真是挑动我的味蕾啊。

很高兴你喜欢,范温普顿先生。你告诉我你喜欢这类东西之后,我到处去找的。结果我发现,我们附近一直都有这些。你瞧,当你告诉我马克思先生和恩格斯先生已经死了的时候,这对我打击太大了,我就去郊外的公墓沉思调整。在墓碑旁边有个沼泽,在那里我发现了许多爬行动物。

噢,它们确实美味,伍德罗·威尔逊,我得告诉你,很多人喜欢你的专栏"派特·朱波",它能够挑起争议,但是还有个问题,伍德罗·威尔逊。

是什么,发行人亨克尔·范温普顿先生?伍德罗·威尔逊站在亨克尔的桌前问道。

你知道,我们的读者并不像你一样聪明。你读了那么多书和文章,你能引用康德、詹姆斯、黑格尔,但是你有没有想过要让专栏活泼些,加点乱七八糟的东西,一点丑闻的成分……

下一期,范温普顿先生,下一期我会加点料的。我要对付那些写下流戏剧的黑鬼,比如沃雷思·瑟曼①。他写了一部叫什么《哈莱姆》的戏剧,里面那些疯子紧贴在一起跳舞。

伍德罗·威尔逊,你为什么要反对这样做呢?我们每个月都可能刊登漂亮的年轻男人脱掉衣服的照片,我们的杂志在波士顿因为色情被封禁,当你们黑人的剧作家主张同样的自由时,你为什么要在杂志上写文章表示深恶痛绝呢?

你瞧,范温普顿先生,事情是这样的,如果我不得不自相矛盾,一会儿用现实要求,一会儿用理想要求,我愿意这样做。我会利用一切手段,只要我不用回到农场去,用我的下半生给牛挤奶和喂牲

---

① 沃雷思·瑟曼(1902—1934),哈莱姆文艺复兴时期的重要作家,也为报纸和期刊写专栏。

口就行。

很好,伍德罗·威尔逊,很好,我怎么没想到这层……当然,我早该知道的。

范温普顿先生,我还有下一期的文章要写,我该回到后面我的办公室了。

说得真好,亨克尔想,也许……不,这绝不行……伍德罗·威尔逊太黑了。现在是20世纪20年代,黑皮肤已经过时了,浅肤色正时髦。另外,叶斯格鲁吸引黑人而黑人也吸引叶斯格鲁,其他人得努力才能染上。但是,他刚刚见证了一件了不起的事情,一个黑人实用主义者。也许奴隶主很快就会知道,不需要让他的混血儿后代来控制和改进叶斯格鲁行为,他可以让黑人来说白人的话,不必用浅肤色的人和白人来说话。没有人知道,这是一种新的机器人。不管怎么说,黑人总是对黑白混血儿持怀疑态度,但是一个黑人实用主义者能够随心所欲。这就是自由,不是吗?

伍德罗·威尔逊,你走之前,我有个问题。我正在读阿卜杜勒·苏菲·哈米德的作品,我实在看不懂他的一些方言和神秘术语。你对他怎么评价?

哦,他写了些煽动性的诗歌,关于世界末日、摩尔人胜利了,骑着大象攻占了欧洲南部,他还把黑人女性比作示巴女王[①]。他真是个精力旺盛的人,发行人亨克尔·范温普顿先生。

你觉得他是在说什么,伍德罗?亨克尔把托盘挪到了长桌子的中央,那里放着盏油灯。

他告诉黑鬼们,说他们永远没有做好准备,他们将永远一事无

---

① 示巴女王,又译作希巴女王,是《圣经·旧约》中阿拉伯半岛的女王。

成,如果他们偶尔喝杯酒的话,他们的头脑会萎靡不振,他们每次和女人上床的时候,屋子的角落里就会出现歌革和玛各①的温床。

非常好,现在我明白他的意思了。他对这场瘟疫怎么看?

他说这场瘟疫让人跳太多舞了,应该消灭它,必要时可以使用武力。

很好,很好。下一期我会给他一整版,配上照片,加入作品,让摩登女孩在他的满脸怒容旁边高踢腿。**甚至可以做说话机器人!**

不过他有点不太正常,发行人亨克尔·范温普顿先生。

嗨,伍德罗·威尔逊,你不能再叫什么发行人亨克尔·范温普顿先生了。你现在是在北方,叫我亨克尔。你说他疯了是怎么回事?

他到处宣扬,说他正在编辑一部能够震惊全国的文集,他收集到一些关于叶斯格鲁的奇怪文本。他说这将是世纪文集。

亨克尔·范温普顿身体摇晃着站了起来,脸上的眼罩差点从他左眼的黑洞上滑下来。他古代的宿敌曾把长矛刺进去取走了那只眼睛。

他什么?

那个黑鬼说他有部文集,里面全都是象形文字和奇怪的插图,他说只有14个人曾经见过这本书,有个脑子有病的白人每个月付给他们钱,让他们把文集寄来寄去。出于某个特殊的原因,14个人中的1人把文集给了阿卜杜勒。

亨克尔·范温普顿站了起来,脚步沉重地挪到了壁炉前,倚靠在壁炉的墙边。他呼哧呼哧地大口喘气,感觉呼吸系统被浓稠的东西堵住了。如果这是下水道的话,世界上所有的水管清洁剂也

---

① 歌革和玛各,《圣经》中黑暗力量的统治者,反基督教的领导者,也出现在《古兰经》中。

不能清除堵塞。

亨克尔,你有什么不舒服吗?

我的陈年旧伤病,伍德罗·威尔逊,时不时地会发作。战场上受的伤。

哦,先生,我不知道您还参加了上次的战争。

我没有。这是在另一场更崇高的圣战中受的伤。

什么战争,亨克尔,是美西战争①吗?

我……我……你认为哈定当选对黑人有什么影响,伍德罗·威尔逊?亨克尔试图转移话题。

为什么问这个……您提到这个很有意思,先生,他们叫他黑人总统。

什么?

我听说他参加了一个出租屋派对,和其他人一起用叉子吃猪肠,喝酒,他在我看来是极好的,亨克尔。

亨克尔?

亨克尔·范温普顿先生?

出版人亨克尔·范温普顿先生?

伍德罗·威尔逊赶紧跑出房间,去喊人来帮忙,他的老板倒在地上,四肢伸直,身体发凉。

---

① 美西战争,1898年爆发的美国与西班牙争夺殖民地的战争。

23

姆塔斐卡正在"唐人街"边上的一栋3层楼建筑的地下室里开会。他们上面是家卖宗教用品的商店,再往上是卖枪的店铺,最上面是家广告公司,代理肥皂广告业务。如果西方历史是栋20世纪20年代坐落在曼哈顿市中心的3层建筑的话,它会和这栋建筑差不多。

在近乎红褐色的灯光下,3个人跪在地下室的水泥地上。波比朗和索尔的雨衣挂在门旁的衣架上,他们的黑伞靠墙放着,还在滴水。几个**姆塔斐卡**女成员围着地下室后面的一张长木头桌子站着,她们戴着葛丽泰·嘉宝风格的帽子,说话的声音有些尖锐、不加修饰。在一盏柔和的台灯下,人们正在冷静地计划如何进入修道院、弗利克和大都会。①

桌子上放着一个来自几内亚的宁巴木质面具,他们从一个住在公园大道的上流社会女士的私人展品中抢回来的。其他的**姆塔斐卡**在小心地包装物品,这些物品将会运到大西洋某个小岛上,到一个叫"弗兰克"的联系人手里,他会依次把这些物品返还到亚洲的合法所有人手里。一个名叫"塔姆"的尼日利亚音乐家兼作家会把5000件面具和木雕还给非洲。刚开始时,他从德国斯图加特的

---

① 三者分别是修道院艺术博物馆、弗利克艺术馆和大都会艺术博物馆,都位于纽约市。

林登民俗博物馆里偷出来一块来自贝宁的画着豹子的青铜饰板，博物馆的头儿还没来得及警告欧洲大陆的同行，塔姆和他的助手们就装扮成无辜的交流生，把那些面具和雕像遣返回了故土——这些文物被当作战利品从尼日利亚、黄金海岸、上沃尔特和象牙海岸带到了欧洲，展出在苏黎世、佛罗伦萨、英格兰叫作博物馆的贼窝和米兰的个人收藏里。这些说话轻柔、打扮华丽的非洲人入侵了巴黎的特里斯唐·查拉展览馆、苏黎世的莱特伯格博物馆、柏林的人种学博物馆、布达佩斯特的民族学博物馆、布拉格的国家民族博物馆、莱顿民族学博物馆——他们的"原始艺术品"展览无一幸免。在同情并赞成他们做法的白人学生和知识分子的帮助下（他们还没有受到美国最致命、最有破坏力的细菌——"种族主义"的影响），他们在欧洲迅速地行动，收获了一大批从他们的国家被偷走的艺术品。（他们的任务在许多方面也比较简单，例如，他们不需要拿走巨大的雕像和油画。有些艺术品只有几英寸大。）让·皮埃尔·哈雷特的刚果雕塑展馆被拿得一干二净。

塔姆行动非常高效，以至于那些富裕的、有地位的欺诈性购买者不得不保护他们的藏品，锁起了他们的别墅，派人全天看守。还有个南非的小号演奏者名叫"休"，他从洛杉矶把美国黑人的音乐传送回家乡。他意识到，艺术家把跨越大洲的艺术、远古的鼓声与一直影响我们的音乐联系起来，这才是真正的泛非洲主义。

另一个桌子上放着来自塞内卡的面具。来自加拿大的卡尤加和奥内达加人格兰德河保护区的代表团近期就会来，负责把这些还给他们的部落。①

另一个角落里，其他的**姆塔斐卡**成员在筹划如何打入一个大

---

① 以上提到的都是北美易洛魁的印第安人部落。

博物馆里即将举办的科尔特斯之前①的墨西哥文化展。他们想取走宽口酒杯、一件备受争议的羽蛇面具、一些陶土制的水精灵和有镶嵌工艺的刀柄。他们在重复这些物品的名称,声音就像是压低的吟诵。波比朗要求大家牢牢记住这些要解救的物品的名字,这样就不会因忘记而落下任何一件东西。这组人还要完成一项大工程——取走4.5吨的奥尔梅克头像。他们必须想出个办法来把它送到中美洲。

波比朗、黄杰克和索尔·温特格林正在等他们团队的另一个成员何塞·福恩特斯。很快传来了敲门声,他们听到福恩特斯报上了暗号。

福恩特斯进来了,甩了甩水手帽上的雨点,他拿进来一个6英尺8英寸长、2英尺1英寸宽的包裹。

福恩特斯,这是什么?波比朗问。团队的其他成员也从工作中抬起头来看着福恩特斯,他把雨衣挂在衣架上,开始拆包装。

《森林深处的隐者》,精美的宣纸画。科隆远东艺术博物馆借给费城博物馆展览,我从那里拿出来的,我从守卫面前径直走了过去。

波比朗、黄杰克、索尔和福恩特斯开始研究铺在地上的艺术拘留中心的地图。他们轮流从一个印加武士头像的酒器里倒酒喝,里面装着上等的陈年加利福尼亚味美思酒。这是南美的**姆塔斐卡**赠给他们北美分部的,以答谢他们的工作和对这项事业的贡献。

波比朗把指示杆指向艺术拘留中心的北侧。

我们从这里拿走青金石、绿松石、玛瑙、蓝色的釉陶河马和一些珠宝。有两个团队来负责搬运圣甲虫宝石、金拖鞋、头饰、胸针、

---

① 指墨西哥被西班牙探险家荷南多·科尔特斯(1485—1547)征服之前的历史时期及代表文化。

项饰,别忘了青铜棺材和木乃伊的猫。

"萨布王子说:'亵渎埃及陵墓的人必须去死。'"

波比朗快速瞥了一眼说这句话的福恩特斯,玛雅人的脸上现出一个大大的笑容。

福恩特斯,别胡闹了。离我们行动只有几个星期了,我们要求一切做到完美。这是我们要求最高的一次行动。

波比朗把指示杆指向了艺术拘留中心北侧的一角。

这里你会发现属于西撒瑟罗奈特公主的一组卡诺皮克罐子①,小东西就这些了。我们需要一些大个头的男人把培瑞内布的墓弄出来,他是第5王朝时期的宫务大臣,还有他妻子美特瑞的墓,还

---

① 卡诺皮克罐子,古埃及人在制作木乃伊时用来存储死者内脏的带罩盖的石灰石罐子或者陶罐。一组一般是4个,分别存放特定的人体器官:胃、肠、肺和肝。埃及人认为心脏是灵魂之所在,因此保留在体内,而其他器官在来世会用到。

有第11王朝的贵族麦克特瑞的一些较重的物品。我们还必须拿走第12王朝的森乌塞特3世的闪长岩的狮身人面像,还有哈谢普苏女法老的狮身人面像。最重要的东西由我们3个人来处理,是个羚羊图案的陶器。

波比朗又指向穿过大厅的另一个房间。这是秘鲁展厅,你们要拿走北海岸的莫齐卡和南部的帕拉卡斯的多件艺术品。

你们打算怎么进入博物馆,波比朗?索尔问道。

以后再说,索尔!

我们不会告诉你的,外国佬①,你才刚加入,我们怎么知道你不会告密。你父亲就是好几个博物馆的董事,你有可能会告发我们,福恩特斯威胁这个白人男孩。

住嘴,伙计们,我们得完成这件事,没时间了。

波比朗又指向艺术拘留中心的大厅下面。

这里是些古老的近东文物。找几个强壮的人去取那2个彩釉砖狮子。

他们可没帮尼布甲尼撒2世什么忙。②

波比朗、索尔和黄杰克听到福恩特斯这句话笑了起来。

一定要拿到羚羊图案的陶器,还有泰尔·阿斯马尔方形神殿里一个小石膏雕像。现在由黄杰克接着说。

留着中国式小胡子的他拿过了指示杆。

这里是中国、朝鲜和日本艺术馆。主要的物品是一尊坐佛和卷轴画。那里一共有3万件。我已经连续3周去查看了,动手的那天晚上我会列个重要小物件的清单。

---

① 外国佬,在拉丁美洲说西班牙语的国家和地区用来蔑称那些英美血统的美国人。
② 新巴比伦王国的国王尼布甲尼撒2世命人修建了巴比伦的空中花园,伊斯塔尔大门是通往巴比伦城的第八道大门,这座城门用各种颜色的釉面砖制造了狮子、公牛等浮雕造型。

波比朗又拿起了指示杆。

最后,我们来看伊斯兰艺术展品,这是和中国雕塑大厅相连的长方形展厅。我们要拿走香炉和一个 12 世纪的小棺箱,根据棺箱上的神话动物就能辨认出来。我们特别想拿到手的是公元 1600 年的画稿《鸟类的集合》。

真正的《鸟类的集合》居然在那里?索尔睁大的蓝眼睛充满了惊讶。

是啊,外国佬。是真品,你那下流的强盗资本家祖辈,还有那群卑鄙的大亨坐着海盗船环游世界的时候偷走的。

白人男孩明显地吃了一惊,他的脸突然红了。

黄杰克的脸上浮现出一个轻蔑的笑容。

瞧,你要是现在不相信我,你永远也不会的,福恩特斯。我一直试图证明自己,我也做了牺牲。

牺牲,哦?科尔特斯、皮萨罗、巴尔博亚①和你们那些"雄赳赳"的征服者们,强奸、洗劫了我们的祖国。

但是,科尔特斯、皮萨罗还有其他人,和我有什么关系呢?

你有他们的血液,就像我有蒙特苏马②的血液。他们的远征留在你的心里,你的精神就是他们的运粮车。你把你的探险头盔换成了开拓者的帽子,我把我的长袍换成了工装裤和黑色皮夹克。服装能改变,但是血液不会改变,外国佬。要不是因为波比朗,你根本没机会在这里。

别惹他了,福恩特斯。他来了之后一直做得不错,他是我们中唯一能不惹人怀疑就可以进入博物馆的,波比朗说。

---

① 以上 3 人都是 16 世纪西班牙的探险家、航海家,他们征服了墨西哥、秘鲁的利马、巴拿马等美洲地区。
② 蒙特苏马(1475—1520),又译为蒙特祖玛,古代墨西哥阿兹特克的君主,他执政期间,阿兹特克帝国曾一度称霸中美洲。

你知道吗,有时候,我觉得我的一个非洲朋友说得对,波比朗。

什么说得对,黄杰克?波比朗蹙着眉头,盯着他。

白人来到中国,剥削我们的土地,强奸我们的妇女,抢劫我们的艺术品,但是义和团起义了,我们反击了。他们到了南美,玻利瓦尔打击敌人,主张印第安自治。但是,他们对你们为所欲为:强奸你们的妇女,阉割你们,烧毁你们的房屋,屠杀你们,然而却……

却怎么样?波比朗问道,其他桌旁的人也注意到了他们的争论。

哎,我们继续讨论计划吧,索尔说。

闭嘴,外国佬,福恩特斯说着走向索尔的方向。

说完,黄杰克,然而却什么?波比朗坚持道。

你们似乎不像马库斯·加维和阿卜杜勒·哈米德还有其他来自西印度的黑人一样有斗争精神……我是说,那个非洲人说,你们北美的黑人很温顺,不像那些留在南美的黑人那样强大……

你!波比朗扑向黄杰克,抓住他的领子。黄杰克咧开嘴笑了。

算了,波比朗说,又拿回了指示杆,我们继续吧,过后再争论……这边的伊斯兰展览区,我们拿走米哈拉布①和彩釉地砖就结束了。

波比朗站起来。

黄杰克穿着黑色丝绸外套,天鹅绒的扣子一直扣到脖颈处,还有配套的黑裤子。他戴上黑色的扁帽,走到站在一角的波比朗身边。

好吧,波比朗,我知道加布里埃·普洛瑟、纳特·特纳和大

---

① 米哈拉布,阿拉伯语音译,意为"凹壁""窑殿",西方译为"壁龛"。伊斯兰教清真寺礼拜殿的设施之一,指设于礼拜殿后墙正中处的小拱门壁龛。

卫·沃克,①我刚才是故意惹你发火。问题在于他,波比朗,黄杰克指着索尔说道,索尔低头看着自己的脚,他知道他们在谈论他。你不能相信他们,你知道吗。

给他个机会,黄杰克,至少我们在和他们中的一个人对话。我们的成功很大程度上需要有几个像他这样的人。你还记得我们在城市大学上的艺术史课吗,我们那天发誓约定……我们会把被掠夺的艺术品还给非洲、南美和中国,把被盗的典礼用品返还回去,我们就能看到诸神回归,灵魂被唤醒。我们多想召唤一场灵魂的飓风,把2000年的残骸连根拔起,彻底抛散。瞧,我们已经成功地袭击了这些博物馆。如果被藏在西方的博物馆里,护身符和项饰再好又有什么用?但是,最终我们还得招募他,否则这一切毫无意义。

好吧,这是你负责指挥的3个月,但是一旦轮到我指挥了,他就得出局了,黄杰克说,你知道,在中国,我们叫他们魔鬼。

你们过去也叫我们魔鬼。

这句话让黄杰克有些吃惊。

波比朗朝他笑笑,走到了另一张桌旁,那里正在计划如何进入博物馆的科尔特斯之前的墨西哥文化展区。

想好怎么运出奥尔梅克的头像了吗?

那个人摇了摇头。

波比朗点了支切斯特菲尔德烟,甩了甩右手把火柴熄灭,穿上了雨衣。他走出地下室,想去找他的老同事夏洛特帮个忙。

波比朗?

---

① 布里埃·普洛瑟(1776—1800),策划了1800年里士满的大型奴隶起义的黑人奴隶。纳特·特纳(1800—1831),弗吉尼亚南安普顿奴隶起义的领导者。大卫·沃克(1796—1830),黑人废奴主义者。前两人领导的奴隶起义和后者提出的废奴主张给南方的白人种植园主敲响了警钟。

　　有人在叫他。波比朗回过头来,看见索尔跟在他后面,风吹着他凌乱的金发。他的皮肤似乎比波比朗记忆中要黑了些,也许是因为最近坐他父亲的游轮去墨西哥湾旅行晒黑的。

　　嗨,波比朗,如果我会引起矛盾,我最好还是退出吧,他走在波比朗旁边说。

　　噢,你觉得对你来说有点太难了?不像你在广播站的轻松差事吧。你有多少听众,500人?你是这个城市的精英,哦,对了,还热衷社会事务,偶尔去趟哈莱姆看看有什么新舞步,就和奴隶主过去说的一样,"在黑人中嬉闹"。毕竟,欧洲的艺术家们蜂拥来到哈莱姆,连斯特拉文斯基①都在写拉格泰姆音乐……毕加索像非洲人

---

① 斯特拉文斯基(1882—1971),俄裔美籍作曲家、指挥家和钢琴家,西方现代派音乐的重要代表人物。

一样画画。西奥多·德莱塞盗取了保罗·劳伦斯·邓巴的故事情节。①

你瞧,我主动要求加入的时候,我是真诚的,波比朗,我不是来这里鬼混的那1类人。我只是认为我没帮上什么忙……没想到会引起这么多反对意见。我是说黄杰克和福恩特斯。我觉得格格不入,还有那些关于我祖辈的话。我不是我的祖辈,难道他们不明白吗?

黄杰克的父亲是个富裕的丝绸进口商,福恩特斯有医学学位。我们在大学里的艺术史课上相遇时,我们决定要这样做,我们发了誓的。艺术史课的老师讲话的时候,就当我们不存在一样。我们觉得自己好像是在教堂里,愚蠢无聊的雕塑被吹嘘成宗教用的圣物。你有没有见过人们排成长龙等着看凡·高展览?他们进去的时候,人多得甚至连画都看不见,他们只是像羊群一样,或者像经过死去的英雄的墓地或者棺材的送葬者一样,带着某种庄严走过。他们对于凡·高的了解顶多就是他"割下了自己的耳朵",但是他们把凡·高的作品吹嘘成宗教信仰。我们决定,我们会成为他们的亵渎者,我们会把他们抢走的艺术品还回原来的地方,然后等待尚格、湿婆、羽蛇神的复活。② 这些神灵将不再是廉价的红酒瓶上的商标,他们会像公鸡一样,在神圣的城市里昂首踱步,在巨蛇盘踞的湖边发出骄傲的啼鸣。

我同意你说的……

不,你没有,波比朗把头转向他,两人正走到街角。我们进来

---

① 保罗·劳伦斯·邓巴(1872—1906),美国诗人、小说家,他的作品很多是用黑人土语写的,反映美国内战后的黑人生活。里德后来在采访中也表达过同样的观点:邓巴的《诸神的游戏》中的情节被德莱塞"挪用"。
② 尚格,非洲约鲁巴族宗教中的神灵;湿婆,印度教的神灵;羽蛇神,中美洲奥尔梅克文明中的神灵。

喝杯咖啡吧。

他们进了休斯敦街的一个叫作"山姆小吃"的快餐店。他们坐下来。一个结实的男人,胳膊上的刺青写着"M.O.M.",满脸的胡楂,围着肮脏的围裙,走了过来,他恶狠狠地盯着波比朗。

你们要什么?他的声音就像是转速每分钟33转的唱片以16转的速度在播放器上播放。

2杯咖啡,波比朗说。那个人把嘴角的牙签啪地吐出来。

你熟悉浮士德的传说吗?

哦,和大家知道的差不多……他把他的灵魂卖给了魔鬼。

是,是的,他把灵魂卖给了魔鬼,换取了享乐、权势和地位。你有没有仔细想过这件事?

没有,从来没有多想过,和受教育的人想的一样多。侍者来到桌边,他把咖啡砰地摔在桌上,咖啡洒了些出来。

3分钱。

波比朗看了一眼索尔。他知道咖啡是1分钱一杯。波比朗从口袋里拿出5分钱,平静地放在桌上。侍者拿了起来,检查了一下才走开。

……浮士德确有其人,在1510到1540年间,这个"游荡的巫师和江湖郎中"在日耳曼帝国的西南部行走,告诉人们他懂得"秘密法术"。我一直很好奇,为什么这样一个传奇会成为西方心理的基础,但是我仔细想了想,现在,我想我知道答案了。你能想象吗,这个人带着他的劣质草药、媚药、药品和魔水,还有辟邪物到处游荡,高价卖给农夫,同时用他那蹩脚的希腊语,还有他贴的"万灵药""99.5%纯度多元不饱和"之类胡扯的标签,迷惑了他们。变戏法而已。他能给人开药和算卦,就是预测未来,他靠此为生,总是能够免费在小酒店里借宿一晚。你看,他在帝国各地游荡,为当地人充当了类似全国广播台的角色。有1天,他给人放血、剪头发,法术真的显灵了,他救活了死人。其实救活的人只是生病了,看起来像是死了一样而已。他知道自己不过是个精于纸牌游戏的**波克**①,但是法术真的生效了。他又试了一次,确实有效。他继续重复自己的把戏,每次都能起作用。农夫们开始视他为神,他也怂恿各种关于自己的传说,说他能够治疗病患,展示奇迹。他凭借**法术**开始变得有钱,贵族们也来找他,他成了国王的顾问,住进了城堡里。农夫们窃窃私语,说一个黑人,一个大胡子魔鬼亲自来拜访他,他们看到了野性十足的黑马拉着黑人奇怪的马车进入他的城堡,车上装饰着眼睛。他们说他和魔鬼做了交易,因为他邀请在帝国各地工作的非洲黑人来他的城堡。那时欧洲有1000多非洲人,他们从事的工作包括管家、车夫、随从、小听差,还有巫师,当然只有堕落的人才会咨询这种巫师。村民们听到"阿拉伯"的音乐,还有鼓声从那里传来,但是一旦开始集会,音乐就停了。有谣言说,浮士德已经死了。村子里的人窃窃私语,说黑人们聚集起来了。这是西方人一种不安的观念。中国有火箭技术,非洲有铸铁熔炉,但是西方人不知道自己新掌握的法术该什么时候适可而止。这是要命的创伤。他会创建有13个字母长的名字的花哨理论,来让自己相信不存在这种伤。什么是创伤?有人甚至叫它负罪感,但是负罪感意味着有良心。浮士德有善心吗?没有,不是负罪感,而是他心里知道他是个**波克**而已,他是个曾用万灵药把数百万人打发到了教堂墓地的江湖骗子而已。西方人不知道伏都恩贡和**波克**的区别。过去,他们知道如何区别,但是当阿托恩主义摧毁消灭了反对者之后,这些知识都已失传。他们让罗马的皇帝改宗信仰,开始横

---

① 波克,海地伏都教中制造和利用僵尸的人,常常被视为是黑暗、邪恶的,不同于伏都教巫师恩贡。

冲直撞,烧毁书籍。他的法术、他的白魔法、他的波克作法会改进。很快,他就能按下按钮消灭数百万人。我不认为一个黄种人或者黑种人会去按这个按钮,但是,浮士德那机器人一样的后代就会。这是个可怕的波克,一个不知道什么时候该收手的骗子。我们必须清除你波克的一面,我们必须告诉你关于治疗者和圣人与那些从坟墓里回来搞恶作剧的恶灵的区别。我们必须灌输给你叶斯格鲁的神秘术。

索尔搅动他的咖啡。侍者巨大的带血丝的眼睛轻蔑地盯着他们俩。他头顶上,柜台后面的墙上,是一幅女人的裸体,上面配了下流的标题。他看看陈列柜里不新鲜的蛋糕,放了3个星期的一个馅饼,苍蝇蜂拥在柜台上的水渍处。

你为什么要把这样的责任加给我?我只是1个人,既不是浮士德,也不是德国皇帝,也不是3K党。我只是个个体,不是某个部落或者国家。

这就是我能指望的。如果真的有民族灵魂这样的东西,每个白人的心灵角落里都有浮士德这样的江湖郎中存在的话,我们就完了。我们似乎永远是这样,开始对着很多人讲话,然后对着少数人,最后只对着1个人。当种族之间的战争要开始时,1个人会变成几个人然后变成很多,直到下次战争的时候。然后我们互不理睬,整件事又从头开始。也许有1天,将会有很多人,保持很多人。

波比朗站起来,柜台边,侍者那双湿漉漉的鳄鱼眼紧盯着他。那种穿过炎热的原始沼泽地的盯视。

你要去哪里,波比朗?

我得回地下室去,我还有很多需要思考和计划的事情。可能过几天我就能回家了,从前天起,我还没见过厄琳。

波比朗走了,留下索尔坐在桌旁。他刚走,侍者就呸的一口吐在地上。

自从那晚的出租屋派对之后,索尔就没见过厄琳。他不理解,为什么波比朗从来不给厄琳机会进入姆塔斐卡的计划。**为什么他想要保护她?**

侍者转向索尔。

有件事我不明白,为什么你这样的人要和那种黑鬼搅在一起。

这家连锁餐厅是我父亲的。

什么?

这家连锁餐厅是我父亲的,他是你的老板。

侍者的嘴唇开始像蝴蝶扇动翅膀一样地抽搐,一根湿牙签掉到了地板上。

在一阵沉默中,索尔看着波比朗穿过马路走向地下室的藏身处,他的步子迈得很大,走近地下室的门。

……侍者走了过来,把桌子清理干净。

壶里还有点咖啡,先生,您还要吗?

陷入沉思的索尔抬起头来。

哦,是的……好的,我再来点。

尽管如此,巫术还是坚持存在,而且偶尔……它不再潜藏在黑暗的角落和下流的藏身窟,而是不知羞地在宫殿的朝堂上,大白天在迷信的人眼前,炫耀它那令人作呕的恶行。

——蒙太古·萨莫司,
《魔法和魔鬼学的历史》

24

和两个高级助手会面之后,司法部长哈里·M.多尔蒂出来面对新闻的镜头和麦克风。他读了要递交国会的法案里提到的推荐做法,这些是减轻叶斯格鲁危机的方式,毕竟它危害我们的国家安全、生存发展和所有你能想象得到的一切。他采纳了根据艾琳·卡索尔的想法制订的计划,卡索尔曾在1915年煽动年轻女性抛弃她们的紧身胸衣和衬裙。多尔蒂宣读了瘟疫公告。关于骨盆和双脚的禁令。

> 不要扭扭肩膀。
> 不要摇屁股。
> 不要转身体。
> 不要甩肘部。
> 不要抽胳膊。
> 停止小鸡舞,大灰熊舞,
> 兔子拥抱舞等等。这些舞蹈太难看,
> 不优雅,不流行。①

---

① 《当代舞蹈》——弗农·卡索尔夫妇。——原注

沃伦·哈定坐在那里小口地喝着威士忌,在白宫的卧室里,怒视着他的司法部长。他只是一个共济会会员,无力阻止要发生的一切。针对华盛顿地下酒吧的突袭一直持续到早上。**禁止跳舞**!巨大的黑色字母和感叹号组成的标语贴满整个城市。发现任何人跳舞!跳舞!跳舞!将以触犯联邦法律的罪名予以逮捕。

● ○

对于追踪报道叶斯格鲁的记者来说,这是繁忙的一天。早上从李·德福雷斯特博士的新闻开始,他发明了3极电子管——这对一流的收音机来说至关重要。博士在一个拥挤的新闻发布会现场晕倒了,当时他说他的发明被叶斯格鲁控制了。

  你对我的宝贝做了什么?借着拉格泰姆的音乐把它打发到大街上,到处收钱。
  你让它成了知识界的笑柄,成了电离层之神鼻腔里的一股臭气。①

---

① 《这个了不起的世纪:1920—1930》,第3卷——时代生活出版社。——原注

25

凌晨2:00,下过雨后,哈莱姆的街道上到处都是水洼。亨克尔·范温普顿爬上阿卜杜勒办公室所在大楼的楼梯,就像只浑身鼓满阴险毒液的蜘蛛,在看不见的线上滑动。像虫子一样蠕动着跟在他后面的是胡伯特·"窃贼"·谷德。这古怪的两人爬到了最上层,眼前正是阿卜杜勒办公室的玻璃门,上面写着他的杂志的名字。他们敲了敲门,阿卜杜勒来开门。他正在编辑杂志。

你有什么事?

我想和你谈谈,阿卜杜勒先生。我是《善良的魔鬼》的发行人。

嗨,上周你不经我的同意把我的照片放上去是怎么回事,那根本不是我的观点,而且我不喜欢刊登在文章旁边的下流照片。

噢,我们只是想对你表示友好,这可能会提高你的杂志的销量。根据我们的计算,我们的发行量已经达到10000册了。我们计划短期内翻一番。我想我们可以发表一部分你手头的文集……

你说的是什么文集?阿卜杜勒狐疑地注视着两人。

你手头的那1本。伍德罗·威尔逊·杰弗森这样说的……

哦,他啊。我没有……

你没有?什么意思?

我的意思是那些语言不宜印刷。

但是它的曲调令人无法抗拒……

我不这样认为。我不喜欢那些抒情诗,至少不喜欢那种。我手头没有。

"窃贼"对亨克尔·范温普顿小声嘀咕,让我跟他说,我懂他们的行话。

嘿,听我说,把文集给我们,否则给你好看。

你带来的这个老土的家伙是谁?阿卜杜勒抬起头问道,他刚才一直在编辑杂志。听着,我没有。

我们可以逮捕你,根据建筑条例规范。我亲眼看见楼下有14处违反规范,我们能封了你的杂志和你的办公室,我们在市里有朋友。

"窃贼"·谷德亮出他的枪。

靠一边去,让我们看看你的保险柜。和这种愣头青讲道理没用,亨克尔。

谷德指指阿卜杜勒身后的一个保险柜。

为了看保险柜,谷德和阿卜杜勒扭打起来。

嗨,你干什么?阿卜杜勒把谷德甩出去,但这时,一柄匕首插入了他的后背,他痛苦地叫了起来。他身受致命伤,倒在了地上,亨克尔·范温普顿把他后背上的匕首拔了出来。

现在该怎么办,亨克尔?

打开保险柜。

"窃贼"·谷德灵巧的手指活动起来,很快保险柜的门就打开了。

空的!!

哦,不在这里。

我们走,胡伯特·"窃贼"·谷德紧张地说。

不行,等等。我得消灭证据。你处理这个,他指着阿卜杜勒的尸体说。

● ○

比夫·马索怀特办公室的电话响起来。电话那端的人亮明了身份,说了情况,马索怀特开口道:

我以为您不会打电话呢……我一直想见您,但是当然我知道,您忙着第2阶段……您说要挪走尸体?当然,我会马上挪走的,大团长。马上就去。

26

拉巴斯手拿他的巫师手杖,从洛克莫比尔汽车里出来。他走进了阿卜杜勒·哈米德办公的地方,阿卜杜勒的名字就写在玻璃门上。

在外面的办公室里有一张桌子,上面有些杂志和报纸,包括最近出版的杂志《火》①,它的编辑是沃雷思·瑟曼,副编辑是兰斯顿·休斯和佐拉·尼尔·赫斯顿,另外康梯·卡伦·兰斯顿·休斯和葛温德林·本内特都在上面发表了诗歌。伍德罗·威尔逊·杰弗森写了篇评论,评论说这本杂志很不错,但是要想达到标准,投稿人还有很长的路要走,因为"他们的作品不会让你觉得想要跑出去炸掉领带店"。这篇评论被阿卜杜勒剪下来收藏了。

桌子上装饰的是些非洲雕塑家用木头、象牙和青铜制作的有趣的讽刺作品,描绘的是到非洲去寻找兽皮、象牙、香料、羽毛和皮毛的白人。作品上刻画的白人在行贿、喝松子酒、拉扯戴着镣铐的奴隶、戴着古怪好笑的帽子,还拿着伞,他们灰白的皮肤看起来愚蠢可笑。在这些雕像中,最显眼的是一个安哥拉人雕刻的猴子模样的葡萄牙探险家,很明显,他喝醉了,坐在一个桶上。这些古代艺术家的讽刺艺术是多么让人纵情开怀、捧腹大笑啊!非洲人向

---

① 《火》,哈莱姆文艺复兴时期的黑人文学杂志。发表了一期之后,由于总部失火,杂志就此终结了。

来很有幽默感。在北美,在基督教的影响下,他们中的很多人变得阴郁、沮丧、乖戾、愤世嫉俗、满怀恶意,在美国的黑人知识分子只喜欢沉重、严肃的作品。(只为这个原因,苔丝狄蒙娜。①)他们爱上了悲剧。他们的戏剧都是关于"核心家庭"里满怀仇恨、愤怒的家庭成员,他们在艺术中对应展示的是扭曲的、愁眉苦脸的、痛苦的社会现实主义者的脸。双手捧头,坐在门廊露台上,叫着"老天爷,我受不了了"。喜剧家波特·威廉姆斯②抓住了非裔美国人面具的精髓,就是白人批评家诺斯罗普·弗莱所谓的倒 U 型下垂的嘴角。但是桌子上的这些人物,这些古怪、好笑的木质、象牙质、青铜质的漫画人物,代表了非洲人讽刺艺术的天赋。身穿制服、带着枪支火药到非洲去的奴隶主、奴隶贩子和水手们把这些雕塑强行带到了欧洲。他们并没有意识到,他们自己正是被嘲笑的对象。毕竟,在他们看来,"原始人"怎么会有智慧呢。据说,有些北美的印第安部落会惩罚缺少幽默感的人,拉巴斯表示能理解。对他来说,一个不会窃笑的人就不算是非洲人,而是一个意味着流血和死亡的基督徒,是个被钉在十字架上遭受酷刑的犹太人。从来没有关于耶稣大笑的记录或者描绘,和那些把他的教义世俗化的马克思主义者一样,耶稣永远是严肃的,不苟言笑,和狱警一样阴沉。从来没有人见过耶稣笑得眼泪都流出来,从没像矮矮胖胖、眯着眼睛的弥勒佛一样双手高举哈哈大笑,也不像那些非洲的洛阿神和约鲁巴宗教的奥里莎神一样。

  拉巴斯相信,当有一天,人们解除了这些折磨非裔美国人灵魂的骗子、压抑的原型时,整个大地上的人会如释重负,灵魂就像是

---

① 原文引用了《奥赛罗》第五幕第二场中奥赛罗对苔丝狄蒙娜的独白"'Tis the cause",但是将 It is 改成了黑人英语 'Tis。
② 波特·威廉姆斯(1874—1922),美国 20 世纪 20 年代前最有影响力的黑人喜剧演员。

跋涉千里踩过钉子、鹅卵石、热炭和荆棘之后的双脚泡在了温泉水里。拉巴斯觉得，不管听起来有多么荒唐，年轻的诗人内森·布朗对耶稣是黑人这件事是认真的，尽管耶稣与非洲的洛阿神和奥里莎神在许多方面本质上是截然不同的。耶稣这个外来者，是非裔美国人大脑中危险的入侵者，是灵魂之家伊费中不受欢迎的闯入者。是的，布朗是认真的，但是其余的人不过是捏造黑人耶稣这个骗局的商贩而已，目的是逃避辛苦的劳作。

帕帕·拉巴斯又看了一眼这些雕塑人物，他开心地笑了。桌子上还有本书，《贝宁的青铜铸造术》。阿卜杜勒告诉黑人通讯社，他打算给社区的孩子上一门非洲雕塑课。他是个勤奋努力的人，据说他一周就可以学会一门语言。非洲衰落时，他的祖辈们被从那片土地上掳走，在那片土地上，阿卜杜勒应该是个贵族，是个王子。而在这里，他被人嘲笑，被认为古怪，甚至被当成危险人物，怪不得他这么愤世嫉俗。谁又能不愤怒呢？

当帕帕·拉巴斯走进屋的时候，他看到阿卜杜勒头朝下伏在桌上。

桌子上还有封信，粉色的拒稿信：

亲爱的阿卜杜勒：

我们已经拜读了你的文稿《托特之书》，但是我们决定，鉴于目前的情况，我们无法出版这本书。这本书缺少某种派头，没有传奇式的冒险人物和风趣的对话。书中奇特甚至神秘的写作吸引了我，但是现在市场上这种书已经饱和了。"黑人觉醒"的风潮似乎已经过时了，人们再次回到严肃的作品上，马克·吐温、史蒂芬·克莱恩等等。我们的黑人编辑说它缺少"灵魂"，不具备"民族性"。

他建议你读一读克劳德·麦凯的《如果我们必须死去》，也许你能获得一些想法。无论如何，感谢你让我们能够看到该书。再见。

            S.S.

拉巴斯注意到阿卜杜勒的手里攥着块纸，他拿了出来，上面写着：

美国－埃及棉花短诗

似线似团；成捆地跳动
中心之下
躺着大鸟。

帕帕·拉巴斯拿起电话拨打警察局。电话里的铃声刚响起，屋里进来了一个人。他是附近买卖赃物的人，拉巴斯把电话放回去。这个人看见阿卜杜勒的尸体吃了一惊。

天，阿卜杜勒怎么了？

他被人谋杀了。

来人的眼睛瞪得老大。

谋杀？我今天凌晨还和他说过话，他说他想让我看看他手里的盒子，说盒子上镶着玉、绿宝石，还有宝石做的虫子、鸟和蛇。这个阿卜杜勒……是个奇怪的人。你知道是谁干的吗？

我不知道，帕帕·拉巴斯说道，又给警察局打电话。

我想警察很快就会来的，我最好赶快离开。

男人离开了。

肯定和那本文集有关，也许是个怀恨在心的投稿人，拉巴斯想。

电话接通了。

请派辆救护车到阿卜杜勒·苏菲·哈米德的办公室来,在125街和莱诺克斯街交叉处。

我们早就已经派救护车过去了,电话那一端的声音说。

奇怪,拉巴斯想,难道有人已经发现了尸体,然后打电话了。事实上,他已经听到有人抬着担架爬楼梯的声音。

帕帕·拉巴斯例行公事地回答了些问题,他心里还在想别的事。

> 哈莱姆!……不夜之城!……纽约市中心奇妙的异国风情之岛!……出租屋派对!……数字赌博![①]……放荡女人!……爵士之爱!……原始的热情!
>
> *沃雷思·瑟曼的戏剧《哈莱姆》的宣传单*

[①] 20世纪二三十年代美国由黑手党和黑帮控制的赌博形式。

27

亨克尔·范温普顿在《纽约太阳报》的头版上看到帕帕·拉巴斯发现尸体的新闻:

黑人煽动分子罪有应得
怀疑系黑人帮派间的纷争
邪教徒谋杀案尚无嫌疑人
姆塔斐卡受到讯问

没过多久,亨克尔·范温普顿的车停到了巴迪·杰克逊的卡巴莱门口。这里和帕西·布朗的淘金者、埃德蒙、勒罗伊、康妮一样,是纽约市最有名的卡巴莱之1。地下室是个印度尼西亚的传统风味餐馆,以异国情调的菜品为特色:

椰奶鸡

烧烤鱼

印尼玉米饼

油炸菠萝

2楼是家剧院,年轻的黑人演员来这里朗诵莎士比亚,梦想成为像伊拉·奥尔德里奇①一样著名的戏剧演员。

伍德罗·威尔逊、胡伯特·"窃贼"·谷德和范温普顿从车里下来,走向卡巴莱的大门。门口正有人在检查,看门的混血儿拦住了他们一行人。

怎么了,亨克尔·范温普顿问道。

那个人,先生,他太黑了。

太黑?亨克尔·范温普顿吃惊地说,这不是黑人们嬉戏的哈莱姆吗?

他们是嬉戏,先生,但是是在台上;我们的顾客是棕皮肤、黄皮肤和白皮肤的人。

太可笑了,胡伯特·"窃贼"·谷德说,我在这里看见过巴迪·杰克逊,他黑得和煤球一样,黑得和黑檀一样,黑得和深渊一样,和埃塞俄比亚人一样。

先生,这不一样。

不一样,你什么意思?亨克尔·范温普顿问。

他是老板。

我明白了,亨克尔·范温普顿回过头来对伍德罗·威尔逊说,你得在外面车里等了,这是3分钱,去买个"8月火腿"吃吧。

"8月火腿",亨克尔?什么东西?

该死,伍德罗·威尔逊!"8月火腿"是西瓜。你难道不知道你们自己人的黑话吗?赶紧赶上潮流吧,也许能让你的文章活泼点,你还没有从马克思主义的言辞转换到我们想要的爵士散文上来。

走进卡巴莱,身为色情杂志发行人的亨克尔·范温普顿感到

---

① 伊拉·奥尔德里奇(1807—1867),美国出生的黑人戏剧演员,在莎士比亚戏剧中有精彩演出。

轻松起来,他喝着香槟,欣赏黄褐肤色的合唱团女孩进行的华丽表演。她们的节目最后以享誉国际的蛋糕舞结束,这种舞步在法国被叫作"行动的诗篇"。

门口一阵喧哗,棕皮肤、黄皮肤和白皮肤的一群人走了进来,中间那个棕色皮肤的人吸引了他们的注意力。范温普顿认出了他就是梅杰·杨,广受读者赞誉的年轻诗人。这群来自不同种族的人玩得很开心。在描述这个时代时,兰斯顿·休斯说:"不管他来自哪个种族,我们喜欢能够不停地吸烟、潇洒地喝酒的人,对肤色和道德看法都比较开放的人,他能和我们一起嘲笑那些做法迥异的人……我们玩到凌晨两三点钟,喝酒喝到早上5:00。"阿卜杜勒指责他们"沉迷女色",说他们只是想"炫耀自己",说他们应该培养自律性,也许应该时不时地斋戒、清淡饮食,甚至进行苦修。

亨克尔·范温普顿认出了梅杰·杨,他打发胡伯特到杨的桌前,胡伯特在对方的杯子下放了张纸条。

梅杰·杨站起来,对身边的朋友表示失陪,走到了亨克尔的桌旁,他和微微欠身的亨克尔握手。"窃贼"·谷德这个"同时代的人里唯一没进过监狱的人"正忙着,记录他从邻桌听到的"黑鬼们芒博琼博的话"。

窃贼,亨克尔叫道,吓了一跳的"窃贼"转过身来。

我们这里有客人,和梅杰·杨打个招呼。

他们一起坐下来,亨克尔又叫了些香槟,一个黑人侍者用小车给他们送过来。

我读了你的诗,朋友,我不得不说,你给我的印象非常深刻。你的诗歌飞腾起来又急速下降,让人开怀又让人忧伤,听上去就像是伟大的美国诗人瓦尔特·惠特曼。

梅杰·杨怀疑地看着他,瓦尔特·惠特曼可从没有写过哈莱姆。

呃……我们可以说,你的诗歌和惠特曼的作品一样打磨过。

打磨?我不太明白。写作是瓷器吗?

这是个傲慢的黑鬼,亨克尔想。好吧,我说我喜欢你的作品,我的朋友,那些诗自然而又质朴,彻头彻尾地表现哈莱姆。

杨露出挖苦的笑容。

我正好经营一份情色杂志《善良的魔鬼》,它让美国白人放松一下。我读了很多弗洛伊德作品,鄙刊想把他的思想介绍给大众,完全呈现给大家。我们需要像你这样的人投稿,呃……先生……先生……用黑人方言写得让人眼花缭乱的东西。

是的,我听说过你的杂志,雇了伍德罗·威尔逊·杰弗森是吧,他是个十足的傻瓜,耍嘴皮子的。而且他为什么要用那些术语呢?

哦,不用担心他,我们留下他的目的是多个跑腿的。

跑腿的?我不明白。

跑腿取香烟和咖啡,如果需要的话,我们可以马上解雇他。

不,不需要,因为我还不想投给你们任何东西。我不喜欢你第1期放在别人诗歌上的配图,那是种族歧视,侮辱性的。

噢,你说的是那些啊,那只是为了挑起人们的兴趣。不管你写什么,我们都会发表的。我们会非常欢迎你的作品,总算可以不用看那个内森·布朗了。他和他的东西都无趣、古板,进入美国优等生荣誉学会——肯定让他冲昏了头脑,他真明白那些文献指涉是什么意思吗?恐怕就是半生不熟的知识吧。他似乎很爱装模作样。

内森·布朗是个非常了不起的诗人,他也是我的朋友。难道我们一定要以同样的方式写作吗?我不是沃雷思·瑟曼,瑟曼不是福赛特①,福赛特不是克劳德·麦凯,麦凯不是豪恩②。我们都有自己的风格。如果你不介意的话,我该回到我朋友那边去了。

好吧,请收下我的名片,保持联系。

如果是在我自己的地盘,在格林尼治村的佩里街,我就给这个黑鬼一顿好打,让他永远忘不了。他以为他是谁,敢和我这样说话?亨克尔想。

亨克尔大声叫谷德,谷德忙抬起头来。

你看见了吗,"窃贼"?

对这些什么新黑人,你能有什么指望?他们自负又傲慢。如果他们是真的黑人的话,他们就应该对警察开枪,或者在莱诺克斯街上游荡,或者在广播台上推销催泪的可怜身世故事。他们会在大街上像英雄一样被谋杀,然后……我还可以拍点他们尸体的照片,然后发大财。如果他们是真的黑人的话,这才是他们该干的。

你拿到你想要的了吗,"窃贼"?希望今晚我们不是一无所获?

是的。这些舞蹈很难写下来,它古怪,又充满个人变化,但是,很快我就会偷到足够多的材料,来写我自己的百老汇音乐剧了,我会给它起名《哈莱姆黑人手鼓》。

亨克尔大笑着往外走,你知道吗,"窃贼",过去在圣殿骑士团的时候我们叫你什么……哦,对……"高加索黑色摩尔人"。

---

① 杰茜·福赛特(1882—1961),哈莱姆文艺复兴时期具有代表性的黑人女编辑、诗人、小说家。
② 豪恩(1899—1974),哈莱姆文艺复兴时期的诗人、政治家。

28

种植园俱乐部的演出让夏洛特发了大财。她的演技了得,对演出至关重要,如今她有了套豪华的公寓。浴室里配有象牙色的镶着金边的梳妆台,下沉式的大理石浴缸,可以登上台阶走进去。她的"幸运符"皮特匹克今天早上给她打了个电话,强烈表示要"来拜访",想讨论演出的一些变动。夏洛特懒洋洋地躺在绿色天鹅绒的美利坚帝国牌沙发上,桌子上摆着她喜欢的各种酒。奶油色的酒是用香蕉和香草种子做的,还有她最喜欢的玫瑰甜酒。各种各样的玫瑰花插在花瓶里,摆放在她的公寓各处。

门铃响了起来,她的爱尔兰女仆苏西·梅去开门。是皮特匹克,穿着他的摩尔式外套,肥裤子,戴着土耳其毡帽。他亲吻夏洛特的手,然后在她对面的一把椅子上就座。女仆给他端来一杯威士忌,这是夏洛特背着联邦调查员藏起来的。这个小个子有些心事重重,"他的面容上有种惶恐窘迫的神情"。虽然是个匹克,但是匹克也有自己的感情。

你有什么心事,皮特?

夏洛特,要想说清楚这件事,我得告诉你,在加入你的演出之前,我有一段过去。如今我成了你亲密的固定搭档,在成为你的保险、成为帮助你的演出度过寒冷冬夜的电热毯之前,我的精子到处挥洒。

说重点,皮特,问题的核心。

夏洛特,我并没有觉得我们的搭配不好,我阔步昂首地走路,扭屁股,跳慢步舞,加上你的洗牌术和手相术,我们一直做得不错。戏剧评论家表彰我是年度最佳逗乐人。百万富翁们纷纷来拜访你,让你教他们稀释后的法术。曼哈顿银河路上的有钱人、有身份的人,还有那些狗娘养的都来看我们的演出。我是黑人滑稽戏表演协会[①]最好的匹克,比苏菲·塔克的匹克好,比古西·弗朗西斯的匹克好。[②] 其他的匹克都叫我匹克之王,这就是为什么我叫皮特匹克博士……

皮特,到底有什么事? 夏洛特看到这个小家伙浅褐色的眼睛里流出了眼泪。

夏洛特,我为你表演了各种各样的匹克,我是你痛苦的匹克、欢乐的匹克、邪恶的匹克。当着那些胸前别着钻石胸针的银行家、扶轮社成员和来访的骑士的面,我在台上向你求爱,对你的道德和你的身材发表诋毁的言论。我们的演出让他们如痴如醉,夏洛特。但是,夏洛特,我觉得我们应该把演出倒过来,彻底颠倒,把种植园故事倒过来。

怎么做呢,皮特?

你来召唤我,然后想尽各种办法把我藏起来,天使经过但是他没有任何办法,魔鬼也会经过,他也帮不了忙,然后你对我窃窃私语,我来读那些咒语,然后你消失掉。那些错过第一场演出的人,我们可以在开头给他们一个之前演出的梗概,就像是连续剧开头那样……

[①] 黑人滑稽戏表演协会,20世纪20年代非洲裔美国人滑稽戏表演的组织协会,该协会与黑人爵士和布鲁斯音乐家、戏剧表演人签订合同,预订演出。
[②] 苏菲·塔克(1887—1966),美国娱乐明星,和古西·弗朗西斯都是白人女演员。

皮特,这真的是太好了,我认为这是个非常棒的主意。

你是说你喜欢吗?

当然了,皮特,我们今晚就开始。

噢,太感谢你了,夏洛特……

你在这里等一下,夏洛特进了卧室,拿出来一本破破烂烂的蓝封皮小书。

这是帕帕·拉巴斯的《蓝色咒语书》,芒博琼博大教堂要求阅读的材料。也许里面有你能用的东西,用咒语把我送走的时候看起来更可信些。

哦,谢谢你,夏洛特!你知道我一直想当个舞蹈设计师,但是,现在有了叶斯格鲁,没人注意我的拉班舞谱①,也许舞台艺术会成为我的新职业。比起教给大众新的旋律来说,也许转变冲突更简单一些。

皮特,你确实很有天赋。

夏洛特,为我们的新演出干杯。

夏洛特喊女仆,苏西·梅走了进来。

哦,苏西·梅,你来了,请你给皮特匹克博士再来杯酒。

爱尔兰女仆刚到这个国家不久,英语还不是很标准,她用那种文化不高的人的语言回答道,当然,夏洛特小姐,当然。

情况报道:黑人音乐家埃塞尔·沃特斯②**唱的《哒——哒——旋律》和爵士乐队演奏的《帕帕·嘚——哒——哒》吸引了欧洲的画家们,他们把叶斯格鲁带到了**

---

① 拉班舞谱,捷克舞蹈理论家拉班自创的舞蹈动作记录法。
② 埃塞尔·沃特斯(1896—1977),美国黑人歌手兼演员,她在20世纪20年代演唱布鲁斯,在哈莱姆文艺复兴时期非常有名。

国外。正如壁花会所害怕的那样,叶斯格鲁在全球流行。在国内,年轻人为拜耳道夫欢呼,他们在洛杉矶大都市剧院①向传统歌剧发起了决斗……成千上万的人自发给威尔第的《凯旋进行曲》喝倒彩……抢劫一直持续到天亮……全世界的姆塔斐卡给了叶斯格鲁新的动力,促进它、吸收它、藏起它……在华尔街上,萨克斯风造成大规模的集会,小提琴却衰弱不堪。芭蕾在临死之前苟延残喘……这就是新潮流!

距离纽约60英里的地方爆发了叶斯格鲁。据报道说,有30000例病例,甚至包括牛、鸡、羊和马,关于传播只限于人类的猜测不攻自破。甚至连枫树的树液都流动得更激烈了。当地的教会安排了最后关头的午夜祷告,祈求增加针对叶斯格鲁瘟疫的解药。玛丽·卢·威廉姆斯②在雨中作了一曲《罗马天主教爵士弥撒》,表演的那天晚上,叶斯格鲁的感染者们高唱:"玛丽·卢,玛丽·卢,你是怎么回事啊?"——I.R.

---

① 洛杉矶,大都市剧院,又称派拉蒙剧院,建于1923年,大胖子华勒等黑人艺术家在此演出。
② 玛丽·卢·威廉姆斯(1910—1981),美国黑人爵士乐钢琴家、编曲家、作曲家,录制了100多张唱片,写了数百首歌。1956年皈依罗马天主教,20世纪60年代写了不少与宗教相关的音乐。

29

姆塔斐卡地下室的门上传来敲门声。一个身材结实的黑人走进地下室的总部,他大约45岁,下垂的下巴上有好几层褶皱,陪同他进来的还有两个差不多身材的男人。他穿着驼绒大衣,戴着黑色的皮手套,浅色带帽檐的帽子上带褶,细尖头的皮鞋上是阿拉伯式的花纹。

他的视线在天花板上扫视一番,然后直盯着正在桌子旁边干活的人。他们正在忙着包装面具、木雕和其他的护身符。

卡车你可以多用几天,稍后我们有酒要运到芝加哥去,到时候我们要用车。但是服装必须明天晚上就还回来,他告诉波比朗。

有人正在把服装柜推进地下室,里面有鞋盒子、正式礼服、珠宝、袜子、燕尾服、黑色丝绸礼帽和白色丝绸围巾。

其他的东西必须明天还给戏院,他赞助的音乐剧明天开幕。斯蒂庞克明天早上要用。他在哈莱姆的殡仪馆明天安排了18场葬礼。听着,朋友,他戴着黑手套的手指戳着波比朗的胸膛,一定要还回来……

这个人一手伸进巨大的口袋里,拿出支雪茄放到嘴里,然后往地下室外面走去。他突然转身,其他两个人像收到了信号一样紧跟着回头。

哦,我忘了告诉你最重要的事了。小船已经在港口了,大船在海上等着。他让我跟你说一切好运,说你会懂得。他说他给你这些东西的唯一原因是因为他是个忠于自己民族的人。

他走近波比朗,以某种奇怪的姿势和他握手,波比朗一脸迷惑。

哦,我以为你是我们中的1分子,他才跟你说这些暗号的。好吧,再见。那个人和他的同伴一起转身要离开了。

他正要开门的时候,波比朗叫住了他。

嗨!听我说,巴迪·杰克逊怎么能弄到那些大船小船的?

他说是一个叫黑鹰的人,是个单翼机飞行员,有些国际上的关系。①

那个人离开了地下室。

姆塔斐卡的男男女女换上了正式服装,挤进了停在路边的斯蒂庞克。这种汽车的设计还可以看出来马车的影响,这种车被销售商称为"机动骑士"。

---

① 此处作者可能指涉的是休伯特·朱立安(1897—1983),绰号"黑鹰",第二次世界大战之前最有名的黑人飞行员。

30

　　硬汉比夫·马索怀特——"驯服荒野的男人"、第1次世界大战中功勋卓著的军官——如今是纽约艺术拘留中心的馆长，兼职约克镇警察局顾问。此刻，他的头正枕在夏洛特的大腿上，而夏洛特坐在沙发上。夏洛特抚摸着他灰白的头发，1条腿在沙发的1个扶手上晃晃悠悠。他的剑碰到了地上，他的手里握着杯苏打水，旁边桌子上还有瓶香槟。他穿着1只靴子，另1只在离沙发不远的地上，他的衬衫有2处解开了。他还在继续说话。

　　……然后，亲爱的，在我们包围他们之前，我只凭一己之力，率先攻击德军的战线……就在那时，我知道，我的士兵的命运就捏在我的手里。

　　比夫·马索怀特上校终于说服夏洛特，允许他来家中拜访。他带来了些玫瑰，女仆苏西·梅放在了花瓶里。夏洛特厌烦地盯着天花板，听他不断地讲第1次世界大战。

　　……我喜欢你的公寓的装饰，可以看出与众不同的品位。你确实很有眼光，亲爱的，这种风格如果是在品位不高的人手里，会显得俗丽，甚至变成非洲风格……我想请你允许我为公寓的维护出一份力，作为一个作战的老兵，我习惯于尽自己的一份力。吻我，亲爱的。

　　上校突然间起身，捏住了夏洛特纤长的胳膊，把她抵在沙发背上,开始疯狂地亲吻她。

就在这时,门铃响了。

夏洛特终于摆脱了上校牢牢的控制,她拍拍头发,整了整裙子。上校去另一间屋里等她,顺便系上了扣子。夏洛特起身去开门。

过了一分钟,没听到外面的屋子里有什么动静,比夫·马索怀特上校问道。

亲爱的,你有客人吗?

波比朗、索尔、黄杰克和福恩特斯走了进来,他们的礼服外面套着切斯特菲尔德大衣,潇洒地戴着黑色圆顶帽。

怎么了……这是什么意思?夏洛特,这些人是谁?

他们说是你的朋友,然后就闯进来了,夏洛特回答说。

放轻松,马索怀特,我们打算带你坐我们的斯蒂庞克转一圈,去趟艺术拘留中心,你这个无赖。① 我们要参加一个小小的开幕式,福恩特斯说。

上校从沙发上跳起,突然一转身扑向黄杰克,黄杰克把他摔了出去,他砰的一声倒在了地板上。

上校又要去拿他的剑,但是波比朗取出了一把华丽的长刺刀,上面镶着钻石和绿色宝石……这是模仿古代仪式所用的刀制作的。

比夫·马索怀特上校仔细想想之后放弃了抵抗。他们把他带到另外的房间里,夏洛特站在客厅里,几乎吓呆了。

别担心,亲爱的,我会对付这些恶棍的。

嘿,快走!黄杰克把比夫·马索怀特推出去,走过门厅,到了

---

① 原文是:"A little trip down to the C. A. D. , you cad."使用了 CAD 之后,you cad 作为双关,CAD 既是艺术拘留中心的简写,也是无赖、下流坏子的意思。

电梯。

比夫·马索怀特上校和抓他的人一起沉默地坐着电梯;到了大楼的楼底。他们怎么知道我在夏洛特这里？姆塔斐卡的情报太厉害了。当局应该使用录音机,以便将来保护自己,他得向纽约市长提出建议,如果他能在俱乐部或者棒球场以外的地方找到市长先生的话。

他们慢慢走出了公寓大楼,马索怀特被塞进了车里。几辆车编成一排,前灯不断地闪着,前往 82 街和第 5 大道交叉处的艺术拘留中心。

● ○

2 个守卫吃惊地看着男男女女一行人走上了博物馆的台阶。

没人告诉我们今晚要开门,1 个守卫对另 1 个说。

当他们看见比夫·马索怀特和紧跟在他后面的黑人时,他们打开了门。

馆长……目录上没写着要安排今天开门啊。

当然有,马索怀特说。打开门,让这些人进去。

但是,这和规定不符,先生,这是晚上 10∶00,从来没有过这样的事。而且,我们没看到有新展览,先生,这太不正常了。

马索怀特感觉尖刀刺透了他的大衣,然后感到有细微的汗滴慢慢地从他背上淌下来。

按我说的做,打开门,让这些……这些……先生女士进去。

守卫顺从地开门,一行人进入了博物馆。波比朗站在比夫·马索怀特身边,在门口看着姆塔斐卡成员鱼贯而入。

你们 2 个人可以休息了,马索怀特按照波比朗在他耳边暗暗下的指示说。

警卫嘟囔着,不知道怎么回事,老老实实地穿上大衣离开了。

姆塔斐卡的人有条不紊地进行他们的工作,粗壮的男人负责把大件的东西搬到停在艺术中心后面的卡车里,卡车将会把东西运到等候在纽约港的船上。几个小时后,工作就完成了。

波比朗、黄杰克、索尔、福恩特斯和其他人开始往博物馆的出口走去,他们已经想好办法取奥尔梅克的巨石头像了。当他们走过博物馆主厅时,波比朗停下来,看着西班牙画家戈雅①的画作《唐·曼努埃尔·奥索里奥·德苏尼加》,50×40英寸(127×101.6厘米),穿着鲜红色外套的小孩子身边围着猫和鸟。波比朗把这个孩子看成是没有角的公羊,基督教里有名的那个被献祭的白人男孩。波比朗拿出自己的刀来,想要毁坏画中的孩子。黄杰克抓住他的手腕,波比朗回头看他。

记住我们的誓言,波比朗,我们是要归还艺术品,我们不能学习他们的方式破坏别人的艺术。是阿托恩主义把它当作崇拜对象的,既不是戈雅的错,也不是画的错。

当然,波比朗说。怪我最近没有休息好。

一行人带着人质比夫·马索怀特从博物馆里出来。

● ○

尽管福恩特斯强烈地反对,波比朗还是留下索尔负责看守比夫·马索怀特。他如今被绑住了,嘴巴里塞了东西,双手反绑在身后,被塞到姆塔斐卡总部地下室的墙边一把椅子上。他们没有找到取出奥尔梅克巨石头像的办法,所以决定绑架比夫·马索怀特来交换,而没有像一开始计划的那样,运完东西后把他放走。

---

① 弗朗西斯科·何塞·德·戈雅–卢西恩特斯(1746—1828),西班牙浪漫主义画家。

马索怀特直盯着索尔,索尔吸着哈瓦那香烟,在屋子中间走来走去。

我可以来1支吗,孩子?

索尔转过身来,走向比夫·马索怀特,从衬衣口袋里掏出支香烟,放到马索怀特的嘴里,然后用火柴给他点着。

马索怀特吸了一大口,嘴边吐出句谢谢。

索尔坐在桌子前面的1个板凳上,他在房间的另一端,但是能听到这边的动静。他查看了一下接下来偷窃艺术品的日程,"原始"艺术展览上画了个圈,意思是波比朗想要对这里"下手"。

你多大了,孩子?

索尔抬起头,刚才他正看放在板凳上的展览宣传单。

你问我吗?

是的,我问你的年龄。

索尔站起来,走到他面前,手指在他脸前比画。

你想干什么?我不得不在这里看着你,唯一原因就是因为他们要拿你去交换奥尔梅克的巨石头像,要把它运回中美洲去。说实话,我觉得你根本不值这个价钱。

马索怀特笑了起来。

什么这么好笑,索尔问道,人质平静地坐在椅子上让他有些生气。

没什么好笑的,孩子。你让我想起了我年轻的时候,我去参加战争,以为自己能拯救世界,但是你看,现在战争的乌云已经开始笼罩我们了。军备裁减会议,他们总是在重新打仗之前商量放下武器。德意志人开始不安分。而现在的国内,社会正在分崩离析。

你们这些老头怎么这么喜欢陈词滥调,分崩离析,这些虚假伪善的语言……我恨它!索尔说着,激动地抓起了自己的一大把头发。

伪善？我不知道。如果你认为我们伪善的话，为什么不让你父亲来付钱给那些艺术品的捐赠人，这样就不用你的黑鬼、西班牙佬、中国佬朋友冒着生命危险去偷了。

嗨，你给我小心。索尔想要威胁他，但又被他的话吸引住了。

你怎么知道？我是说，我的父亲？

很多次，我见你父亲带你去游艇俱乐部，你打扮得像是庚斯博罗《蓝色男孩》里的小男孩。①

你在游艇俱乐部里？别开玩笑了。

我知道你瞧不起我，因为我的欧洲故乡被更强大的白人统治，不是我们自己人的国家。我们是你们的黑鬼，你们殖民我们的国家，让我们变成你们脚下的泥土。但是在美国，一切都不一样了。没有了欧洲意义上的贵族，人们只认钱。古根海姆、阿斯特、福特、卡内基……如果是在欧洲的话，你们会朝他们吐唾沫。我们正在存钱，很快我们就能廉价购买自己的徽章了，那时也许我们的价值就会变成你们的价值。你看，我们学会了加入你们的俱乐部，从警察局长到艺术拘留中心的馆长，开辟了一条道路。我们学会了像你们一样胡说扯淡，把最不起眼的进步加上神圣的光环，就像你们的女王说的那样，允许"阳光洒到贵族身上"。有1天，我们的1个孩子，也许是个波兰移民的孩子，会从宾夕法尼亚的炼钢城里出来，把粪便抹在博物馆的墙上，让它永远留在那里……当你问他这是什么的时候，他会戴上墨镜，用你嘲笑我们的方式嘲笑你。到那一天，我们就超越你们了。

要是有这么一天就好了。

---

① 托马斯·庚斯博罗（1727—1788），英国著名的肖像画家和风景画家。这里提到的画作中的男孩子穿着17世纪的服装。

所以,你看,你仍然是忠实于你们上层阶级的。孩子,我们正在想尽办法救你们,你们的阶级。过去,你们坐着马车经过我们附近,我们赤脚追着你们的马车跑,尽管你们把泥水甩到我们脸上,侵犯我们的姐妹,鞭打我们的父亲,但是我们还是会跑过来,因为我们爱你们漂亮的衣服、整洁的头发,你们身边坐着的迷人女士,你们走路的方式……索尔被这个人的话吸引住了,慢慢地坐下来……

我们只能指望你们来打败他们,打败传说中行进的黑鬼大军,打败黄祸,打败红色人种。你们具有我们所没有的东西,因此,当你们戴着皇冠和威仪出现在全世界面前,全世界都纷纷模仿你们,像你们一样行军,像你们一样说话,把国歌定为《芬兰颂》或者《天佑女王》。

但是……但是……

马索怀特不给索尔·温特格林机会说任何一句话。

然后我们明白,我们只能指望你们,是你们发展了剧院,让我们和他们之间划清界限,剧院里有转换的场景和不断变换的人物,但是只有那些被收买的献媚喝彩者硬挤出哧哧的嘲笑声。那时候起,我们明白了你们的做法,但是我们并没有泄露秘密,我们决定要模仿你们。美国是我们的机遇,一个建立在金钱基础上的等级制度。我们还是想要保护你们,你们是我们中最优秀的,孩子,为什么你们要让我们吃这么多苦头?

因为你们不能再继续抢劫全世界的艺术瑰宝了,这就是为什么。我在埃及的时候,有个导游告诉我,埃及人绝不会像国外的博物馆一样,把死者从陵墓里偷走。如果别人动了你们的死者坟墓,挖出他们的骨头来展览,像在墨西哥一样,把你们祖先的神圣宝物破坏重铸,毁坏你们的石雕偶像,你会怎么想?

现在你听我说,马索怀特驳斥道。你如果以为你追究的不过是宝贵的死尸,那简直就是开玩笑,我的名字该叫乔·E.刘易斯了。听着,我们该彼此说出真心话了。你以为我不明白你为什么要加入这些人吗?你以为我不知道你的广播台吗?广播弗朗茨·李斯特的生日特辑、没完没了的托尔斯泰,但是你从来没有宣传过黑鬼音乐家和作家,从来没有。他们淹死在纽约东河里的时候,你在电台上大谈伟大的作品、严肃的艺术,这是白人的暗语,不是吗?丢掉你高高在上的姿态,小鬼,别再装模作样……

听着,索尔说着站了起来。他们是我的朋友,我反对你们的做法,选择了他们的方式。一想到你们肮脏的作为,我根本就无法入睡。你们居然把塔斯马尼亚人扔给狗,喂狗吃……

呸!这个文明正需要你这样的年轻人,难道说你就不需要保护它了?难道你要退缩、背叛我们伟大的西方文明?难道你说没必要守护它了?这让我气疯了,我都要哭了。你是我们文明的年轻王子,居然和一群……一群……**姆塔斐卡**混在一起。他们是些游手好闲、一事无成的无政府主义者,他们把手榴弹投向我们。看着我,孩子。难道你以为我不想让每个人都能当上国王,家家户户的锅里有只鸡,美国所有的孩子吃得饱、穿得暖、住得好吗?沃伦·哈定那天在林肯纪念堂主持仪式,赞扬西方文明的成就,孩子,我们不介意从自己的口袋里掏出钱来捐给那些社会地位低的人、被侮辱和受损害的人。但是,孩子,这个波比朗不一样。这是一个发疯的黑鬼,种植园主会把他和其他的黑鬼隔离开,以免他的这种疯狂传染给别人。他就像傲慢的自由人,坐在公共汽车的前排,环顾四周好像在说"谁有意见?"波比朗是乘坐"飞翔的荷兰人"①的黑鬼,一个残忍的奴隶主船长负责那艘贩奴船,他给船长下

---

① "飞翔的荷兰人",传说中一艘永远无法返乡的幽灵船,注定在海上漂泊航行。

了咒语,让他满世界航行,永远地消失,成了传奇。波比朗不是那种在反私刑游行中打扮得体、齐步走的机器人,他了解自己的过去,而且他剥除了我们历史的神秘感。

孩子,这个黑鬼正在逼近我们的神秘教义,很快他就会让我们的文明"老实下来"。这个人讨论的是犹太基督教文化,基督教,阿托恩主义,不管你叫它什么名字。它是所有人、所有地方能取得的最卓著的文明……全宇宙最了不起的文明。啊……呜呜……呜呜……呜呜呜呜。

比夫·马索怀特双手抱头,开始啜泣起来。

停下,停下,索尔开始在房间里紧张地踱步。

我见过他们,孩子,在非洲,在中国,他们和我们不一样,孩子。我们是"天生优越的民族",在欧洲,在这里。他们远远落后,孩子,你心里知道我说的是实话。孩子,这些黑鬼竟敢提笔写作,亵渎我们神圣的文字。他们从我们这里夺走文字,在他们的布吉乌吉的铁砧上捶打,①他们用黑手抚摸我们的文字,直到文字变得像护身符一样锃亮闪光。拿走了我们的文字啊,孩子,这些肮脏的黑鬼,用起我们的文字来就像是理所应当。……他们的人居然还敢解读,我提醒你,是批评地解读我们伟大的赫尔曼·梅尔维尔的《白鲸》!!

住口!索尔坐在板凳上,开始哭起来。

马索怀特看到自己的办法已经奏效,继续说道,归根到底就是这样的,孩子。他们才是应该改变的,不是我们,他们……他们必须适应我们的方式,培养伊丽莎白时代的诗人,他们应该培养出斯特拉文斯基和莫扎特式的音乐家,他们必须文明化!!!!

---

① 指布吉乌吉爵士乐(Boogie Woogie),这是20世纪20年代后期流行的一种音乐类型,但是起源于19世纪的黑人奴隶中。

索尔坐在桌边,继续哭着。

马索怀特温柔地、轻声细语地说,孩子,过来给我松绑,我年轻勇敢的王子,我们一起和叶斯格鲁、海伦还有姆塔斐卡这些恶龙做斗争。你知道海伦,她水性杨花,不可靠。你还记得歌德说的吗,海伦追求精神欢欣。

不,他说的是哀弗利昂①。

是的,当然,你知道那个贱人。这个月我的西方伟大名著还没来,邮件太慢了。

索尔终于把马索怀特解开了,马索怀特从椅子上起来,搓揉自己的手腕。

好的,孩子,我打电话给我的警察。我们就在这里等他回来,他几点来?

索尔又回到了板凳上,痛哭着。8:00……他回答道。

马索怀特走到板凳旁,从自己的口袋里拿出根钥匙链,链子上的护身符是查理曼大帝②,戴着王冠的查理曼大帝的镀金头像。

好了,孩子,很快就会过去了。

他把链子递给索尔,索尔开始亲吻抚摸它,就像是虔诚的信徒对着诵经念珠。诵经念珠是苏菲教的教徒所创的。

> **情况报道**:壁花会说服了其走狗医学协会和自大鲁莽的弗洛伊德学者流氓,发布了一份报告,称"科学地"证明叶斯格鲁对阑尾有不好的影响……发源于尼日利亚西卡舞的西米舞已经被立法禁止……华盛顿州雅基马的医

---

① 哀弗利昂,《浮士德》里浮士德和海伦的儿子。精神欢欣(Euphoria)与哀弗利昂(Euphorion)是音近词。
② 查理曼大帝(732—814),法兰克王国加洛林王朝国王,神圣罗马帝国的奠基人。公元800年由教皇利奥3世加冕,虔诚的基督徒,人称"欧洲之父"。

生宣布:"人类罪恶的来源是大脑中的'热带地区',在离耳朵1.5英寸的地方……"①

  爵士对流行音乐以及都市生活有巨大的影响。不管爵士是原因,还是更广泛的原因的一个结果,这并不重要,它加速了生活的节奏。新的音乐精神一旦到来,很快就发展渗入每天——甚至每夜——的活动。没过多久,原先的音乐喜剧类型开始变得过时。全国各地听到的都是"活力"这个词,我们过去是"拉格泰姆"风格,如今一切都是"爵士活力"。

——伊西多尔·维特马克、伊萨克·古德伯格,
《从拉格泰姆到摇摆时代》

---

① 《这个了不起的世纪:1920—1930》,第3卷——时代生活出版社。——原注

31

内森·布朗走下了萨拉姆非洲卫理公会主教派教堂的台阶,他是来这里思考黑人耶稣的问题的。① 他身形颇瘦,像金属线一样结实有力,面色忧郁,有点像黑人画家查尔斯·卡伦插画中的人物。他穿着黑色的斗篷,对雨水毫不在意。他的作品里,死亡和自然混合在一起,让人无法忘怀。诗人走到了街角,从旁边建筑物的墙上,他看见一个不祥的阴影逼近他。他回过头,看到一个打扮尊贵的年长绅士,穿着海豹皮衣,拿着手杖,戴着大礼帽。

抱歉惊扰了你……我很欣赏你的诗集《黑色黎明》,它植根于西方传统,这也让我相信,你是你的民族中最优秀的诗人。黑人群体中是时候出现这样一个诗人了!

先生,抱歉,我还有其他的事,布朗回答道,他有些尴尬地低头看着人行道。

但是,请你一定在你的这本诗集上签个名字,我将非常感谢,亨克尔继续说道,并递给布朗一支笔。

内森·布朗停下来,给这个陌生人签名,然后他继续沿着道路往前走,陌生人还是跟在他身边。

你住在曼哈顿吗?内森决定开口问一下这位坚持要陪他走路

---

① 康梯·卡伦的诗集《黑人耶稣》中曾就宗教和社会不公进行讨论,把耶稣受难和非裔美国人遭受的苦难结合起来。

的绅士。

我的住处……乡间别墅……在长岛,"螺旋的痛苦"。我在那里度过晚年,追逐缪斯,喂喂海鸥。我是一个绅士编辑,你可以这样说。我出版了本杂志,《善良的魔鬼》,你听说过吗?

怎么会没听说!在这里,它的声誉不好……下流,没品位,就像是有光纸印刷的加厚小报。

我们缺少人手,但是我们尽量做到最好。这就是为什么我们需要你这样的人给它提升档次、品位。

我如今一心在教学,我恐怕不能帮你……

但是,你拥有广泛的西方文明知识,耶稣、阿伯拉德①、普洛斯彼罗②,你的遣词用句,你不用低俗的"Don't Think"而是用"Think Not"。你熟悉你的黑人文化,但是和 J. A. 罗杰斯、休斯、麦凯他们那些人不一样,你并没有将其神秘化;你记录西门——那个背着我主十字架的仆人——的方式非常具有黑人特色。③

我接受过两种文化的教育,所以我兼用两者。

所以,你要是加入我们,会成为我们中的得力干将,《善良的魔鬼》的发行人坚持对诗人说。这位诗人的传记作者称"[他的问题是]异教徒倾向影响了他所受的基督教教养……"

你从来没有陷入马克思主义的陈词滥调和民族主义,当瘟疫出现的时候,你这种素质是必需的。你瞧,我们可以让你成为当今黑人文学的主导人物:黑人体验之王。

"所有的黑鬼在我看来都一样。"④内森·布朗茫然若失地说,他看着道路两边的树,陌生人夸张的赞美让他听得不舒服起来。

---

① 阿伯拉德(1079—1142),法国神学家、哲学家。
② 普洛斯彼罗,莎士比亚戏剧《暴风雨》中的人物。
③ 康梯·卡伦的《古利奈人西门说》("*Simon The Cyrenian Speaks*")
④ 原是一首黑人民歌的歌名(*All Coons Look Alike To Me*)。

什么意思?

我觉得,范温普顿先生,当你们这样的人说起"黑人体验"的时候,你是说所有的黑人的体验都是一样的。这样的话,你就可以隔离开那些不合规范的人,那些人正在努力打破天花板,打破你和你的助手们在这个国家制造的束缚。要想冲破这层天花板,奴隶就不得不惊醒嗜血的猎犬……范温普顿先生,我想我不能帮你,我在学校给哈莱姆的年轻人上课,这样他们才不会受你这样的人的影响……

亨克尔绝望得不顾一切了,只剩一个月了,如果他无法炮制出这个机器人来,根据约定,他就不得不喝下毒酒。

嘿,你这个黄皮肤的小杂种,我们能让你有权有势,奋斗者街和糖山的豪华住宅随便你挑①……人们厌倦了这个叫叶斯格鲁的东西,这个笼罩在美国上空的疾病就像是黑……黑云,难道你不知道吗?

对你来说可能是疾病,但是,我们中的很多人在想方设法接触它。如果你能把你的手从我肩膀上拿开的话,我得继续走了。我和别人约好了,这个人可能会帮我接近它。

说完,他走开了。亨克尔·范温普顿还站在哈莱姆的大街上。

他会报复这个家伙的,他会打电话给他的朋友,让他们到死也不再出版这个诗人的作品……

亨克尔·范温普顿回到家里,整晚的噩梦让他不敢再回想。他梦到新泽西那一类的东西。第二天早上,他醒来后洗了个澡,下楼去拿报纸。报纸的头条消息让他的旧伤又开始疼了起来。卡布·卡洛维让棉花俱乐部的顾客大吃一惊,②他宣布要以这个奇怪

---

① 奋斗者街和糖山,都是哈莱姆的豪华住宅区,也是黑人名流们聚集的地方,如今已是历史性地标。
② 卡布·卡洛维(1907—1994),美国爵士乐歌手,他主要在哈莱姆的棉花俱乐部演出,代表作是《米妮的乞丐》,这首歌出现在里德的另一部小说《路易斯安那雷德最后的日子》里。

的叶斯格鲁为纲领竞选总统。他还用某种奇怪的书包嘴①语言概括了他的纲领。他们的演出由一个叫作"跳动的棉花捆"的乐队担任主角。这是黑鬼的某种暗语吗?

有一封电报,是壁花会的。只有1个词。

如何?

快没有时间了。他必须得想个办法。任务就是去揍它、控制它、收编它、改变它、打败它或者动摇它。

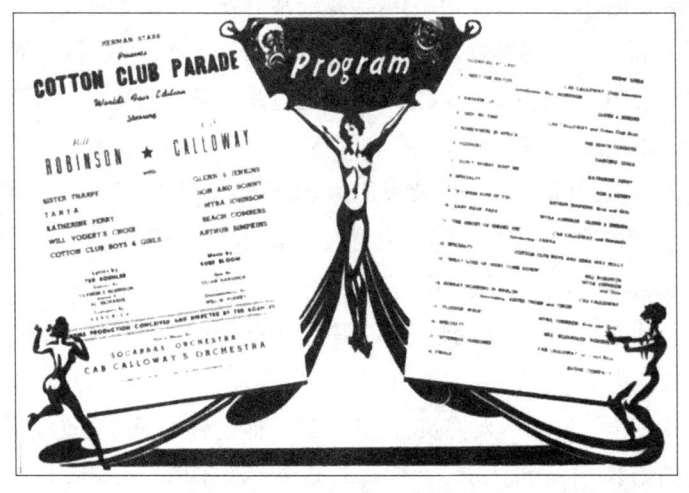

但是他真正爱的女人是个伏都教女王
来自新奥尔良市的克里奥法国市场

——斯塔克李②

---

① 书包嘴(satchmo),美国著名爵士乐手路易斯·阿姆斯特朗的绰号,是从 satchel mouth 而来的,意思是他的嘴大。
② 斯塔克李,黑人民谣里的传奇人物、赌徒、杀手。

32

有轨电车正对着哈德逊河。有条奇怪的船停在那里,巨大的黑色货船,虽然看起来很破烂,但是经常有外表尊贵的黑人上上下下,他们大都穿戴体面。这艘船停在这个码头有些奇怪,因为码头已经关闭多年,多少年来,他从这里经过从没见过别的船。水面上闪动着波纹,像黑色的丝绸一样闪亮,船就停在那里。天上一轮黄色的月亮,月亮上的红点就像是画家的画笔胡乱留下的。云彩飘走了,明亮的满月留在那里,白得像可卡因。那艘插着黑色和红色旗子的船与他没什么关系。

他是有轨电车上为数不多的黑人之1。1900年暴乱的时候,白人乱砍乱杀,把纽约街头所有能看到的黑人杀死或者打伤。后来,为了安抚抗议的黑人委员会,就雇佣了他这样的黑人作为让步。他们仍然不肯让他休班,而他真的需要一次休息。他和他的妻子结婚正好20年,他想回家陪她和3个孩子。他坐在电车里休息了2分钟,然后出发跑下一圈,他拿出钱包,看着里面的全家福笑了起来。他把钱包放回去。街对面是家非法的小酒馆,等他回家得夜里2:00了,也许等这最后一圈转完之后,他会进去喝一杯,喝杯科恩酒再回家。今夜是个特别的日子,他妻子还特意为此从巴迪·杰克逊手下那里弄了一些"红酒"。今天他肯定会醉一场。他看了一眼操纵设备上面的后视镜,那位乘客还在电车上。他每天都会在哈莱姆的街头接上这位乘客,然后她在市中心下车,但是这次她没有下去。她在对他抛媚眼,没错,他也曾经见过场面,甚至参加了第1次世界大战。但是她看起来不像是个妓女,他在美国各地以及欧洲行走的时候见过妓女,从她们的腰以上就能看出那种信号。老天,要是他还没结婚就好了!香水味诱惑着他,她刚上电车时他就注意到了,她穿着长裙子,新的白头巾,如今女人都在穿的热带罩衫,他妻子甚至也有1件。今晚,她在他的线路上坐了一圈又一圈,也许她有些寂寞。这不关他的事,等他回到终点,他要喝一杯,然后去车库,回家。

33

波比朗要回地下室,去跟索尔换班看守比夫·马索怀特,现在全城的警察都在找他。当他走到这条街区的时候,街上有些不同寻常的安静,他感觉脖子后面有一阵发麻,他不知道是怎么回事,但是有什么东西不对劲。他开始往地下室走……街对面停着些车,波比朗刚转身,比夫·马索怀特就下令开火。子弹射中他的眉间,波比朗抓住自己的额头,但是血就像水龙头的水一样喷涌而出,喷洒到夏日的大街上。奇怪的是,他没觉得有什么,他什么感觉都没有。他只是越来越虚弱,失去了意识。比夫·马索怀特从警车里出来,和另外2个人一起从马路对面走了过来。他们盯着地上的尸体,波比朗的脑浆淌在人行道上,黄的、红的、蓝的,和火蛋白石一样。

34

最后这趟终于结束了,他停下了电车。那艘船上有股奇特的甜味传过来,舷窗里透出熏衣草色的灯光。还在电车上?好吧,现在她得下去了。

女士,你得下车了。这是最后一站。

厄琳从座位上起来,扭动腰肢,沿着电车的过道走了过来。她递给他一个眼神,是那种能让一个男人不惜一切——宁肯抛弃自己的妻子、卖掉自己的房子、卖掉自己的血、献出自己的皮肤、抠出眼睛给鳄鱼、抢劫银行——也要满足她的眼神。

那种……感觉席卷他的腹部,然后继续往上去。她感觉不像是个妓女,他曾经参加过上次的战争,你知道的。他弄不清楚,她想干什么?

你的丈夫介不介意你和我喝一杯?老天,他怎么会说出这样的话,他的声音嘶哑……

所有的黑人男人都是我的丈夫,她诱惑地答道。

那间非法小酒馆里的音乐非常有力,厚重,像沼泽一样黏稠;南方黑人地带肥沃的古老土地特有的天气和沼泽,像软泥一样,有成群的鸟、蛇、虫子和野花,有人说那是美国的埃及。当门打开的时候,她的胳膊挽着他的,放克音乐的气息扑面而来,几乎让人窒息。空气里烟味浓重,黄色的烟像波浪一样翻滚,跳舞的人似乎精神恍惚,跳着慢步舞、贴身舞和其他亲密的舞蹈。墙上杰克·约翰逊①拳击比赛的旧海报已经撕破了。乐队的吉他手好像已经睡着了,他的吉他听起来像是条邪恶的小毒蛇发出的声音,如果蛇会唱歌的话。他的头发中分,带着卷纹,上面用了太多礼服牌的头油。他们俩站在酒吧里。

女士,想喝杯酒吗?

你可以叫我厄琳,她贴他更近了,隔着她的裙子,他能感觉到她的身体。他变得像岩石一样坚硬,他甚至并不为此感到尴尬。

---

① 杰克·约翰逊(1878—1946),美国拳击手,1908—1915年为世界最重量级冠军,是获此称号的第一位黑人。在种族歧视盛行期间的美国,约翰逊不仅打败了白人最重量级冠军,而且两次与白人女性结婚。他言辞犀利,招致白人社会的仇视,是黑人力量的象征。

35

你杀死了他,你连个机会都没给他,索尔朝着回到车里的比夫·马索怀特大叫起来。你根本没必要那样打死他,像……对付动物一样。

哦,你不喜欢我们对付你朋友的方式,呃?我们保证对付你的方式是安静又传统的。说完,马索怀特大笑起来,那种古怪病态的大笑像是早期的理查德·威德马克在《死亡之吻》(1947)里的笑容。先是张嘴,神经质地打开嘴巴,露出前面的几颗牙,再露出几颗牙,直到咧嘴大笑。一直到警察局,他的眼睛都一动不动。

索尔两边的警探交换了个困惑的眼神,索尔捧着头啜泣。

36

第二天早上,厄琳醒过来,她的头很疼。她从床上抬起身来,躺在她旁边的是一丝不挂的电车司机,他在熟睡,还发出了鼾声。他脸上带着微笑,只有目睹了圣诞奇迹的人才会有的笑容。

厄琳起床,脸上的表情是个恶作剧的笑容。她走进厨房,烧上壶咖啡。咖啡煮好了,她给自己倒了一杯,去拿报纸。

● ○

比夫·马索怀特上校给夏洛特打电话,想告诉她自己从姆塔斐卡"痛苦的折磨"之下逃生出来,也许可以请她一起吃晚餐庆祝。他告诉过她,他会对付这些恶棍的,老天啊老天,他做到了。

他拨了电话 GR 3 – 4822,这时一个助手进来,把一些东西放在他的桌子上。电话铃响了一声。

头儿,这些是那个姆塔斐卡黑人波比朗的一些物品:他的钱夹、剃刀和骰子……

电话铃响了第 2 声。

马索怀特翻动桌上的东西。

……名片,还有长相奇怪的纠缠的树根。

电话铃响了第 3 声。

你好?

亲爱的,我是比夫。我从那些**姆塔斐卡**手里脱身了。

请你再说一遍,我刚睡醒。我还记得我最后是在种植园的舞台上……不知道我是怎么回到了家里……

噢,没事。他看到了那张芒博琼博大教堂的合照,上面有厄琳、波比朗、帕帕·拉巴斯和……和……

我和我的匹克排练最后一场,然后我肯定是昏过去了,我不知道我是怎么回来的……

肯定是因为空气中的问题,比夫·马索怀特说。你知道,这个叶斯格鲁已经到了纽约的敦刻尔克,或许我过去看你,马索怀特说着眉头皱起来,半个小时后过去?

好的,过来吧。

37

夏洛特走到窗前。她从窗台上放的小碟子里拿了些玫瑰花瓣出来,里面的水蒸发得差不多了,有层膜浮在上面。她把膜取走,把水倒进小瓶子里。瓶子在这里放几天,直到所有的水蒸发干净,只留下玫瑰的香精油气息。

夏洛特拿起放在桌上的报纸,坐在沙发上。今天女仆休息,所以她自己去厨房倒了一杯奶,然后走进客厅看报纸。突然,她大叫起来,报纸掉到了地上。波比朗被比夫·马索怀特杀死了!!

马索怀特抓获黑鬼
战争英雄杀死艺术品窃贼
卑鄙的姆塔斐卡黑人成员已死
预计会有更多人被捕

曼哈顿,20世纪20年代——今天,英勇无畏的艺术拘留中心馆长、约克镇警察局顾问比夫·马索怀特开枪打死了邪恶的、装腔作势的黑人强盗波比朗,他是一个自称姆塔斐卡的吸毒团伙的领导人。

马索怀特被当作人质关押,他从被关押的隐蔽处逃了出来,然后开枪杀死了波比朗。这个犯罪团伙有个疯狂计划,要拿这位有名的市政府高级官员来交换长着香肠嘴和大额头的丑陋的奥尔梅克巨石头像。

马索怀特说服索尔·温特格林,设法逃了出来。这位大亨之子之前被引入歧途,加入了这帮吸毒分子和他

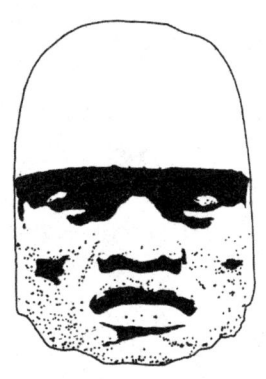

们衣衫暴露的摩登女郎的队伍。

波比朗这个疯狂的黑鬼被包围在他的总部里,他选择和我们的"1战"老兵、曾经驯服自然的战斗英雄开枪决斗。"进来抓我啊,条子们。"这个黑鬼疯狂、怪异地笑着大喊。

门铃响了,夏洛特打开门看见比夫·马索怀特……

你……你杀死了波比朗。

比夫·马索怀特强行进入了房间。

哦,你看起来很关心他。我不知道你还认识他,比夫·马索怀特说着从口袋里拿出一根绳子。你总是不可靠,水性杨花,从不忠贞,他们摘棉花的时候、在清真寺里给你扇扇子的时候、给你取马的时候、给你雪花石膏一样的皮肤搓背的时候,你总是斜眼偷偷看着他们。你根本不值得信任。

你要干什么?夏洛特警觉起来,往后退。

她碰到了桌子,把油灯碰到了地上。

比夫·马索怀特把绳子套到她的脖子上,从她身后死命用劲,用力勒住,直到她瘫软在地。

38

当菜鸟警察到达的时候,马索怀特正平静地坐在那里,喝着走私的威士忌。

菜鸟走了进来,看见夏洛特倒在地上已经死了。怎么回事?

我不得不搜查,她持有违禁品,看见酒了吗?马索怀特指着桌子上的酒。在她的柜子里发现的,品质还不赖。她知道她的花招暴露了,就开始反抗,我只好……好吧,你知道,她在反抗。

但是,现在没有1个人因为藏酒被抓了,另外,她好像是被勒死的。

我不得不……你看,她有枪。

但是这里没有枪,先生。

哦,还有个人,她的同伙,他从逃生梯逃走了。

请你描述一下这个人,先生。

肌肉发达的黑人,我见过的最大块头的1个男人。

菜鸟走到窗户旁边,从那里可以看到,夏洛特的公寓和旁边公寓隔着1条街。窗台上有些巨大的白色羽毛,窗户敞着1/2,似乎一只巨大的鸟儿设法从这里逃脱了。

但是这里没有逃生梯,先生。

嘿,你是在反驳我的话吗,比夫·马索怀特捏紧手中的杯子。

不是,先生,不是,先生。我这就打电话给法医。

比夫·马索怀特想,我应该一开始就叫法医的。他是一起打保龄球的朋友,他会把这个菜鸟调走的,会搞定他的,把他调到哈莱姆去。

伏都将军溃不成军

勇敢的美国海军

杀死佩拉尔塔①

追捕不明人物

---

① 佩拉尔塔(1886—1919),海地民族主义者,领导海地人反抗美国的入侵。

39

这些都是什么意思?她笑着喝了口咖啡。有人敲门。帕帕·拉巴斯和T.马里斯进来了。

厄琳,你听说了吗?波比朗……

她不知道他们在说什么,这时她突然晕倒了。T.马里斯把她抱起来,送到另一个房间里,拉巴斯拿起电话打给赫尔曼。

赫尔曼?

是我,怎么了?

是厄琳。我觉得她惹上了……那个穿红裙子的。巴西叫她叶曼雅;你知道的,W.C.汉迪①叫她圣路易斯女人。

马上就来,我会带些姐妹和一些吃的。

拉巴斯给了他地址,挂了电话。

T.马里斯站在卧室的门口。

老爹,有个男人在那里睡觉。

哦,老兄,我和他谈。

他走进卧室,T.马里斯紧跟在他后面。

---

① 威廉·克里斯多夫·汉迪(1873—1958),美国黑人作曲家,人称"布鲁斯之父",将黑人中流行的布鲁斯音乐传递给来自不同阶级的观众。

40

　厄琳睡着了,但是她的睫毛在扑闪,这就是说,她碰上的那位很快就会又活跃起来。他希望布莱克·赫尔曼能快点来。
　嘿,醒醒,拉巴斯摇醒了那个还在睡觉的电车司机。
　什……么……那个人睁开了眼睛。
　嘿,醒醒,快点。
　电车司机慢慢地醒了过来,看看房间四周。嘿,老兄,如果这是你妻子……瞧,是她和我调情的,我没有……
　不用解释了,但是你最好离开,我们和她还有急事,就这样了。
　那个人从床上爬起来,开始穿衣服。你知道,我从来没这样过,我有幸福的婚姻,有3个孩子,我从来没看过其他女人。
　你无法控制自己,如果你没有听从她的要求,她可能会伤害你。
　我不明白。
　我是帕帕·拉巴斯,这是我的名片,拉巴斯说着,递给电车司机他的名片。电车司机走到门口,有些尴尬、难为情。
　等你有空的时候来我的办公室,我会把一切解释给你。电车司机朝他点了点头,离开了。
　他刚刚离开房间,布莱克·赫尔曼和一些女人进来了。他们交谈的时候把T.马里斯留在了客厅负责接电话,挡开那些可能会来询问波比朗的事情的朋友。其他人进了卧室。
　这些年长的女人们是沉稳、冷静的内行,她们围在厄琳的床边。她们穿着白色的制服:白色的裙子、白色的袜子和白色的鞋子,戴着护士的白帽子。

她们把熏香炉放在房间里,上面漂着混合了高约翰征服者①、鸢尾草、檀木和滑石粉的熏衣草。百叶窗已经拉开了,窗帘上的图案是被匕首刺穿的一颗颗心。一个女人正在屋子里洒些白玫瑰的精油,另一个在浴室里往浴缸里放热水,旁边的帮手往里面撒上罗勒叶。布莱克·赫尔曼在厨房里穿着白色的围裙,勾兑大米、面粉、鸡蛋、薄荷甜酒、2只鸽子和2只鸡的汤、马得拉白葡萄酒,煮成液体状的混合物。

几分钟就好了,赫尔曼对站在卧室里的拉巴斯喊道。我很快就来准备鸡尾酒。

厄琳开始苏醒。

厄琳,拉巴斯叫道。你听见我说话了吗?

她露出某种邪恶的笑容,让他起了鸡皮疙瘩。他温柔地触摸她的左手手背,她却把指甲深深嵌入他的右手,她像个猫一样紧张。拉巴斯不动声色地把手收回来,一个女人给他包扎了块白绷带。女人们之前从来没见过这样的事,但是她们并没有露出惊讶的神情,继续作法。

姑娘,拉巴斯开始说话。你不要再惹厄琳了,她已经有够多的麻烦了,她的爱人死了,她很爱他。你懂这些的,不是吗?你已经找了1个人和你调情做爱,现在能不能回到你原来的地方。你没必要这样惹她,找别人去吧。

厄琳慢慢地从床沿往后挪,她笑着看在场的女人,那些女人互

---

① 高约翰征服者(High John Conqueror),非裔美国人传说中的英雄。他原本是非洲部落王子,被贩卖到美洲成为奴隶。为奴期间从未屈服,经常要弄愚蠢的主人。他逐渐在各种故事中成为具有神奇能力的人物。另外,有种花似喇叭花的植物的根茎也叫高约翰征服者,被认为具有魔力,在伏都教仪式中使用。

相看看,又继续作法。

你怎么知道是我?

我们也许没有合法的爱颂,但是,我们也懂得,我们也能解决问题。

哈,厄琳用一种高亢尖锐的西印度口音拒绝他,你们这些美国的伏都人,不管叫自己是什么,都拿我一点办法也没有。

我可不敢这么说,布莱克·赫尔曼说着进了屋,他手里的托盘上放着两个巨大的杯子,里面是他的处方。

那个人手里拿的是什么?厄琳问道,从床上起身,伸手去拿托盘上的杯子,身上只穿着黑色的衬裙和内裤。

赫尔曼退回来,把盛着鸡尾酒的托盘放在屋里的桌子上。

哦,不,不行,除非你保证离开这个女孩的身体,不然你休想碰这个。

一个女人已经进入了仪式的另一个阶段,她把一张唱片放在留声机上。克劳伦斯·威廉姆斯①在忘情地唱着布鲁斯,人们开始随着音乐摆动。

这是什么声音?厄琳问布莱克·赫尔曼。

这是在美国,在我们的人民中,叶斯格鲁生出的洛阿神。我们叫它布鲁斯。

听起来不错,厄琳说着从床上赤脚爬起来,走近了赫尔曼。拉巴斯和女人们都让开。她把手臂环在赫尔曼的脖子上,开始随他摇摆。他们围着桌子跳舞,桌上放着盛鸡尾酒的平底无脚杯,杯沿上是麦秸撑着的樱桃,厄琳伸手去拿酒。

赫尔曼把她推开。

你最好给我那杯酒,黑鬼,不然别怪我伤害你,我想你不会喜欢的。

---

① 克劳伦斯·威廉姆斯(1898—1965),美国爵士乐钢琴家、作曲家、歌手、戏剧制作人和出版商。

布莱克·赫尔曼走到床边,拿起她的围巾扔到了地上,围巾变成了一条蛇。他把手指放到蛇头旁边挑弄它,这条蛇的毒液足以杀死一头大象。

谁不会这个,厄琳嘲弄道。你没有货真价实的东西,美国黑人,她说着又向托盘走过去。

布莱克·赫尔曼抓住她的胳膊,把她掷到床上。她立刻向他扑去,但是赫尔曼先她一步,把那条心形带匕首的床单从她身下抽了出来,结果她蜷曲着躺在半空中,离床有2英尺。布莱克·赫尔曼,人称"享誉世界的爱情杀手",曾在非洲之行时催眠了一头狮子,如今他是第一个能给洛阿神制造麻烦的美国人。

厄琳困惑地在空中扭动身体。

放我下来!放我下来!

布莱克·赫尔曼把手伸到她悬浮的地方,揽向她的腰肢,温柔地把她的身体贴近自己,就像个聪明的渔夫在收线,让鱼儿迷惑的同时在水面上只挑起一丝丝波动。布莱克·赫尔曼是可以对鱼施法的人。

他弯下身来,固定住她,开始亲吻她。她开始挣扎,突然回吻他,激情地抱住他,这时他搂住的是她腰以上的部位,而她的下半身还像水中的美人鱼一样停留在半空中。

布莱克·赫尔曼示意在场的黑人姐妹们和帕帕·拉巴斯离开房间。他们轻轻地离开,把灯调成暗红色,安静的钢琴乐声流淌在房间里。赫尔曼接手了拉巴斯做不到的部分。

拉巴斯退出去之前,他听到布莱克·赫尔曼对厄琳低语。

温柔、沙哑的低语。现在你知道,你想离开这个女孩了,对吗?

她的声音充满了激情,又几乎细不可闻,是的!是的!你知道我会的,首先……请你……请你喂饱我!然后我会离开她……

门关上了。

41

大约一小时以后,布莱克·赫尔曼从房间里出来。拉巴斯和女人们坐在厨房的桌边喝咖啡。

她怎么样? T. 马里斯问。

她会好起来的。她醒来之后,你们给她用巫法洗个澡,她很快就好了。不过先不要告诉她波比朗的事,过去 24 小时的事她什么都不记得。陪着她,直到她好了为止,不要告诉她什么神灵的事。1 个女人点点头。

拉巴斯坐在那里,布莱克·赫尔曼也坐到了桌边。为什么你成功了,而我失败了,赫尔曼?

是这样的,帕帕。你总把自己说得像个江湖郎中,贬低你自己,但实际上,作法方面你是最专业的人员。那天晚上,阿卜杜勒说得也对……我本不想说的。你应该放松自己。这是我们在美国的本质特征,我们被扔到这里,自生自灭,没有经书告诉我们洛阿神是谁,我们应该如何称呼神灵。我们制造自己的神灵,这是茱莉娅·杰克逊的理论。我认为我们做得还不错,布鲁斯·拉格泰姆,我们的作法也同样好。我打赌,到了 50、60、70 年代,我们的艺术家和创造者能教给非洲和南美洲一些新的花样,现在已经有这种迹象了。归结起来,拉巴斯,就在于意念。如果你的心在这儿,作法就成功了 1/2。甚至连欧洲的神秘学家也这么说。作法不像清点库存那么一板一眼。你要即兴一些,敞开心扉,帕帕,把作法扩大延伸出去。

也许我是太僵硬了。波比朗的1个朋友胡塞·福恩特斯说我是个受压抑的黑人。

大家沉默了一会儿。

我们是不是该看看厄琳了,那位是不是已经彻底离开了?

老爹,厄祖琳不会伤害任何人的。

女人们笑起来,T. 马里斯也笑了起来。

42

　第2天早上,拉巴斯接到布莱克·赫尔曼的电话,表示"港口的客人"急于见他,他还表示,厄琳现在有人好好照顾,她正在"从这件事中走出来"。

　大约半小时之后,赫尔曼的斯蒂庞克8缸直排式总统车停在了芒博琼博大教堂前面,拉巴斯上了车。

　我们要去见谁?

　我不方便透露——是个秘密,但是这些人非常想见你。你听说阿卜杜勒·哈米德的谋杀案了吗?赫尔曼问道。

　是的,我忘记告诉你了,是我发现的尸体。

　有没有迹象显示他是怎么被杀的?

　我找到了点东西,我没告诉警察,但是你该记得,他提到了一部文集,古代人的文本。我找到他手里的一张揉皱了的纸,上面写着关于埃及-美国棉花的一句话。我还无法把它和任何人联系起来,但是我有个怀疑,这和失踪的文集有关。我一直反复在想这件事。

　奇怪,非常奇怪。布莱克·赫尔曼说着,把车开向了哈德逊河码头。他死的那天晚上,我梦见他穿戴正式,在一个像是夜总会的地方,他站在地板中心像个苏菲教的托钵僧一样旋转,①就在中心,

---

① 苏菲教的教士以托钵僧舞著称,托钵僧通过一种不停地旋转的舞蹈进入一种精神状态。

他一直不离开那个中心……

拉巴斯没有注意听最后这段话,他拿起了《纽约太阳报》。报纸折到了社会版,用红铅笔画出了一个气质独特的灰头发的人,照片下的解说词写着"艺术赞助人",这是《善良的魔鬼》的发行人亨克尔·范温普顿。他的一只眼上戴着眼罩,但是,更奇怪的是他脖子上戴的护身符,护身符上 2 个骑士骑着 1 匹马。

很有趣的护身符,你画出来有什么特殊原因吗,赫尔曼?

我只是想密切留意他。

他们刚到码头,就靠近了那艘货轮"黑羽毛"。船上的探照灯打向他们的方向,闪了 3 次。主人的 2 个助手——身高 6 英尺以上的高大黑人从房间里出来,降下了扶梯。布莱克·赫尔曼和帕帕·拉巴斯走了上来。对方把他们带到一个豪华的房间里,邀请他们坐在椅子上。从外面看,这艘船像拖船一样的寒酸,但是内部非常漂亮。地板上是玉米粉和水画的洛阿神的印记。天花板上挂着拉达鼓。房间的颜色是黑色和红色,墙是红色的,地板是黑色的,屋顶上挂着一面旗,上面绣着 Vin' Bain Ding,代表伏都教中的"血、疼痛、粪便"。桌子上有手摇铃,这种乐器从古埃及叫作叉铃的乐器演化而来,是从奥西里斯和伊西斯的神庙里发现的。中间的柱子是红色的。赤热的铁香炉中的贡香正在缭绕。

墙上是杜桑·卢维杜尔和让－雅克·德萨林的油画像,[①]他们把拿破仑的军队从海地赶了出去,是 1803 年海地独立的英雄。紧挨着他们画像的是亨利·克里斯托夫和伯克曼的画像,他们在伏

[①] 杜桑·卢维杜尔(1743—1803),南美洲独立运动早期领袖,海地共和国缔造者之一,曾领导海地军民抗击拿破仑·波拿巴派来的远征军。1803 年被法军诱捕,病逝于狱中。让－雅克·德萨林(1758—1806),曾是杜桑·卢维杜尔的下属,海地独立战争胜利之后成立了海地共和国,他成为海地共和国的第一位统治者。

都教的旗帜下集结了海地农村的力量,还有混血儿将军安德烈·里戈。①

一个高大的黑人走了进来,他穿着红袍子,戴着珠子和蛇骨做的长项链,他的手上戴着戒指,戒指上镶着黑塔的造型。

贝努瓦·本特维尔将军邀请其他人坐下。他坐下盘起腿,点上了香烟。

我必须先说一下背景,先生们。你们都知道,我们在太子港围住了美国海军,但是这次行动并非完全成功,因为我们的混血儿秘书暗中给他们通风报信。

《纽约时报》说你们是土匪。

贝努瓦·本特维尔笑起来,一个高个子的黑人给他们端上了朗姆酒。

查理曼·佩拉尔塔可不是什么土匪,我们的领导人是海地的精英。1915 年 7 月 28 日,美国海军不请自来,占领我们的土地。"华盛顿号"巡洋舰强行登陆,没有经过任何国会法案批准,没有得到美国国民的同意,他们就这样乘船而来。

我们直到最近才知道这件事,是你们围住太子港的时候⋯⋯

布莱克·赫尔曼,你们那时能听说也是幸运,本特维尔说。那是针对某个人发出的信号。是个电报,有 1 个人对处于"中立国"的秘密团体发出的头条新闻。

帕帕·拉巴斯吃了一惊⋯⋯你是说?

是啊,你的书《内心的森林》里说的是对的。很多人以为这只是瞎扯,但是我们读了你写的东西⋯⋯这个国家美学基础的核心

---

① 亨利·克里斯托夫(1767—1820),曾在德萨林死后担任海地北部的总统。伯克曼(?—1791),海地独立战争早期的领导者,领导了海地第一次成功的黑奴起义,他也是伏都教巫师。安德烈·里戈(1761—1811),海地独立战争中的军事领导人之一。

是秘密团体——一个叫作阿托恩秩序的古老团体,壁花会是负责保护它的军事机构。"我能选这1个吗?"任何人都不会向他们提出这样的问题。

赫尔曼窃笑起来。

老天啊,我就觉得根源上会有这种事,因为我们所有人都不明白,为什么我们的海军会在海地,经济上解释也说不通,虽然詹姆斯·威尔登·约翰逊在《民族》杂志里那篇杰出的文章中确实说到了全国城市银行的影响。

是的,这也可以说得通,但是我们把它看作是一场几千年前的圣战再度复兴,是他们针对我们以及我们这样的他者的战争。他们想挑起矛盾,因为我们是他们古老宿敌的滩头部队,是我们导致了你们国家的叶斯格鲁危机。

奇怪,新闻说你们切碎了维布伦·纪尧姆·桑总统的……头。①

报纸要想生存下去就要向壁花会妥协,贡献出他们的版面。我们的英雄在他们看来是强盗,杀死一个残暴恶毒的人被认为是野蛮、残忍、嗜血,在户外的树林而不是教堂里进行宗教仪式被认为是毫无文化。

我不懂,残暴恶毒?

是的,拉巴斯。当然了,我们也有政治罪犯,我们并没有像桑总统那样在监狱里随意谋杀犯人的全家。"华盛顿号"巡洋舰把总统受惩罚当作借口,然后开进了我们的城市。他们做的第一件事就是把所有的钱——共6000万美元——从我们的银行里取走,来偿还我们的"欠债"。

---

① 维布伦·纪尧姆·桑(1859—1915),海地总统,1915年处决了100多名政治犯,导致了民众暴乱,他本人被愤怒的民众肢解。

听起来像是美国强盗牛仔杰西·詹姆斯①的做派,布莱克·赫尔曼沉思道。

是啊,他们还说我们是强盗……他们还敢写出来更是奇迹。《纽约太阳报》报道的。只不过是因为《纽约太阳报》里有人想要威胁壁花会,根据特·布顿的指示,我们要抓住这个人。你瞧,这是场神秘战争,我想等美军撤出之后,这场战争会彻底地从美国"历史书"中抹掉。他们一直想要赶走古老的宿敌,他们所谓的反耶稣的每一个人。

首先他们威胁知识分子,批评他们基于自身体验的作品是单维度的、愤怒的、不客观的,充满了仇恨,不具有普世性。普世性是阿托恩主义占领罗马后天主教采用的表达,用他们的范式来衡量所有人。

是啊,布莱克·赫尔曼思索道,他们总是如此。纽约市有个人想要模仿我,一个叫作胡迪尼(埃里克·韦斯)②的人试图模仿我的技巧……这个人不明白,他做不到我这样。

你的特殊技巧是什么,赫尔曼?

我可以埋在地下8天没问题,贝努瓦,我在全世界表演。不过请你继续说吧。

贝努瓦·本特维尔喝了口朗姆酒……那些掌握作法的艺术家被他们痛打、鞭笞,受尽折磨——法国人发明了所谓的"漂白"法;他们还派海军部队来打断仪式,毁坏木质的雕像和鼓。

你们做什么了?

我们只是表面信奉天主教,背地里信伏都教。有点像你们新

----

① 杰西·詹姆斯,美国历史上著名的牛仔大盗,西部小说和民间传说里的传奇人物。
② 胡迪尼(1874—1926),原名埃里克·韦斯,匈牙利裔美国魔术师,享誉国际的脱逃艺术家,能不可思议地从绳索、脚镣及手铐中脱困。

奥尔良说的,"做卡琳达对抗白人的事"。

布莱克·赫尔曼拿起白色朗姆酒喝了口,又把玻璃杯放到了桌上。

有句玩笑话:"海地人95%是天主教徒,100%是伏都教徒。"比利时人和法国人试着把圣雅克解释为恩贡,战神!不法之徒!火神!当我们大笑时,他们总是迷惑不解。

赫尔曼和拉巴斯笑了起来。

美国人更差劲。我们知道在海军手底下的日子不好过,毕竟他们是美国南部的海军。南方人是欧洲罪犯的后裔,我们知道他们不像读过弗洛伊德的纽约人那么老于世故,更别提他们对付、折磨黑人的方式了,火刑、绞刑,火刑是早期欧洲人用来杀死异教徒的传统做法。

为什么会这样呢?拉巴斯问道。

我们和你们的方式不一样。你们这里经常会即兴创作,而我们信仰古老的传统。我时不时地会供奉培多罗神,我并不常这样做,但是这种做法能提升我的作法。你看,美国海军抓住了查理曼,原因是他协助了卡索①们——1915年反抗海军的农民起义军——他们强迫他穿着囚服在大街上做苦工。

海军强奸我们的妇女,他们抓住一个议员,当着人们的面踢他的屁股。他们任用你们所谓的"白人乡巴佬"②管理我们的教育体系。我们的教育厅长是路易斯安那州来的学校老师,他们征用政府的豪华车,我们自己的总统去内地时不得不从占领军那里借车。

帕帕·拉巴斯和布莱克·赫尔曼听着也不禁愤慨。

他们懒惰的妻子儿女住在大别墅里,配有许多仆人,我们的人

---

① 卡索,是武装起来反抗美国海军的海地人,他们往往是出身贫苦的黑人。
② 白人乡巴佬,原文cracker,是对美国南部农村贫苦的白人的蔑称。

被当作廉价的劳工,给他们修建像威斯康星州希博伊根野餐地一样品位低俗的农村广场。

赫尔曼和拉巴斯笑了起来——

高级冰激凌、咖啡、1分钱的馅饼、可乐、烟草、热狗,还有公路,不知道最终到哪里去的公路。占领军在这些公路上高速行车,轧死穷人的狗、猪和牛。为什么美国人这么执迷于公路?

他们想到什么地方去吧,拉巴斯说。

因为有东西在追着他们,布莱克·赫尔曼说道。

到底什么东西在追他们呢?

他们自己在追自己。他们说这是命运、进步,我们说是幽灵。受害者的幽灵从非洲、南美洲、亚洲的土地里钻出来追他们。

不管怎么说,我有些偏题了。查理曼逃走了,很快到处有人呐喊:"海地人站起来,把美国海军赶进海里去,就像我们的祖先赶走法国人那样。"他以恩贡战神的名义集结了卡索们,我也加入了他的队伍。我们是第1支利用游击队对抗现代武装的力量。那是1918年,几年之前。那时美国海军看见卡索就开枪射击,这成了他们的娱乐。我们则以小分队在夜间反击,多次伏击海军的巡逻队。很快,海螺号角和鼓声响了起来,告诉全国人民我们回归我们古老的宗教,就像我们的祖先埃及人、努比亚人、埃塞俄比亚人在危难时刻所做的那样。海军紧张起来了,他们没料到会这样。

奇怪,媒体上丁点儿消息都没有?布莱克·赫尔曼问道。就算是神秘战争,这么大的事件这里的人也应该能听到的。

有色人种进步委员会①给我们提供了帮助,还有詹姆斯·威尔

---

① 指美国全国有色人种进步委员会,20世纪初成立的旨在促进黑人民权的全国性组织,总部设在纽约,其目标是消除种族仇视和种族歧视,保证每个人的政治、社会、教育和经济权利,詹姆斯·威尔登·约翰逊曾担任第一任行政秘书。

登·约翰逊,他在《民族》杂志上写了文章。但是,没有在有钱人中进行电话宣传,没有在花园大街豪华的大厅里举行招待会,没有报纸上的广告或者大规模的游行。我们进行的不仅仅是一项政治运动,我们的运动直指西方文明的心脏。你看,有各种类型的阿托恩主义,政治上他们可能是"左派""右派""中间派",但是在西方文明的神圣性及其使命问题上,他们是一致的。他们的分歧只不过是在于如何维护西方文明。如果电台节目里吹捧西方文明的成就高于其他文明,那么就不会有人写信给电台抗议,不管是无政府主义者还是卡尔文·柯立芝①的共和党人……

我们让恩贡指引我们,指明我们该走的路,开始了神圣的旅程。那时我和查理曼走得很近,我们去了阿卡黑②,那里的山里住着一位特·布顿,人们说"他和溪流交谈,在旱季能够唤雨,能召唤闪电"。他法力无穷,能让泰坦尼克号再次沉没。

特·布顿不喜欢查理曼带去的秘书,他是个混血儿,在法国受的教育,受白人神灵的支配。他曾经说我们古老的信仰是"疯狂""病态"以及落后的"胡言乱语"。

听起来有点耳熟,帕帕·拉巴斯深思道。

那个混血儿是白人的内心黑人的脸罢了。滑稽戏表演可不只限于你们的戏院里。③

你们和特·布顿见面的时候发生了什么?

特·布顿告诉我们不要去太子港……查理曼不同意,因为天气明显很好,进攻也早就准备好了。美国海军当时正在农村用机关枪杀死成千上万的人。特·布顿说我们需要抓住一个白人大宿

---

① 卡尔文·柯立芝(1872—1933),继沃伦·哈定之后成为美国总统。
② 阿卡黑,海地小镇。
③ 指美国当时流行的滑稽戏,由白人演员涂黑了脸充当黑人进行演出。

主,逼迫美国海军撤退。

查理曼没有放在心上,他是伏都教教徒,但他并不遵循传统的方式。特·布顿告诉他必须抓住白人大宿主——那位西方宗教的"明星",就像你们电影里的明星。他们最终以争吵收场。

第二天黎明,我们进入了贝尔艾尔峡谷的卡索小道,开始进攻城市。我们整夜都在战斗,双方都有伤亡,但是由于混血儿秘书给美国海军通风报信,我们被击溃了。那些加入我们反抗海军的人都被杀死了。一个南方海军伪装成黑人妇女,穿过我们的防线,杀死了查理曼,当时他正站在篝火旁。我又回去找特·布顿。他说我必须来这里找到这个白人大宿主,这个人被派到这里来为壁花会效命,他是个圣殿骑士。

这个圣殿骑士的任务是什么?帕帕·拉巴斯问道。

和现在的叶斯格鲁传染现象有些关系,他要在黑人内部行动以改变叶斯格鲁。他需要一个说话机器人,一个让叶斯格鲁看起来对宿主有害的人体疫苗,让人对叶斯格鲁心生害怕,不想去沾染它。

你知道这个人的名字吗?

不,布莱克·赫尔曼,我们只知道他现在在这个城市。你看,我们的洛阿善于变化,我们有个新的洛阿,他有非常独特的嗜好,非常喜欢科技的东西。

你们是要用这个人供奉吗?

不,拉巴斯,我们要把他放在洛阿面前,洛阿会按自己的方式处理他。我们想让你们帮助我们。

我们很乐意,帕帕·拉巴斯主动说。我愿意尽我所能帮助你们找到这个人……

我们认为他正在设法拿到文本,叶斯格鲁需要文本才能发展起来,如果它想要发展的话;他们对此还不确定。据我们所知,他们有几个计划,一是找到文本然后销毁文本,二是制造人体疫苗——针对叶斯格鲁潜在感染者的叶斯格鲁排斥物。

我会着手找他,开始查案。

好的!多亏了你和布莱克·赫尔曼,我们也许能继续这场……

贝努瓦·本特维尔按下按钮,一个高大的黑人来给他们倒上酒。贝努瓦·本特维尔站起来,把一张唱片放到屋里的留声机上,是甜爹地·斯特文皮普的《黑泥土》。

有件事,贝努瓦?

什么事……

音乐开始在屋里飘散。

查理曼厌恶培多罗方式的作法,你为什么不呢?

他是上层精英,而我是个铁匠,而且培多罗就是我的教义。古老的方式要想有效,我们必须不断地复活它。特·布顿用他的语言告诉我们,成千上万年前沉没的大陆名字叫作勒圭尼,希腊人叫它阿特兰蒂斯,有人说沉没的大陆就在我们的岛下面,那是洛阿神灵的家。

3个人听着音乐。屋顶悬挂的一个小的木质厄祖琳船吸引了布莱克·赫尔曼的注意力。

这是件非常精美的作品,魔术大师布莱克·赫尔曼赞叹道。

是的,我得一直关注着她。她正在培多罗的月相,如果我不小心,她就会去城里到处游荡。我让我的技师们给她喂食……

这样很好,布莱克·赫尔曼说,否则她会"伤害"别人。顺便说一下,圣殿骑士是怎么回事?

一切始于公元1118年,一个叫作雨果·德·帕英的人在8个骑士的帮助下开创了这个组织……

● ○

他们交谈了一整夜。贝努瓦·本特维尔解释了圣殿骑士的使命以及他们的雇主——壁花会,他们讨论了技术问题和作法相关的疗法,南美、北美和非洲仪式的异同。

布莱克·赫尔曼和帕帕·拉巴斯一大早离开,这正是黎明降临纽约市的时候。拉巴斯跟着布莱克·赫尔曼一起走下船的舷梯时,他转向贝努瓦·本特维尔,对方正站在"黑羽毛"的舱室门口。

你不仅对你们的历史博学多识,而且对世界历史也是如此,用我们能理解的语言说清楚,这是为什么呢?

实际上相当于你整晚都在和一个研讨组对话。当我不知道如何解释的时候,表现形式多样的海神奥格威就会接过去。实际上,这是他的船,他掌管我们的海军。

拉巴斯笑起来,古老的作法确实是不同寻常。

他们走近布莱克·赫尔曼的汽车,赫尔曼转向他。

那个人当然是在和神灵交替……你没看见他不时地抽动吗,有时他的头突然动一下。下次你去所谓的神圣教堂时,可以看到独唱的人身后有合唱团晃动铃鼓,你看她的头是不是在关键的时刻会突然动一下,这是"神灵击中了她"。

这是广泛存在的,对吧。我应该知道的,不同的方法,不同的信号,但是都能把人带到想去的地方。

他们上了车驶离码头,前往曼哈顿。

坐在沉默的布莱克·赫尔曼身边,帕帕·拉巴斯暗自思忖,也许就像波比朗说的,我太封闭,把自己限制在芒博琼博大教堂,没有看见作法是普遍存在的。

43

亨克尔·范温普顿面对叶斯格鲁无比挫败,它的侵袭力令人震惊,它的整体传播能力巨大。2个候选人都避开他,就好像……就好像……他们已经染上了。叶斯格鲁会不会是和壁花会一样有管理部门负责情报,能让人了解内幕?他想重建圣殿骑士团的辉煌,他的努力不会就这样被破坏了吧?是的,他们已经收到了初步的无罪声明,但是别人都在看着他们能不能成功渡过,看他们是不是实力尚在。叶斯格鲁正在兴起,如果它攻陷了纽约,就彻底控制了电台。沃伦·哈定说让我们结束这扭动摇摆。但是叶斯格鲁正在扭动,摇摆,漫步,踏步旋转,连锁反应,向上,向下,任意而为。情侣们马拉松一样地跳舞,直到他们晕倒在彼此的臂弯里,条顿骑士团又在度假地贝希特斯加登①举行会谈。他们已经发现他失败了吗?根本找不到1个人来做他的说话机器人,做他的宠物僵尸,来对付叶斯格鲁。说话机器人应该说,叶斯格鲁看起来不错,但是有缺陷,应该说叶斯格鲁还有很长的路要走。最近,在俄国,一个自由派人士让克劳德·麦凯代表黑人工人谈一下俄国革命,麦凯说:"黑人工人没有授权让我替他们发言。"

这就是个体性。没法把它驱赶到一起围捕,它就像是冬天的

---

① 贝希特斯加登,位于德国巴伐利亚州东南部的阿尔卑斯山山脚下,第二次世界大战时期成为纳粹德国的核心腹地,建有希特勒和纳粹高官的官邸。

冰雪结晶,各不相同,但是下雪的时候它会一起降落。如果他们分散开,那会发生什么?趁你不注意的时候它会突然出现。如果你不能预测他们的想法,那会发生什么?在海地的圣战进展不顺。他们已经破坏了宗教场所,捣毁了宗教器具,扫除了神灵塑像,冷血地杀死了恩贡们,但是,只要他们破坏了1个宗教场所,另1个新的就会出现。更让人困惑的是,新的宗教场所和上一个在关键方面非常像,他们找不到一个模式,就没法准备攻击。自从报纸头条报道之后,所有人都成了海地的专家。男人穿着白色的亚麻西装,女人配着异国风情的装饰品,穿着长长的彩色裙子,鲜亮的颜色要刺瞎亨克尔的眼睛。他喜欢灰色和暗色,这次得禁止人们穿彩色衣服,最好是写下来以防忘记。现在还没有找到说话机器人,但是时间快到期了。他说了6个月为限,只剩几个星期了。

他拿起杰米玛大妈的薄饼混合粉的盒子,①研究上面的图片。嘿……也许说话机器人可以是个19世纪种植园里的朱迪嬷嬷,愿意再次为我们奴隶主服务,斥责奴隶主的女儿们行为像假小子,阻止叶斯格鲁继续发展。不,这太明显了。不行,似乎只剩下伍德罗·威尔逊了……!当然他的肤色太黑了……嘿,等一下。他开始研究黑人报纸上的皮肤漂白广告,报纸是他为了寻找说话机器人候选人的线索而专门买的。

---

① 杰米玛大妈牌的薄饼混合粉在美国家喻户晓,杰米玛大妈是滑稽戏里的人物,是黑人刻板形象的代表之一。

44

胡伯特·"窃贼"·谷德?来这里!

长着一双彼得·洛①式的眼睛的男人进了屋,他衣服皱成一团,身高有5英尺1英寸。

怎么了,亨克尔?

听好,我有个好计划。顺便说,你一整天去哪里了?

我去哈莱姆看黑人小孩在学校操场上玩耍。他们有些人把笔记本掉到地上,我就马上藏进我的公文包里,他们会大哭大闹,但是我给这些巧克力球娃娃们准备了薄荷糖。我敢肯定,会有出版商迫切想要出版这种文稿的,里面有些质量很不错。我会很快写个介绍导论,有了版税……嘿嘿……我能在伯克利的山上买个避暑别墅。那是西岸新兴起的社区,那里每个人都会说些:你能证明这一点吗?我的意思是难道你不觉得我们需要证据来说明吗?你的消息来源是谁呢?

不错,胡伯特。我想我解决了说话机器人的问题,那个……你知道那个任务的。

你什么时候招到人的?今天我不在的时候吗?

他一直就在这里。

---

① 彼得·洛(1904—1964),奥地利出生的美国演员,他出演了许多好莱坞的犯罪片和悬疑片,扮演过连环杀手。

什么意思?我不明白?

伍德罗·威尔逊!!

为什么,他太黑了,亨克尔,他们不会接纳他的。这我知道,我去过哈莱姆3或者4遍了,而且我也看过杂志。

看这个……亨克尔把黑人报纸递到他脸前。

胡伯特·"窃贼"·谷德的眼睛睁大了。

亨克尔!当然!你真是个天才!

45

但是我不想把这些东西涂到脸上,这种东西会烧坏脸上的皮肤。合同里可没写要把这种药膏抹到我脸上……找那些恶心的动物已经够我忙的了。

好吧,我还以为你想成为《善意的魔鬼》的总编呢。但是我想我们高估了他的能力,胡伯特,我们还是走吧……

等等……等一下,伍德罗·威尔逊叫住那两个人,他们正要离开这间"螺旋的痛苦"庄园后面的屋子。把它拿过来吧。

亨克尔朝着胡伯特一笑,又回到伍德罗·威尔逊的桌前。伍德罗·威尔逊把手指伸进了胡伯特拿的瓶子里。

把镜子拿过来。

胡伯特从墙上拿来一个贝壳纹装饰的椭圆形镜子,递给了威尔逊。伍德罗·威尔逊把增白剂抹到了脸上,亨克尔和胡伯特站在他身后,满脸笑容。

看起来不错,再来点我就变成浅棕色了,然后……

 主啊!主啊!主啊!我们来这里找迷途的浪子,找到的却是巴比伦的妓女!主啊,这比我想象的还要糟糕!

胡伯特、亨克尔和伍德罗·威尔逊3人回过头来,看见一个戴着黑色斯泰森毡帽的高大黑人,"野蛮的比尔"·希考克①式的领结,黑色的教士服、牛仔靴。

爸!

杰弗森牧师双手举向天空,随他一起来的3个教堂执事跪在地上。

上帝,我们祈求你,为这个男孩祷告……呐呐呐呐呐呐呐呐,解救这个孩子远离那些裸体的女人……呐呐呐呐……还有那些男娼们。拯救他的灵魂免遭折磨……呐呐……

这是什么意思?不经通报就闯入我的庄园?这些人是谁,伍德罗·威尔逊?亨克尔转头看着他的专栏作家,问道。

伍德罗·威尔逊低声啜泣着,是我老爹和他的执事们,出版人亨克尔·范温普顿先生。

好吧,很高兴见到你们,亨克尔说着信步走向4个人站的地方,他们就站在门口,身体强壮,威胁力十足。

哦,不,你不会。你想让我也堕落,我绝不容忍。

杰弗森挥拳打向亨克尔·范温普顿,这可是提过无数粮食麻袋包、驯服过多少匹马的拳头。亨克尔几乎飘到了地毯上,昏了过去。胡伯特·"窃贼"·谷德想要从门口溜出去,但是很快被3个陪着牧师从密西西比州偏远镇来的执事给抓住了。

这就对了,揍他。该杀猪的时候种土豆是没用的。

从另一间屋里传来胡伯特·"窃贼"·谷德尖叫的声音,他踢倒家具试图逃跑的声音。

爸……我只是想要走出去。

不要对我用城里的那套话。我们开了1星期的车,我简直无

---

① 比尔·希考克(1837—1876),美国西部拓荒时期著名的快枪手,绰号"野蛮的比尔",他的许多故事流传在民间。

法相信,你告诉我你在杂志社工作,我非常骄傲,到处告诉所有人。然后1个姐妹给了我一份杂志,我就知道了,孩子,你忘记了教会的教导。好吧,儿子,我来这里就是要带你回偏远镇的,我要试着拯救你的灵魂,不让你和各种流氓无赖一起待在这里。来吧!

不,爸!你不能这样做!

我说了,孩子,过来!不要对我高声说话!杰弗森牧师拿着条12英尺的装棉花麻袋走向儿子,直接把他一股脑塞了进去。有只脚还在外面扭动,他把它也塞了进去。

杰弗森牧师拭去手上的尘土,把扭动着抗议的麻袋扛到了肩膀上,跨过亨克尔·范温普顿,和他的人一起准备回密西西比。杰弗森牧师和他的执事们走了出去,进了他们的福特T型车里。那时候这种车的发动机非常可靠,甚至可以用它来耕地。

进了车里,杰弗森牧师和一个执事坐到汽车的前排,麻袋放在了后排。

牧师?

琼斯执事。

牧师,如果教会的人发现你武力殴打了这些人,你该怎么解释?

我已经想好了,执事。

怎么办?

《约翰福音》2:14。①

我不懂,牧师。

耶稣和放债的人。纽约人可不是唯一有科学的人。

---

① 《约翰福音》2:14:"看见殿里有卖牛羊鸽子的,并有兑换银钱的人,坐在那里。"
《约翰福音》2:15:"耶稣就拿绳子做成鞭子,把牛羊都赶出殿去,倒出兑换银钱之人的银钱,推翻他们的桌子。"
意思是《约翰福音》中记载,耶稣对不义之人也采用过武力手段。

执事挠挠自己的头,3辆福特T型车轰隆隆响着驶离了"螺旋的痛苦",开往公路。

● ○

亨克尔·范温普顿醒了过来,他四下看了看杰弗森的房间。牧师这一拳打得真是非常结实,亨克尔挣扎着站起来,摇摇晃晃地走到宅邸的正门。这个地方乱成了一团,到处是鸡毛、工作靴留下的脚印、嚼了一半的烟草块。有1个人是怎么说的来着?"典型的美国人"。

好吧,这些南方牧师就是这个样子,老天,他们还敢打人!那是什么?呻吟声从前院传来,亨克尔走过去,看见胡伯特·"窃贼"·谷德头埋到泥潭里正在呻吟。他到厨房去取回来1罐水,走向谷德趴着的地方,把他翻过身来,他的脸上全都是黑泥。当然了,亨克尔想,为什么不行?亨克尔已经不顾一切了,只要能取得胜利,他愿意采取任何措施。他把冷水泼到胡伯特的脸上,胡伯特从昏迷中醒了过来。亨克尔扶他站了进来,然后进屋给他认识的一个女人打了电话。

46

一个机器人滚动着进了房间,身穿薄荷绿的长内衣,只露出脸来。他向1号祭司行礼。

怎么了?

有麻烦,先生。一切已经确认。他刚进了林肯卧室,锁上门,从床下拿出一个秘藏的留声机……然后他……然后他……机器人单调的声音结巴起来,忽闪着眼睛。

继续说。

他放上唱片《全世界都为爵士疯狂》,开始拍打节奏,像大胖子华勒说的那样,"踏板的极致"。

大胖子华勒?大胖子华勒是谁?

他是个钢琴演奏家,他写了《舒缓的糖浆顿足舞》《踩虫子》《猪肠顿足舞》《生锈的桶》,还有这里操作中控台的男孩喜欢的一首歌叫《艾伯克龙比有宗比》。

你怎么这么熟悉爵士?祭司给这团电线铝皮的集合物一个严厉质问的眼神。

您告诉我要留意叶斯格鲁,先生。

哦,是……是的。

机器人转身离开了。

他以为这里是防腐蚀的,他得监视这些机器人,以防这里也有

病毒。沃伦·哈定?他也这样?当然了,在选举期间就有谣言,那本书由专人看护的特快车送到了华盛顿,一个叫威廉姆·伊斯特布鲁克的人根据他对俄亥俄州马里昂市哈定的邻居的采访写的,邻居们说他们从来不把哈定的父亲当白人看。那些书被秘密烧毁了。①

---

① 威廉姆·伊斯特布鲁克暗指美国作家威廉姆·钱塞勒(1867—1963),据说他在哈定总统当选前写了一本关于哈定身世的书,断定哈定有黑人血统,但是他本人并不承认写过这本书。

连印刷制版也被毁掉了。另一本书《沃伦·哈定：美国总统》价值20万美元，只在纽约公共图书馆的稀有书籍室才能看到。①25万本断定哈定具有黑人血统的书已经被伍德罗·威尔逊总统下令销毁了。(据说海地总理去巴黎的时候要求和伍德罗·威尔逊见面，抗议美国总统谎言满篇、虚伪地支持所谓的"自治"，抗议美国占领海地给当地人带来的痛苦。威尔逊的国务卿罗伯特·兰辛粗鲁地打发了这位特使。之后，威尔逊生病躺在床上非常无助，出现了伏都教复仇的症状，例如，精神不振，无法连续10分钟集中精力。)②共和党人拿这些谣言去问哈定，让他否认这些传言，哈定却说："我怎么知道，我的祖先里可能有人越过了篱笆。"③这算什么答案？他们收到亨克尔·范温普顿的报告，说哈定参加了出租屋派对，和叶斯格鲁携带者搅和在一起，现在又这样。

● ○

作家马克·苏利文描述了一幅画，据我想象，里面应该有很多阴影，一轮残月上有一层闪亮的油光，一个黑影掠过一条废弃的街道。这个人正是神秘的哈里·多尔蒂，他的传记作者曾写道："他的一只眼有问题，另一只眼在刚见到人的时候似乎总是围着对方转，而不是看着对方，好像他对于人的印象不是来自于实体的人，而是来自那个人的精神气质，普通眼睛所看不到的气质。"哈里·多尔蒂不光是哈定玩牌的搭档，还是忍受总统骂人和酗酒的那个人，正是他把更愿意留在参议院的哈定——不情愿的候选人——"推下了水"。你猜对了，哈里·多尔蒂是壁花会的特工。

---

① 《美国的五位黑人总统》——J. A. 罗杰斯。——原注
② 《哈定时代》——罗伯特·K. 穆瑞。——原注
③ 《美国的五位黑人总统》——J. A. 罗杰斯。——原注

他们认为,就阻止叶斯格鲁这件事,哈定是完美的人选。哈定不就是靠收割玉米挣得第1桶金的吗?他不是帮助当地的农民粉刷他们的谷仓和打谷场吗?作为印刷工,他不是学会了"粘贴活字、平版印刷、拼版、清洗滚刷"吗?他不是说威廉·麦金莱家草坪上的旗杆是他的幸运符吗?① 他的话里不是总是夹着一些类似"非常乐意"等接地气的表达吗?他最喜欢阅读的题材不是"好笑的东西"吗?而且他不是还捐款修建俄亥俄铁路吗?

这个沉稳的商人、报纸编辑、顾家的男人、弗洛伦斯忠实的丈夫,穿着白色裤子、蓝色大衣,戴着锯齿檐的帽子,经常精力充沛地参加竞选,难道不是吗?他的观点代表了印第安纳州曼西人的观点,如今他却被揭发是黑人。

他们不能趁总统一行进入车站的时候突然杀出个精神病患者来。他们已经这样对付了加菲尔德②。不行,这次必须用不同的方式——毒药。他参加了出租屋派对,曝光了海地的圣战,现在再加上这次,他的过失加起来就是重罪了。而且他还说了,"黑人就该是黑人,不要模仿白人"。他这是什么意思?是不是他给黑人某种暗号呢?你知道,他们有时候说的话让你根本听不懂,等你一旦明白了,他们早就忙别的了。

祭司给哈里·多尔蒂打电话,告诉他这个决定。

---

① 威廉·麦金莱(1843—1901),1896年竞选成功,成为美国第25任总统。1901年9月6日,麦金莱遇刺身亡。他是美国第三位遇刺身亡的总统。1920年哈定发起所谓"前廊竞选"时,借了麦金莱的旗杆,希望重现他1896年竞选的大胜。
② 詹姆斯·A.加菲尔德(1831—1881),出生于俄亥俄州,美国共和党人,第20任总统,是继林肯之后第二位被刺杀的美国总统。

47

……一个朋友杰斯·史密斯试图提醒哈定,但是他在哈里·多尔蒂的公寓里"自杀"了。① 这趟旅程被史学家们称为"哈定的神秘西部之旅",沃伦·哈定刚踏上火车,他们就开始注射毒药。等到6月29日早上,他取道阿拉斯加抵达旧金山的时候,据记者报道,他"脸色灰白、疲惫"。

他们在旧金山的皇宫酒店结束了这件事。哈定留了最终遗言,这藏在他准备要在好莱坞圣殿骑士团分会做的演讲里,题目叫作"基督教博爱的理想"。②(他以这种方式指出了杀死他的人。历史学家们几乎都不了解这条线索。——I. R.)

---

① 《我们的时代》,第6卷,《20年代》——马克·苏利文。——原注
② 《我们的时代》,第6卷,《20年代》——马克·苏利文。——原注

48

那天晚上,帕帕·拉巴斯坐在芒博琼博大教堂的办公室里。他已经把这里关闭了,开放时间等待通知。他在思考他的助手夏洛特和波比朗的死,还有阿卜杜勒·哈米德的死,有没有一条线能把这些事件串起来?如果他能找到文本就好了。阿卜杜勒手里肯定有,他肯定是找到了什么。文本肯定就在纽约某个地方,叶斯格鲁不是正往这个方向来吗?叶斯格鲁能察觉到它。他又开始研究关于棉花的短诗。

T. 马里斯进来了。

我去布莱克·赫尔曼那里看厄琳了。

她怎么样了?

她已经恢复过来了,他们说波比朗的死给她很大的打击,但她总算恢复过来了。那里的姐妹们会照顾她几个星期。我打算去看场演出。

拉巴斯的指尖转着铅笔。

去哪里?有声电影吗?

不,我想去棉花俱乐部。那里有个非常棒的喜剧团队叫"经纬线",原先叫"收缩与舒张",喜欢模仿 3 流的文学评论家,他们非常滑稽好笑。那里还有个"跳动的棉花捆",是个踢踏舞团,他们跳得地板都要裂开了。

拉巴斯激动地盯着 T. 马里斯,再说一遍。

"跳动的棉花捆"跳得……

来吧,我们走。

去哪里?

没时间解释了。拉巴斯飞快地从楼梯上奔到车里,T. 马里斯喘着粗气好不容易追上这个老人家。

49

这些人大都作为说话机器人的候选人被亨克尔·范温普顿面试过,他们等了没多久,3辆海地牌照的黑色别克车就停在了如今第8大道和125街的交会路口。他们坐上了车,被带到码头附近非法酒吧的地方,那里最近出了一系列风流事件,最后导致了一夜情,几乎毁掉了无辜的电车司机幸福的家庭。他们登上了"黑羽毛"号,等在大厅,这时贝努瓦·本特维尔(可惜的是,在引用他的几本书的索引中都没有提到他的名字)进来了。

几个助手拿出了录音机。

大家站了起来,但是贝努瓦·本特维尔示意大家坐着就好。他坐下来,开始抽雪茄,有人给大家端上了白朗姆酒。

先生们,非常感谢你们的配合。我们的要求听起来可能有点奇怪,但是我的朋友内森·布朗说你们会配合的。去年夏天,内森·布朗到我们的岛上访问,我们和他接触,告诉了他壁花会策划的计划,计划要消灭这里叫作叶斯格鲁的传染病。他们要派人培植一个说话机器人,让他进入黑人内部来清洗叶斯格鲁……我得到了内森的协助,告诉你们要小心这样一个人。他是我们的计划要用的人选。他的计划已经落空了,我想他应该不会反对协助我们完成计划。

大伙笑了起来。

我的情绪很高涨,今晚盖德在我身上占了上风,因为我很高兴地说我们要成功了。帕帕·拉巴斯刚才打电话给我,他找到了证据,把一个叫作亨克尔·范温普顿的人和整个事情联系起来了,他会在哈德逊湾欧文顿的盛会上逮捕这个人和他的同伙。然后他会把这个人交到我们船上,我们就可以回我们的岛上了。还有1个人和这个人有关系,但是我们的元老特·布顿巫师要亲自对付他。如果你愿意配合的话,亨克尔·范温普顿试图收买的人请留下来,其他的人可以走了,非常感谢你们的配合。

大约9个人喝完酒离开了。其他人留下来等待贝努瓦·本特维尔的下一步指示。

正如你们的1个理论家所说,没有人知道新的洛阿是如何形成的。但是我们知道,当洛阿出现时,你须得供奉他,就像拉格泰姆和爵士一样也需要供奉,你们支持艺术家,让那些被音乐支配的人生活得轻松些。买他们的唱片,光顾那些没有被阿托恩控制的地方。你知道的,如果你不这么做,拉格泰姆和爵士就会抛弃你,或者不受供奉他们就会消失。同样的,我们有个收音机洛阿,这次战争时才出现的,它在"吃掉"牺牲品之前,喜欢听到关于他的罪行的静电声音。我知道这是个奇怪的要求,但是请你们一个一个地走近录音机,说说亨克尔·范温普顿是怎么向你提议的,当时的情况以及他向你提的建议,我们会记录下来,供奉给我们的洛阿。这个特定的洛阿有个黄色背壳来表示它的电流,我们一直小心不要离它太近,它是个高能量、坏脾气的洛阿。

对于这些通情达理、不怕辛苦的艺术家来说,不需要进一步的劝说了。其他人喝着朗姆酒吃着杧果的时候,梅杰·杨走近了录音机。

1天晚上,我去卡巴莱,我身边有一群形形色色的人。我刚坐下不久,胡伯特·"窃贼"·谷德就走近我,说他想介绍我认识亨克尔·范温普顿。我就接触了这个戴着一个黑色眼罩的人……呃……

很好！很好！1个助手开始回放，贝努瓦·本特维尔连连称赞。很快声音又开始播放。

一天晚上，我去卡巴莱……声音又大又清楚。梅杰·杨说了自己的故事，之后是内森·布朗。这样接下去，被亨克尔·范温普顿面试过的10个左右的人都已经完成了自己的讲述。他们完成的时候已经接近晚上9：00了，他们开始下船，下船之前每个人都收到了一个荣誉巫师证书。内森·布朗在大厅的门前停下了。

贝努瓦？

内森，怎么了？

你说你会教我怎么染上它的。

染上什么，内森？

叶斯格鲁。

噢……我认为你应该去问帕帕·拉巴斯或者布莱克·赫尔曼。你看，美国人并不像我们一样知道神灵和仪式那些冗长乏味的名字，速写才是他们非常熟悉的方式。美国人把海地伏都教成功合成了美国伏都教，他们反而了解伏都教的过程、伏都教真正的精髓，分离、提取了导致洛阿出现的未知因素。拉格泰姆、爵士、布鲁斯、新事物，你们嘴里敲出的鼓声，你们的风格。我们都认为，你们这里有值得观察的实验艺术形式。所以不要问我怎么染上叶斯格鲁，去问路易斯·阿姆斯特朗、贝西·史密斯，你们的诗人、你们的画家、你们的音乐家，问他们怎么能染上。问那些摇晃着铃鼓、不理会黑人和白人阿托恩主义的人，在那些阿托恩主义者的大脑里，欧洲的鬼魂拖着枷锁在游荡。问那些"创作"新舞步的黑人小淘气鬼，问写下《杰西·詹姆斯的歌谣》最后一段歌词的黑人厨师。问那个没有电子吉他，拾起块洗衣板就开始演奏的人。问那个在密西西比州偏远镇连续几小时"疯言疯语"玩押韵游戏的傻瓜。你们的蛋糕舞你们的卡琳达你们的滑稽剧团是极度荒诞的一唱一和,是恶作剧式的前乔伊斯演出风格,是令人目眩的戏仿和双关。问把蜡纸放在梳子上就能吹奏的人。换句话说,内森,我是说对这里打开心扉,从你自己的经历出发,你会有全世界都欣赏和需要的东西。但是你们的音乐家在死去,你们的小说家因为说真话而被放逐,你们的诗人为了10块钱典当自己的外套,你们的人在谈论新黑人运动,但是他们说不出2个以上的作家或者某个画家,当他们谈论拉格泰姆的使徒斯考特·乔普林①的时候,我看见他们眼里以他为羞耻。你看,内森,我们的国家没有听取艺术家的预言,并为此付出了沉重的代价,我们绝不会再犯这样的错误。

内森走向贝努瓦,和他拥抱,然后内森转身走向了船舱门。

内森?

他转过头来。

现在我知道为什么他们要摸叶斯格鲁携带者的头祈求好运了,②你们就是行走的神像,你们真的很美。

内森和他的朋友挥手道别,走向了门口。他的颈背忽然传来一种奇怪的感觉。他终于染上了。

> 股市崩盘之后,纽约的编辑们建议召开听证会,究竟是什么导致了大萧条?听证会在华盛顿进行。回想起来,他们说的是最好笑的内容。重要的工业家和银行家们做证,他们丝毫不知道到底出了什么问题。(斜体由我所加——I. R.)
>
> ——凯瑞·麦克威廉姆斯,
> 选自斯特兹·特克的《艰难时代》(1970)

---

① 斯考特·乔普林(1868—1917),美国黑人作曲家、钢琴家,被誉为"拉格泰姆之王"。
② 美国旧时的迷信,认为摸摸黑人的头发会有好运气。

50

叶斯格鲁离纽约只有不到 60 英里了,壁花会的 1 号祭司心情沮丧无比。事情看起来没有希望了。过去的 2000 年虽然在进步,但是路已经走到头了,2000 年里不断探索、分类、试图制造一个"有序"的世界,这样别人来了就知道这里的本质,会注意不让烟灰掉到地毯上。2000 年里不断地巡查各种植物,他会惦念每天记录物种。埃塞俄比亚豹很快就要灭绝了,再也不存在,只会变成动物标本剥皮师的工作通知单。还有几个他想要抹除的物种,包括夏威夷灰蓬毛蝠、莫罗贝袋鼠、美洲鲑、加州长嘴秧鸡。可惜的是,不能再继续了,他没法活着看到它们灭绝了。叶斯格鲁在一片"来吧!来吧!"的尖叫声中不断发展。

祭司准备把那个著名的杯子递到嘴边,里面装着不那么著名的毒酒。这时候,电话铃响了。叶斯格鲁控制板上的红灯亮了起来,怎么回事?发生了什么事?纽约的伊萨卡市减少了 30% 的疫情,斯克内克塔迪市的已经清除,雪城正在恢复,特洛伊市平静正常。赞美上帝,这是真的吗,主啊?主啊主啊主啊,这是真的吗?圣女从恶龙的口中被救出,诸如此类的神迹。是谁的电话?

看起来你成功了,电话另一端的声音响起。

是沃尔特·梅隆,人称"斯芬克斯",整个该死的大西洋一片慌乱中唯一有理智的人,一个了解真相的大亨。他是个实际的人,一个可以信任的人,一个实用主义者!他不像穿花呢服的经济学教授那样热爱图表和理论,而是个无所顾忌地谈论经济上的"强硬声明""牛市"和"熊市"的人。从他那"王位一样的转椅上","斯芬克斯"沃尔特·梅隆操纵美国的壁花会。他为人疏离,做事永远正确。他穿黑色、灰色的衣服,总是在抽着靛青色的烟斗。

沃尔特·梅隆先生,谢谢,我们又一次成功了。

我能给你个建议吗?

当然。您的建议对我们很重要,梅隆先生。

我是这样看这件事的,叶斯格鲁利用了所有的电子管,导致李·德·福雷斯特博士在记者招待会上认罪请求从轻处理。

是的,沃尔特·梅隆先生。

就收音机销售的速度来看,1929年交易额将达到6亿美元,是吗?

我不知道您想说什么,梅隆先生。

叶斯格鲁的流行导致了超级通货膨胀,现在听到的是更多、更多的增长……假设我们关掉几座神庙……我是说银行,把货币从流通中拿走,那人们还会有钱去支持叶斯格鲁的附属品吗?那些卡巴莱、黑人小酒吧和地下酒吧之类的。假如我们对跳舞的地方征税,让叶斯格鲁携带者,像音乐家、舞蹈家之类的,让叶斯格鲁行为者和狂想者无法再继续下去呢;假如我们不让音乐家参加活动,捏造吸毒的罪名逮捕他们,判他们严厉的长期监禁呢;假如我们赞助全国数百家交响乐团,政府赞助促进华尔兹的行动,把艺术拘留中心的艺术品分散开来呢;如果姆塔斐卡再来进攻,所有的掠夺品不会集中在一个地方。

但是这样做不会导致萧条吗?

可能吧,但是它能够终结叶斯格鲁的卷土重来,如果出现恐慌,起码是有节制的恐慌。它才是我们的心头大患。

我是神职人员,这种事情我不清楚。您懂得多,如果您认为这样会有用,那就请务必采取行动吧。

好！很高兴你也这样想。

电话铃又响了，负责亨克尔的机器人莱斯特接起电话。

是条顿骑士团，先生。

他们想干什么？

他们说，他们不想说关于圣殿骑士团已经告诉过你了，但是既然圣殿骑士第2阶段的行动失败了，您当然会考虑他们的另1位候选人，让他再一次尝试夺取圣杯吧？他们还憋着被对手从以色列海边小镇阿卡赶走的旧恨，急切盼望着给这些"娘娘腔"好看呢。

候选人是谁？

他们说有个刷漆工人①在阳台上等着。

好吧，带他下来，带到最前排的中央位置，给他个机会。这次是什么策略，领土争端、国家荣誉、为上帝、圣女，还是什么其他名义？

各种大杂烩，还有几样新玩意儿。他很独特。

---

① 指希特勒，他曾在慕尼黑当过油漆匠和装修工。

51

聚会是在哈德逊湾欧文顿的别墅里举行的,这栋别墅叫作利瓦罗,著名的男高音恩里科·卡鲁索①根据女主人的名字缩写命名的。这栋别墅价值25万美元,位于山上,能够俯瞰到湖里的天鹅和鸭子在睡莲间嬉戏。

山上的斜坡下去是一大片草坪。在别墅的1个房间里可以听到有人在24K镀金的白色钢琴上演奏肖邦练习曲。家具是赫伯怀特式的,墙上挂着文艺复兴时期大师的画作。全场最令人瞩目的是价值6万美元的管风琴,它的管长和纽约拉克万纳的伯利恒钢铁厂的管道一样。女仆们穿梭在客人们中间,用托盘奉上鲜美多汁的精美小食、开胃菜、塞了果仁的腌黄瓜、塞了腌制牡蛎的点心、红烧西芹和虾仁泡芙、填满蟹肉的黄瓜。香槟不间断地送来。

欧洲的王子和哈莱姆的诗人亲密接触,锡盘巷②的大亨们带来了他们的同僚、剧作家、画家、出版商、制片人、体育明星、专画黑人的艺术家,中年的黑人教授不时引用拜伦和雪莱,他们因为新发现的黑人身份而激动不已,他们还记得自己得到某种特定启示的时刻、具体的时间、当时在干什么。鲁道夫·瓦伦蒂诺在请教一个黑

---

① 恩里科·卡鲁索(1873—1921),意大利男高音歌唱家。
② 锡盘巷,指19世纪末20世纪上半叶纽约百老汇街道和第28街附近区域,这里是流行歌曲作家和出版商的聚集地。

人诗人,关于他正在拍的电影片名最后一个词的读音,电影是关于战争、死亡、贫困和瘟疫的寓言。黑人运动领导人、医生、牙医和其他职业的人也都来参加。很多人当真听信了卡布·卡洛维的话,戴着卡布·卡洛维竞选总统的小徽章。

管家宣布女主人入场,康梯·卡伦叫她"乌班吉女王";她身材矮壮,戴着直到肘部的白手套,穿着晚礼服、白色的毛皮衣。她的一侧是亨克尔·范温普顿,另一侧是……说话机器人!

客人们站在精致的波斯地毯上,礼貌地鼓掌,看着范温普顿和他发掘的新人陪同女主人从蜿蜒的大理石楼梯上庄严地走下来。这是文化节目要开始的信号,客人们开始在图书室里就座,讲坛搭在了还在弹奏肖邦的人旁边。

等候女主人入场的时候,站在房间一角的男人对穿着燕尾服、系红领带、穿漆皮鞋的优雅的音乐家取笑说:

嘿,老兄,来点火热的即兴爵士乐!

对不起,但是我只弹古典乐,肖邦、李斯特,还有他们的模仿者才是我的长项。

好吧,对对对对对对对对对对不不不不不不不不起!那个人故意鼻孔朝天,模仿钢琴家的样子。

闪亮的一行人进了房间。亨克尔、女主人和说话机器人面向着坐在起居室高背椅上的众人。

女士们、先生们,我们今晚有幸邀请到了亨克尔·范温普顿先生,他是令人兴奋、讨人喜欢、鼓舞人心的杂志《孟买大师》的发行人……

亨克尔对着女主人的耳朵窃窃私语,她继续用歌唱般的声音说道:

……哦,我更正一下,《善意的魔鬼》杂志,大家知道,这本杂志最近在波士顿被禁止发行了,还有一个黑人作者为它写作。范温普顿先生今晚带来登台的是位最令人激动的年轻诗人,一位当今黑人文学界的主导人物,这位先生前所未有地捕捉到了黑人思想的复杂性……这就是胡伯特·"窃贼"·谷德!!!

女主人和范温普顿落座,胡伯特·"窃贼"·谷德,白手套,黑面孔,黑西服,走到了讲坛的后面,开始朗诵他的史诗《哈莱姆手鼓》。

哈莱姆手鼓
献给 BJF

I

啊哈莱姆,动荡的黑人海洋
允许我把脚伸进你那黑色的
水里,那里荡妇们游得像
眼睛悲伤的鱼儿
吞噬我吧,哈莱姆。把我淹没在你水样的
卡巴莱,直到只有一只手露出水面
是的!是的!
啊哈莱姆,如果你是海,为什么……为什么
成就了莱诺克斯大道。无数
湍急河流中的一道,抓住我,这时
我向高大的黑人示意——救生员
站在岸边。在岸边,啊哈莱姆,
这里的爵士是游泳者扭动在
沙里,还有钳子乱夹的螃蟹。

大嘴巴的小号
唤起浪潮
噜——特——吐——特！　噜——特——吐——特！
噜——特——吐——特！
手鼓响起在贝壳里
嗒——布鲁姆,嗒——布鲁姆,嗒——布鲁姆——
啊——鲁姆

II

远处。远处是什么？
我看到的那是什么？
是不是白色的
帆船入侵你的海洋,啊哈莱姆,
污染你的波浪,弄脏你的波峰
啊哈莱姆？
让我们炸掉母亲,啊哈莱姆
让我们干掉那个妓女(听众一脸吃惊的表情)
在她和我们相撞之前
白人荡妇的蒸汽船
可怕的女人已经毁掉了
许多海洋
推聚了海洋。让它们
变成细流让它们变成
小河。
啊哈莱姆,让我指给你
那些淹死的受害者

倾覆在你的无数街道里

哈莱姆,我是

恶魔头的马林鱼。是,是,我是。我是

穿着鲨鱼不合体的衣服躲避

告密者,锋利的鱼叉被

我扎进鲸鱼的嘴里

我的胡须就像鲶鱼须

当我从你水底黑暗的洞穴里

饮水时

你的章鱼把众多的触须

缠住我的心脏

啊哈莱姆,你知道吗?

这有许多,还有许多

啊哈莱姆,我下笔的源泉

我是一条鲤鱼,一个

微不足道的人,比起你来

是条鲤鱼……

但是他没法继续念下去了,客人们被前厅传来的争论声打断了。女主人的表情从听朗诵时的微笑变成了皱眉,她赶紧出去,看到仆人正在和帕帕·拉巴斯、布莱克·赫尔曼、T. 马里斯以及陪着他们的 6 个高大的黑人争吵。

怎么回事……你们这些不速之客赶快出去,我不想让这个家里进来巫师侦探,你们既不是上流社会人士,又没有钱,又不是艺术家,还没有学位。

女士,请你走开,布莱克·赫尔曼说。

当有些男客人来给女主人助阵的时候,帕帕·拉巴斯露出了手柄镶珍珠的22口径手枪,女主人马上晕了过去。拉巴斯和赫尔曼走进正在读诗的房间,布莱克·赫尔曼对受惊的客人说:

亨克尔·范温普顿,胡伯特·"窃贼"·谷德?老实过来。

有些人从椅子上站起来。

你们强行闯入是什么意思?是不是奉命行事?他们问道。

尤其强硬的是几内亚的艺术评论家汉克·罗林斯,这位维米尔①研究的权威。他特别讨厌对方对亨克尔·范温普顿的侮辱,为什么呢,这个人看起来好像很有社会关系,也许能给自己个机会呢。毕竟,没几个黑人像他一样做好了成功的准备。

是啊……拉巴斯、赫尔曼,解释一下你们的行为。

这就是解释,拉巴斯说着走到胡伯特·"窃贼"·谷德面前,快速在他脸上用指头一刮,脸上露出一道白痕。然后他向观众们展示了手指上的黑漆。

人们吃了一惊,屋里响起嗡嗡的声音。

我们来逮捕这个人,和他的赞助人亨克尔·范温普顿。

范温普顿开始往门外溜,却被巴迪·杰克逊和他的人挡住。

这不算什么解释,几内亚的艺术评论家叫道。他的评论华而不实,完全没有情感,有点像枯燥无味的几何学,像陈腐的阿托恩主义的知识健美操,他用这种方式告诉阿托恩主义者他也和他们一样。我们不会交出这两位绅士,除非你们能理性、清楚地解释他们所犯的罪行。这可不是"袋鼠法庭"②,这是个自由国家。

亨克尔和谷德连连点头赞成。是啊……对啊,你得说明你对

---

① 约翰内斯·维米尔(1632—1675),荷兰画家,代表作品有《戴珍珠耳环的少女》。
② "袋鼠法庭",指不按法律程序进行审判的非正规法庭,全然不顾法律的法庭。

我们的指控,不然我们哪儿也不去,亨克尔说道,几内亚人的支持让他们胆子大了起来。

布莱克·赫尔曼看向帕帕·拉巴斯。

好吧,如果你想知道的话,这事要从几千年前的埃及说起,一个海地贵族高层告诉我们的。

52

有一位对王位不感兴趣的王子在尼萨的高等学府里学习,这个地方就在阿拉伯的菲利克斯(如今的也门),这里到处是大枣、咖啡、山羊、绵羊、小麦、大麦、玉米和牲畜。穿过红海就是埃塞俄比亚和苏丹,这个年轻人给那里带来了农业知识,也和当地的农业专家们交换意见。这里有农业庆典,形式是跳舞唱歌,埃及把这种韵律叫作"黑色泥土之音"。在历史上这个时期,那些能够影响庄稼的生长、促进繁殖的人被叫作巫师。这些农业庆典演出的是关于受精、生殖和繁衍的节目,《金枝》的作者、维多利亚人詹姆斯·弗雷泽爵士称这种演出"下流放荡"。男女舞者模仿受精的过程演绎开花的过程。作为表演的过程,他们演奏乐器,管乐的、弦乐的和打击乐的;他们打开身体之门,让自然通过奠酒祭神仪式涌入内心。奥西里斯熟知与农业相关的奥秘,人们开始散布些故事,说他的母亲是天空努特,父亲是大地盖博。

奥西里斯跳舞的时候不断地实验创新,这些舞蹈并不神秘,实际上非常基础,所以流行了起来。在苏丹和埃塞俄比亚,他被叫作"创作流行舞蹈的人",他能影响和感染其他人。奥西里斯在尼萨的长老们那里学习生活了多年,然后回到了埃及。(有人说他被埃塞俄比亚驱逐出来,因为那里禁止跳舞。)而在埃及,乌云笼罩着大地,还流行食人的陋习。

奥西里斯的弟弟塞特认为他太随心所欲，所受的教育远离现实，也不懂如何坚决对付埃及的敌人。这就是塞特，热衷用大棒、权杖和连枷①进行惩罚的人。他强硬地对付敌人，抓住他们的头发，砍下他们的脑袋。塞特想要用父亲之死作为借口侵犯其他国家。塞特仇恨农业和自然，他认为农业泥泞、肮脏而且污秽。他自大，妒忌，以自我为中心。当奥西里斯发布禁令不许人吃人，并把他从尼萨高等学府长胡须的黑人智者那里学来的技术介绍给大家时，塞特开始策划推翻他的哥哥。他妒忌奥西里斯，因为奥西里斯要娶他们的妹妹伊西斯。伊西斯美丽大方，有坚挺的乳房，能言善道，这些特征后来都体现在她的精神传人厄祖琳身上（喜欢镜子、羽毛、梳子和精致的盥洗）。在美国，厄祖琳被叫作"穿红裙子的女孩"。（贝西·史密斯和约瑟芬·贝克代表了厄祖琳的两面性。）人们痛恨塞特，他是历史上第1个把自然拒之门外的人。他说这是纪律，他还是现代书记员的神灵，因为他总是在制造表格，或许税收就是他发明的。

食用大麦、小麦和玉米就像是燎原之火传遍了埃及，人们开始表演"黑色泥土之音"，开始兴建炼金术剧场（"黑人国家"的剧场），这让塞特更生气了。人们白天耕作，晚上跳舞唱歌，摇着叉铃来庆祝，塞特因此睡不着觉，所以当他去田野里操练、行军、发号施令的时候就会觉得很累。1天，奥西里斯表演了个奇迹，他跳得太好了，以至于藤蔓开始出现特定的慢速蜿蜒的动作，从那时起就有了爬藤。人们叫奥西里斯"神牛"，当他带着音乐家，还有和生殖有关的装饰品巡游埃及的时候，埃及人爱戴他并向他致意。

---

① 连枷，一种打谷脱粒的农具，由一个长柄和一组平排的竹条或木条构成。

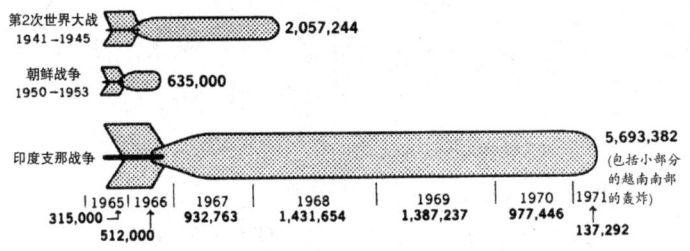

美国在3次战争中使用的炸弹吨位

　　塞特受不了了,他站在旁边暴怒不已,攥着拳头滔滔不绝地恶言谩骂。他认为音乐"声音太大","太喧闹"。有时候会有侏儒跳舞,这些侏儒是奥西里斯从南部请来的,他们能够跳"诸神之舞"。1天晚上,塞特下楼告诉所有人"停止胡闹",结果众人报以口哨和嘘声,一个年轻女人试着想劝他一起跳舞,可他落荒而逃,引得所有人大笑。后来,警卫看到他私下偷偷试着舞蹈,这个消息在整个埃及走漏了风声,他变成了全国的笑话。大家都说塞特不会跳舞,甚至连街上玩游戏的小孩都会指着塞特说他不会尽情跳舞,是曼陀凡尼低俗演出里的怪人。塞特会给他们好看的,谁让他们总是开开心心,明明还有辛苦的工作,还有可以侵略的国家,还有可以奴役的人,却总是玩得开心。

　　埃及繁荣发展,歌舞升平。人们吃得好,庄稼丰收,一切都很顺利,奥西里斯和伊西斯婚姻生活幸福。他们的妹妹奈芙蒂斯和她的丈夫——他们的弟弟塞特——过得却不怎么好。塞特大部分时间都和"男人们在外面",和立法者及一群不受欢迎的诗人在埃及游荡,告诫人们他们可以做得更好,他们还没有准备好,他们应该想办法让自己成功。准备好干什么?1个人在被他们的岗哨拦住时问道。准备好进步?侵略其他国家,杀人?人们根本不感兴趣,嘲笑他们是第一代诗人,这是因为在奥西里斯时代,埃及人人都是艺术家,艺术家个个都是祭司,直到后来,艺术才成了国家的附属物。

后来,奇怪的事情发生了。人们开始跳奥西里斯的舞蹈,舞蹈会妨碍人们耕种田地。人们都可能会在白天的任何时间突然跳舞,有些人会在街上游荡,胡言乱语,做些奇怪的姿势。塞特散播流言,说这是因为奥西里斯并不真正理解魔法艺术,给埃及带来了诅咒。奥西里斯很担心,人们也怨声载道。幸好,港口有个给大船上漆的艺术家,他曾和奥西里斯的母亲有段过往,他的装饰品声名远扬。一天,他拜访奥西里斯并表达了自己的观点,之所以出现这种情况是因为奥秘缺少指引的文本,没有祷词能够安抚、抓住人们的神灵,如果奥西里斯对着托特表演这些舞步,让托特记录下来,然后奥西里斯教的祭司们就可以据此判断控制人们的神灵是好的还是坏的,也知道怎么才能让众神和神灵离开。

因此,在着魔般疯狂的状态下,奥西里斯连续多天跳基本舞步,直到托特把一切记录下来。这本祷词书是开放的,埃及北部阿拜多斯等地的人可以自由添加些变化。

指导者们开始学习《托特之书》,这是最早的舞蹈设计师所写的最早的文集。

● ○

很快,埃及平静下来,奥西里斯开始觉得厌倦。奥西里斯从水手那里听到了世界各地人们受苦和食人的各种故事,于是他宣布,他将让他的妻子伊西斯掌管埃及事务,这并不算什么大事,因为当时1个历史学家写道:"埃及人都行为规范。"塞特认为自己的机会来了。他渴望回到过去的日子,那样他外出时就可以威胁人们"把你的马车停到路边,好了,出示你的自由人许可证",你知道,诸如此类。奥西里斯离开的那天,港口有场盛大的欢送会,来自埃及各地的指导者们跳着诸神之舞。奥西里斯、托特、大批船员和34艘纸莎草做的船,带上成吨成吨的燕麦出海航行。他离开的那天是仲夏,7月10日。

奥西里斯带着他的"国际尼罗源泉交响乐团"周游世界,跳着农艺舞蹈,从一个国家到另一个国家。一个名叫狄奥尼索斯的新人负责指挥合唱团,这个人你可能在埃及没怎么听说过,因为埃及的书写是以"皇室为中心的"。他和托特教给人们跳舞,让自然通过人来说话和跳舞。数千人的眼睛看着奥西里斯,所以他也被叫作"众眼之王"。

奥西里斯迅速地教会人们跳舞,而人们模仿他时也加入些变化,以适应自己的国家和气候。人们欢迎奥西里斯,称他是"神牛""种子人"。人们常见他的身影,在路上溜达或闲逛,他的宠物鹰"杰基"站在他的肩膀上,忠实的鸟人托特陪在他身边,记录发生的一切。世界各地港口的人们看到他会说:"嗨,'种子人',有什么事发生?"

第2次在南美旅行的时候,奥西里斯听到了传言。当时他正教给人们如何制作红酒,如果他们不种植葡萄的话,就制作啤酒。传言说塞特在埃及到处宣扬奥西里斯是个骗子,他周游世界时"烂醉""滥交",有损国家的名声。塞特还对奥西里斯发起挑战,让其他旅行者带话给奥西里斯。他说如果奥西里斯这么聪明,是人类的种子和胚芽的话,那他能否表演胚芽的动作呢,他能不能埋在尼罗河里然后破河而起呢。当然,如果他学会了阿拉伯菲利克斯尼萨高等学府里那些长胡子的黑人智者的艺术,他应该能够表演。他说,如果奥西里斯能够做到,那么他塞特会到别的地方去,老实坐下来,就算人们跳舞唱歌,他也不再抱怨一句,他可不想在历史上留下的名声是"扫大家兴的人"。这个魔鬼甚至还在伊西斯面前大献殷勤,因为他觊觎伊西斯,而对方看着他就忍不住恶心,这个人总是到处丑化奥西里斯。这时奥西里斯正在南美的特奥蒂瓦坎①,来自全世界的人都在这里观看天文学家预测要降临的太空飞船。飞船真的降临了,那是奥西里斯去奥尔梅加的时候,他在那里待了很长时间,摆好姿势让艺术家用陶土给他做了雕像。他作为印加国王的嘉宾参加了两星期的庆典,期间他持续几天实验了塞特对他的挑战。这并不难,奥西里斯对自然怀有深切的喜爱和依恋,人们甚至没法将他们分开。

他之前并没有表演过这种形式,但他知道,自然是不会让他失望的。当奥西里斯和他的乐队回到埃及的时候,人们都到街上跳舞欢迎他,并在指导者的指引下让神灵控制身体。伊西斯的脸都红了,人们都笑了起来,因为他们知道今晚他会献给她"权力之杖"。

塞特和他的追随者们从窗户里看着这一切。屁股长得不错,塞特当着奈芙蒂斯的面评价他的妹妹,他根本不把自己的妻子当人看,骂她是婊子、番茄、母牛、奶牛,还有其他一些他所憎恶的与农业相关的名字。

那天晚上,奥西里斯和伊西斯做爱了,他们结合的结果就是儿子荷鲁斯。

隔天就是挑战的日子,人们聚集在尼罗河的河口,看着立法者们把奥西里斯放进密封柜里,钉上钉子,用熔铅封闭保证空气进不

---

① 特奥蒂瓦坎,它是曾经存在于墨西哥境内的古代印第安文明,大致上起始于公元前200年,在750年时灭亡。特奥蒂瓦坎在印第安人纳瓦霍语中是"创造太阳神和月亮神的地方"。特奥蒂瓦坎古城位于墨西哥首都墨西哥城东北约40公里处。

去。奥西里斯在盖子合上之前还朝人们眨眨眼睛。然后，10月24日，柜子沉到了水里。

当天晚上，立法者来到尼罗河，把奥西里斯的柜子弄出来，他们打开棺盖看见奥西里斯躺在那里微笑，像是进入了死亡一般的睡眠，这个把戏是他从苏丹和埃塞俄比亚的大人物那里学来的。

他们肢解了奥西里斯，伪装成他是被鱼撕成14块的样子。从那时起，埃及人就视鱼为邪恶之物。在10月31日这天，人们来河边看到了被肢解的尸体，有些部分被冲到了河岸上，空无一物的柜子就躺在不远处。

塞特耀武扬威地站在那里，你们的"种子人"被鱼吃掉了，让我们停止这些农业的喧闹，回到吃人的习惯上吧。你，过来，塞特用约翰·韦恩①的腔调对一个性感的女人虚张声势，她在人群中显得格外耀眼。

托特知道这是谎言。在南美洲的时候，他见过奥西里斯表演这样的作法。在北美的纳瓦霍印第安人中间、在阿兹特克的庆典上，还有在靠"吹哨子和打鼓"赶走侵略者的西非人那里，说奥西里斯能够表演这种法术的消息早就传遍了许多部落。

托特质疑，要求尸检调查清楚奥西里斯的死因。塞特马上逮捕了托特。托特被关押起来，但是在仍然效忠死去的奥西里斯的侍卫协助下，他逃脱了。在逃亡之前，托特去见伊西斯，把他的神书留给了伊西斯，然后就离开了。有人说他在山里流亡，在那里匿名写下了魔法书，那些书一直流传，直到"文明的"罗马人在亚历山大港烧毁了图书馆。

伊西斯开始在埃及游荡，为她的丈夫哭喊着哀歌。塞特获胜

---

① 约翰·韦恩（1907—1979），美国好莱坞明星，在许多西部电影里扮演英雄角色。

不久就开始听说一些让他不安的故事。有人说看到了奥西里斯，伊西斯在哪个地方留下她死去丈夫的一块骨头、一个脚趾、一截胳膊，人们就会在那个地方看到奥西里斯。人们又开始喊奥西里斯是"神牛""种子人"，只要他们发现牛的舌头底下有圣甲虫、背上有老鹰、额头有方块等图案，就开始庆祝奥西里斯"活着的灵魂"。塞特听说了这一切，他下令杀死公牛，而且他是个特别卑鄙的家伙，下令要先折磨公牛再杀死它。（这成了美国作家厄内斯特·海明威特别喜欢的一项运动。）但是，不管在什么地方，黑色的神牛埃皮斯出现并被杀死之后，另一头神牛就会取代它的位置。这简直让塞特要发疯了。这天是10月31日，夜里，人们戴着面具，打扮成自己喜欢的样子，来纪念那位被自然附身的人。塞特对奥西里斯的指导者们发出了逮捕令，这些人都会法术，他们逃走了。有些人逃到了南方，把自己的知识和尼日利亚伊费地区的巫师作法结合起来。狄奥尼索斯去了希腊，在那里，舞蹈"像野火一样传播"，虽然诗人荷马并没有提到这件事。但是，荷马却利用了狄奥尼索斯带来的关于奥西里斯的故事——周游世界的男人回家发现心怀不轨的人团团围住了自己的妻子。狄奥尼索斯保留了他的老校友兼同乡奥西里斯的信念。（狄奥尼索斯的名字可以读作"尼萨之神"。）当底比斯的国王禁止供奉狄奥尼索斯的时候，这位愤怒的神灵鼓动年轻人起来反抗。当梯林斯的国王普罗透斯关闭了"穿黑色山羊皮的人"狄奥尼索斯的神殿时，一个当代作家描述了接下来的疯狂跳舞：

  他们跑出门外，疯狂地跳舞，愤怒地在乡间跳着，唱着奇怪的歌，撕破自己的衣服，根本无法停止舞蹈。

狄奥尼索斯把奥西里斯的艺术教给希腊人，这些艺术流传下去，直到公元前4世纪后期，阿托恩主义者说服康斯坦丁大帝签署效忠十字架的协议为止。狄奥尼索斯教给希腊的指导者们怎样认识自然，让自然通过人类来表达，这就是作法。听听希波克拉底是怎么说的：

> 如果他们模仿山羊，或者磨牙，或者身体的右侧开始抽搐，他们就说这是诸神之母引起的，但是如果说话声音尖厉激动，他们就说这种状态像马，是波塞冬（海神）引起的。

告 示

理查德、查克和约翰尼想提醒加利福尼亚的摇滚粉丝们，舞台实际上坚固得不可摧毁。大家参加时不用担心会受伤，如果他身受感召那就请来到前面，把自己的灵魂献给摇滚的荣耀之神。

希腊人为这些源自埃及的神秘学建造了神庙，这样人们就可以去尽情疯狂，让神灵能够附身。[大约10世纪的时候，阿托恩主义的祭司们把这种情况叫作恶魔附体，他们讹用希腊语中守护神一词的含义，让它染上了邪恶的内涵。后来，阿托恩主义者弗洛伊德（据1个传记作者说，他是摩西、克伦威尔以及其他军事主义者的超级粉丝）把这叫作"歇斯底里"。]

希腊和罗马的大众热衷于埃及神秘学,他们在奥西里斯和伊西斯的神殿里赞美这些艺术,这让讽刺作家琉善①懊恼不已,他在《诸神的对话》中批评与这对皇室夫妻相关的动物意象。但是这种宗教太流行了,批评起不到什么影响,人们还是跳舞唱歌,在祭司

---

① 琉善(约125—180),生于叙利亚的萨莫萨塔,罗马帝国时代的希腊语讽刺作家。

的严密监管下与神灵接触,这些祭司受过合唱团指挥狄奥尼索斯的训练。希腊人从不会想到把这些宿主叫作精神分裂患者或者精神紧张症患者,尽管这样的词恰恰是他们创造出来的。妄想狂之类是阿托恩临床使用的词语,创造这些词的人遗失了真正的知识,这些词只不过是他们漫不经心随口说的。这些仪式持续到公元378年,直到阿托恩主义者破坏了反对者的"异教"体系的神庙。在他们洗劫之前,猜忌的政客们已经在公元前58、前50以及前48年烧过神庙了。之前,人们可以去神庙,在祭司的指导下摆脱一切,如今他们被折磨,任何奥西里斯式的行为都被视为躲避现实。耶和华(火盘神信仰的代称)之外所有的神灵都被打入地下,神灵由多变为1,甚至连耶和华的神职同盟——其他宗教首脑在教堂的壁画上也被魔化。

对于阿托恩主义和狄奥尼索斯从埃及带来的神秘学来说,公元4世纪是一段关键的时期。阿托恩主义者在他们的黄色新闻期刊[①]《赫利奥波利斯日报》上决定把奥西里斯描绘成普鲁托,被阉割的冥王,(记得金牛座吗?)但是他们把伊西斯保留为圣母玛丽亚。实际上,在非洲很多地方,对于伊西斯的热爱转向了阿托恩主义的玛丽亚,这在非洲和南欧都出现过。玛丽亚是耶稣基督的母亲,耶稣是阿托恩主义的折中方案,他们让耶稣像奥西里斯一样,和农民一样耕作,成为普通的渔夫,但是耶稣仍然是个**波克**,一个巫师,一个更早的浮士德。拉撒路是个僵尸而已!耶稣是个像瑜伽的玛哈礼师[②]那种类型的巫师,在农村表演魔法的巫师。对此,伟大的"背教者"朱利安皇帝(他被叫作"背教者"是因为他想在4

---

① 黄色新闻期刊,指通过不择手段地渲染、夸张信息,以招徕读者的报刊。
② 玛哈礼师(1918—2008),是将古代印度瑜伽推向西方的重要人物,他把瑜伽中与宗教相关的一些深奥难懂的概念、术语变换成现代人可以理解的概念,并积极邀请科学家研究"超觉静坐"。

世纪重新复活狄奥尼索斯从希腊带来的宗教)评价道：

……然而，耶稣，说服了你们中最卑贱的人，他的名字为人所知也不过 300 来年：在他的一生中，他取得的成功根本不值得一提，除非有人认为治愈跛子和瞎子，外加给伯赛大和伯大尼①那些被恶鬼缠身的人驱鬼能算了不起的成功。②

朱利安知道恩贡和波克的区别，他周围的很多人都是那个时代最坚定的后奥西里斯祭司。朱利安公开供奉神灵，遭到那些皈依了基督教的同胞的嘲笑和讽刺。公元 362 年 2 月 4 日，他宣布全国宗教自由，命令恢复异教的神庙。但是阿托恩主义的势力太强大了，公元 363 年 6 月 26 日夜间 12:00，朱利安在波斯战场上被刺杀。他勇敢地试图颠覆阿托恩主义，但还是失败了。他预见了阿托恩将给世界带来的灾难。约翰·弥尔顿，杰出的阿托恩主义护教论者，把身为滑稽表演者兼巫师的耶稣的降临看作是终结奥西里斯和伊西斯宗教的方式。

粗鲁的尼罗河之神疾驰，
伊西斯和荷鲁斯，野狗阿努比斯匆匆。

不见奥西里斯
在孟菲斯的林荫道，或绿地上
  践踏干涸的草地发出哞哞叫声：
他无法安歇
在神圣的胸膛里，

---

① 两个都是《圣经》中的地名。
② 选自"背教者"朱利安的作品。——原注

只有最深的地狱才是他的寿衣；
徒劳的是那铃鼓奏响的黑色赞歌
佩戴黑皮圣带的巫师推动崇拜的方舟。

这来自他的颂歌《耶稣诞生的清晨》,不过是场故意让奥西里斯教徒恼火的领带聚会①罢了。所谓"铃鼓奏响的黑色赞歌"是杰瑟罗演奏的曲子,这是庆典中信徒在舞会上演奏的音乐,他们跳着布吉舞,表达自我。约翰·弥尔顿受不了这些,又一个阿托恩主义者。这就是为什么英语系的教授们喜欢他,他就是他们的护身符,让那些黑鬼滚出他们的英语系,在叶斯格鲁侵犯他们的职业之前扑灭它。有趣的是,弥尔顿为克伦威尔工作。克伦威尔可是封了英国剧院的人,也是西格蒙德·弗洛伊德心目中的英雄。这些诽谤者继续攻击奥西里斯,有个叫作必列斯·斯泰伦尼克斯的作家甚至还写了本书《黑人神牛奥西里斯的自白》,里面重写了奥西里斯的历史。② 他认为塞特谋杀奥西里斯是正当的,因为奥西里斯和伊西斯有不正当的男女关系,伊西斯是塞特的妻子。这个作家因为这个弥天大谎被授予了相当于当代普利策奖的阿托恩主义奖。其他人继续叫奥西里斯是摩罗神,意思是"黑鬼的母牛"。

随着时间流逝,阿托恩主义的教会日益壮大,但是奇怪的事出现了。那些和奥西里斯以及其他异教神相关的仪式偷偷地在地下继续,教会唯一的办法就是"揍得他们屁滚尿流",把那些魔鬼附身的人扔到地牢里去,或者烧死他们以驱逐魔鬼。他们这样杀了数百万人,但是并没有结束跳舞的传染病、异端邪说、巫术、异教徒和

---

① 领带聚会,指美国南方绞死黑人的私刑,场面像是野餐聚会,很多人打扮体面来观赏私刑。
② 这里讽刺的是写了《奈特·透纳的自白》获得普利策奖的美国南方作家威廉·斯泰伦。

幸存的"异教"宗教。然而,如果教会继续以这种方式对付敌人、殴打众人、凌晨2:00突袭他们的住所、把他们绑在火刑柱上烧死,这会摧毁欧洲的一大部分人口,剩下的人会被瘟疫耗尽。所以,很久之后出现了阿托恩主义的折中方案——西格蒙德·弗洛伊德,他改善了教会的修辞,缓和了解决问题的方式。弗洛伊德挽救了许多人的性命,本来一般情况下,这些人会被教会以非人的方式直接处理掉。但是,当弗洛伊德来到美国的时候,他看到了这里发生的一切,他再也无法承受。弗洛伊德晕了过去。

● ○

奥西里斯的人——狄奥尼索斯、托特,还有其他传说中的随行人员——被流放之后,塞特也出现了问题。每次他出去巡游,人们都会朝他的护卫扔石头。他禁止了跳舞,奥西里斯代表的一切他都要试着废除,这样他就可以把这个人从自己的生活中彻底赶走了。接下来他禁止了音乐,后来他的脑袋坏了,连性交都禁止了。

后来他连生命都要禁止。他和身边兴起的一个死亡宗教情投意合,里面包括他的立法者,还有他们的妻子,这些人就像是奥克兰球场里听葛培理牧师①福音布道的听众一样一本正经。人们开始不满,社会上出现关于革命的传言。有人说伊西斯流落至科普托斯,荷鲁斯在那里长大了,准备好了要对塞特进军动手。当荷鲁斯还小的时候,塞特曾派一个下毒的高手去,但是这个人失败了,因为伊西斯身上有圣书,所以具有非常强的抵御能力。

塞特打算要像奥西里斯那样上演一个奇迹,从而加强他对人

---

① 葛培理牧师(1918—2018),美国当代著名的基督教福音布道家,第二次世界大战以后福音派教会的代表人物之一,他主持的"葛培理布道大会"吸引了众多的听众参加。

们的控制。他让1个用左手从事培多罗仪式的波克来"给大家表演一出"。但是这个波克所受的训练不足,根本不知道自己在做什么,他只会下流的勾当,结果害得埃及的气温飙升到5万度①,导致了类似原子弹爆炸的场景。塞特和他的追随者们只好逃到了太阳神的赫利奥波利斯城,决定在那里统治埃及。

塞特的情况越来越糟。人们开始重拾原先的方式,根据他们的记忆来跳舞和参与典礼,但是没有文本,没有人告诉他们该怎么做——奥西里斯的助手们已经被驱散到了西非、南欧以及其他地方——这导致了堕落。塞特开始和太阳形成某种奇特的关系。如果你了解洛杉矶的话,你就知道那个场景了,想象一下,两三个洛杉矶加起来就是赫利奥波利斯了。立法者们整天躺在太阳下,在海滩上开发出奇怪的健身场所。塞特决定要以他和太阳的关系引入一种新的宗教,既然他是神,那太阳也应该是神。当然了,这不算什么新鲜事,因为埃及人一直崇拜"热、光、球和射线",以泛神论的方式崇拜太阳。有了塞特,太阳的火焰盘淹没了其他部分的意义。

他让立法者充当他的书记员,就像奥西里斯身边的托特所做的那样。他想,也许这样就好了。因此,立法者们翻阅了旧文本,开始重写材料,篡改一切,让塞特显得高大而奥西里斯成为坏人。塞特根据阿吞(太阳燃烧的火盘)建立了自己的宗教,他觉得自己会战胜奥西里斯的自然宗教。奥西里斯总是和受精、春天联系在一起,他将是奥西里斯的反面,他将变成"焚毁生长之物"的阿托恩,成为导致饥荒、虫灾和地震的埃及耶和华。在他死之前,他已经精神错乱,认为太阳依靠他,所以他整天走圆圈路线,认为他的

---

① 仅拉格巴神自身温度就有3万度。——原注

走动导致太阳绕着行星转。

他真的精神失常了。他死的时候,神牛埃皮斯在全国各地又兴起了。南欧、努比亚和苏丹都建造了奥西里斯和伊西斯的神庙,这已经成为全世界的宗教。奥西里斯的祭司们栖身的地方,就会兴起这种宗教,人们知道它的威力,也知道如何引出它来或者让它离开。但是在人们不了解作法的地方,它会毫无征兆地突然出现,并导致灾难性的后果,或被误以为是娱乐,或被"左手"控制。尽管有人竭力推行阿托恩主义,埃及人对此并不热衷,它成了爱发牢骚的人在赫利奥波利斯的俱乐部。

这种情况一直持续到阿蒙霍特普 4 世时期(大约公元前 1500 年左右)。① 他是个孱弱的高个子,室内设计师那类的人,后来成了阿托恩主义者,并改名为阿克那顿(献身于阿吞之意),他大部分时间都在赫利奥波利斯市,在阿托恩主义者常去的海滩上,那里如今成了流行、堕落的地方,类似乔·阿特拉斯②健身的场所。

当这个傻瓜把首都迁到阿玛那③的时候,人们知道这又是一个塞特,所以负责保卫奥西里斯神秘学的阿蒙④杀死了这个笨蛋。说个拗口的双关语,他们停止了第 2 塞特方案。

● ○

幸运的是,图坦卡蒙⑤掌权了,人们可以自由地做自己想做的

---

① 原作时间为公元前 1500 年左右,实际上阿蒙霍特普 4 世在位时间为公元前 1379 至公元前 1362 年。
② 影射的是查尔斯·阿特拉斯(1892—1972),美国健美界的标志性人物,他推出了独特的健身方式,并做了一系列与身体形象相关的标志性广告。
③ 阿玛那,埃及古都,古埃及第 18 王朝第 11 位法老阿赫那吞在位时从底比斯迁都至此。
④ 阿蒙,原是埃及南方的底比斯的主神。埃及第 11 王朝时,底比斯成了埃及首都,阿蒙成为全埃及的主神。
⑤ 图坦卡蒙(前 1341—前 1323),古埃及新王国时期第 18 王朝的第 12 位法老。

事,自由地在墙上画自己喜欢的画。这一直持续到塞姆西斯出现为止,她是一位软弱的法老的女儿,顽固又任性。1天,在河里沐浴的时候,她在篮子里发现了一个孩子,她不顾身边通晓伏都教的老妇巴瑞娅的劝告,把这个孩子带回了宫殿。塞姆西斯谁的话也不听,她觉得自己见识多:毕竟她曾居留欧洲。她曾经在咖啡馆里消磨时光,听着希腊语——"文明的语言",她学会了含糊暧昧的表达,虚假胡扯,不是吗?她瞧不起自己的人民,她和朋友们一起嘲笑他们"从事乱七八糟的迷信"。奥西里斯的宗教这时已经丧失了威信,人们只能在"城外郊区偏远的地方"进行活动。也有谣传说路边的神庙里有人跳舞、"取乐"和唱歌。在塞姆西斯的要求下,法老时不时地派人突袭搜查这些地方。但是,奥西里斯教徒会给守卫一些"冰块"——绿宝石、钻石和青金石,只要祭司、恩贡、男巫师、女巫师、长老和姐妹们被抓,他们很快就会获释,如此反复。有一天晚上,塞姆西斯和她的希腊朋友们来到这些地方,露骨的仪式让他们大吃一惊:墙上画着装饰过的阴道和阴茎,还有情绪高涨的下流音乐。他们是些势利小人(在种族歧视的纽约博物馆开幕晚会上冒充内行的那种人),他们会整天坐在那里讨论,"如果我今天踏进河里,我还是不是昨天踏进这条河里的同一个人,等等"。你懂得。哄骗埃及人而已。

她的继子摩西(公元前1350—公元前1250)①和她的想法不同,只要有机会,他就偷偷地溜去奥西里斯教的地盘。公元前3世纪的埃及历史学家曼内托②声称,摩西成了奥西里斯教的新成员,改名叫奥扎斯夫。③

---

① 原作中标记的时间段。摩西的生活年代一直是学术界未有定论的课题。
② 曼内托,古埃及历史家,生活在公元前300年前后。
③ 《揭开面纱的伊西斯》,第1卷,p.555——H. P. 布拉瓦茨基夫人。——原注

这些地方的植物疯狂地生长，散发出芬芳的气味，这里的人称摩西为法老，埃及历史的书记员曼内托也叫他法老，摩西很有可能是塞姆西斯父亲的继承者。这些铜管、叉铃和鼓组成的乐队表演时会受到星星的影响，他们在星空下对着成千上万人演奏他们记忆中的奥西里斯神秘学。摩西，年轻的准法老，就坐在其中。这些耕作庄稼的人用手指把土地的活力带到他们的管弦里，这些从冰冷的蓝色尼罗河里饮水的人，他们的双唇触到了这条魔力之河的水，把尼罗河之音带到他们的乐器里。有天晚上，他们无事闲坐着，摩西问他们听过的最妙的音乐是什么。所有人都说最妙的音乐来自米甸的叶忒罗，他还能够弹奏神灵的音乐，他有一部传说中的乐器，能够发出管弦乐队的声音，他知道所有的"老歌"，据说他的祖先是奥西里斯的追随者，受塞特迫害后离开。他们说他的音乐太美了，狮子会聚集在他的农场里安然睡去，庄稼会对着他的屋子挥动叶子，爬进卧室的窗户。大自然赠给他好几个女儿，这样他会有更多的传人。摩西觉得自己必须在这个人手下学习，他必须要设法赢得这个人的信任，也许他能教给自己所有的东西。

第二天，摩西出发去见叶忒罗。当他走到对方居住的城市时，他进了当地的神庙打听消息。叶忒罗就住在郊外。神庙里的人告诉了他所有关于叶忒罗的事情，还说他如果出城的话就可以看到叶忒罗的女儿们在照顾牛群。他们告诉他往哪里走，怎么走。摩西透露了自己准法老的身份，雇了这些人给他上演一出戏。他们装作去偷叶忒罗的牛，摩西会骑马从山里冲出来赶走他们。（摩西真的非常喜欢耸人听闻的闹剧。）就这样，摩西从山里出来，赶走了他花钱从神庙雇来的上演闹剧的偷牛贼。女人们把她们的救命恩人带回家，把他介绍给她们的父亲叶忒罗。叶忒罗很开心，劝摩西在他的家里待一段时间，"尽情地吃喝，和我的女儿们亲密相处"。

为什么不呢？摩西想,她们长得不丑,他可以记下叶忒罗所有的话,等他回到埃及的时候,他就可以让全城轰动。那天晚上,叶忒罗拿出来一个大约有 25 条弦的乐器,他的嘴吹着某种早期风格的口琴,他的脚踩在地上一个小东西上,然后他开始拨弄那个有许多条弦的庞然大物,手指上下划拉,那个乐器发出的声音巨大,好几次摩西都跳起来惊呼,我的天！如果他能学到手,他就能成为奥西里斯教派的祭司了。摩西问叶忒罗是否介意他把这些音乐记录下来,叶忒罗感激这位年轻人,几乎把他当成儿子看待,就告诉他没问题。

接下来的几个月,摩西帮女人们照顾牛群,尽情地利用她们,晚上叶忒罗演奏,摩西就全写下来。摩西慢慢学会了叶忒罗的艺术,很快他们就能双人演奏了。当摩西学会了叶忒罗所有的歌曲,让叶忒罗在奇怪的乐器上创作演奏了所有的乐曲之后,摩西收拾起他的纸莎草工具,和叶忒罗说再见了。他说他会在神庙里演奏这些乐曲,当他演奏的时候,他会永远在心里铭记叶忒罗。

和摩西说再见的时候,叶忒罗告诉他:"你要离开太遗憾了,因为这些还远远不够,你必须了解歌曲的文字,而这是我们家族内的秘密。"摩西停了下来:"家族秘密？""是啊,除非你知道文字,否则的话音乐只有 1/2 是对的,不是全对的。"摩西告诉叶忒罗和他的女儿们,他想要出发但是月亮看起来是不祥之兆,也许他可以再待几天。那天晚上,摩西让叶忒罗教给他文字,但是叶忒罗说这是家族秘密。他只能把文字传给女婿。

● ○

第二天,摩西告诉叶忒罗,他爱上了西坡拉想要娶她。轻信的叶忒罗很高兴,因为他很喜欢摩西。摩西就这样娶了西坡拉,她的嫁妆是叶忒罗教给摩西他的家族秘密。然后,摩西和他的妻子西坡拉要离开了,因为他想尽快回到埃及:"把我可爱的黑人新娘介绍给我的养母——法老的女儿,还有我棕皮肤的兄弟姐妹们。"

等你们回来的那 1 天,叶忒罗说,你可以到科普托斯一趟,那里有本神书,据说是托特亲自书写的那本。

什么?摩西问道。

我说,总有 1 天伊西斯会给你真正的《托特之书》——最原始的音乐,那本书就在她科普托斯的神庙里,由不死之蛇守护。你必须在合适的月夜才能进入,否则这本书会是邪恶的。

摩西叹了口气,他终于告诉我了!他告诉岳父,西坡拉看起来不舒服,他得再待几天才能踏上艰难的旅程。西坡拉辩解说自己感觉良好,但是摩西坚持如此。叶忒罗很高兴摩西如此为自己的女儿着想,就斥责女儿不要和丈夫顶嘴。几周之后,摩西告诉叶忒罗、他的妻子以及妻子的姐妹们,说自己想要去野外呼吸一下空气,会很快回来的。

摩西进了树林,然后进了山里,他想去冥思。他去了何烈山①,在那里斋戒沉思数日。在 12 号那天晚上,他的身体非常虚弱,体重已经下降了很多,他以为自己要死了。这时候他眼前出现了幻觉,一个穿着几千年前的旧式埃及服饰的鬼魂出现了,这个鬼魂甚至比曼内托记载的 30 代王朝还要早。鬼魂告诉摩西,他知道他的问题,他知道摩西想要找到办法避开那条守护科普托斯神庙——伊西斯和奥西里斯的神庙——的不死之蛇。鬼魂说他知道伊西斯会难以招架一句特别的话,因为这是"一个月中特殊的时刻",他说他会告诉摩西该干什么,但是首先,摩西必须向他许诺他会在埃及

---

① 何烈山,又叫摩西山,是基督教的圣山,位于西奈半岛中部。

恢复阿托恩的宗教。

摩西笑了起来。嘿,那种热衷动物和植物的仪式,把能活动的东西都叫作神灵,我要是傻子才会在埃及恢复那么无趣的东西。虽然包括我母亲在内的贵族们对眼下的神秘学表示不满,但是它在大众那里非常受欢迎。这样做会导致革命的。于是鬼魂开始消失了,这时摩西重新考虑了一下,我必须演奏这本书!我必须找到它!他对这本书已经入迷了。

等等,等等。当然,我会照你说的做。我怎么才能拿到这本书?

你必须对她废话连篇,喂饱她。

什么意思?摩西问道,以为这是古老的方言,需要进一步解释。

塞特告诉他这是什么意思,然后摩西都记了下来。摩西回到叶忒罗的牧场上,他看起来完全不一样了。第二天,叶忒罗坐在走廊上,嚼着烟草,就在自己制作的吊床上。有些从山里来的红眼睛的黑人长者聚集在他身边,演奏他们的弦乐、打击乐器、铃铛、竖琴和汽笛风琴。

摩西看上去正准备要悄悄地溜走,这时叶忒罗制止了他,他现在知道自己被利用了。

你要去哪里,孩子?科普托斯?

大伙停止了演奏乐器,瞬间变得非常安静,大伙可以听到蟋蟀的叫声,这时正是黄昏。

你不带着西坡拉一起吗?他说道,他的脸像一块黑色的木雕,灰色的头发在黄昏中有些发蓝。

我……我回埃及之前会回来找她的,摩西说。

人们开始继续演奏乐器,叶忒罗制止了他们,他站起来对自己的女婿说话。

就算你从她手里拿到了,那对你也是无用的,只不过是些把棍棒变成蛇的把戏,简单的**波克**把戏,剩下的就是些可怕的东西,会让你后悔宁愿不知道这些作法。孩子,伊西斯在月相的某个方面,你无法拿到她神书中好的部分……

嘿,别管我。蛮荒之地的愚蠢老头,你怎么敢这样和我说话,我是法老,很快就是法老了。

摩西跳到马上,叶忒罗的眼里有泪花。摩西要离开了,他骑马走到叶忒罗的门廊前大伙聚集的地方,扔下了"几块钱"给老叶忒罗。

这算是你教给我的破烂的版权费,他讽刺地说。

叶忒罗拿起钱掷向了摩西,摩西骑马走进了夜色中。

他不肯听话,如今他会变成一个用左手作法的廉价巫师。

这不是你的错,叶忒罗,你已经警告他了,一个朋友劝慰道。

老人们又开始演奏乐器。

53

几个星期之后,摩西到达了科普托斯,这个城市里到处都有献给伊西斯和荷鲁斯的远古主题的雕塑。在某些传说中,荷鲁斯回到了埃及,推翻了谋杀他父亲的塞特。还有人说荷鲁斯是伊西斯和死去的奥西里斯结合生下的。人们戴着这对母子的徽章,甚至把他们俩的肖像刻在硬币上。一个游客指给摩西去奥西里斯和伊西斯神庙的路,摩西一直走到城外才看见神庙。神庙有6根巨柱,他从2根柱子之间进去,在大厅里有个冒着青烟的坑,里面是祭拜后留下的灰烬,还有奥西里斯和伊西斯的雕像,荷鲁斯就在她的怀里。厅里的装饰是关于海上作战和神秘学的:托特、奈芙蒂斯、荷鲁斯、阿努比斯、佩戴两把刀的"食死人者"奥西里斯、战神奥西里斯、阿拜多斯之王,等等,还有些鳄鱼、蛇、鸟和公羊的动物装饰。房间的颜色是绿色、蓝色和黄色的,地上到处撒着谷物,房间里到处是手鼓、笛子和大鼓。焚香的屋子里弥散着放克的气息。这是个不错的下午,身高只有4英尺10英寸的几个侏儒不间歇地跳了一个下午,跳得高高的。摩西走进厨房,津津有味地嚼着供奉碗里留下的燕麦。他喝了点酒,走过餐厅进入了神秘的卧室,那里挂着各种男女生殖器的图画。一路上旅途劳顿,摩西躺在床上马上就睡着了。大约凌晨2:00的时候,他醒了过来,有女人的手在抚摸他的头发,亲吻他。是伊西斯,她正处于培多罗的方位。她穿着鲜红色透光的纱袍,身上有股独特的香味。他从没闻过这么令人陶醉的香味,她的头发是巨型黑鸟的羽毛,她的眼睛在燃烧。

他必须非常小心,传说中有人看见巨鸟残忍的嘴从这里叼走人破碎的身体。人"像杀猪一样流着血",黎明时在神庙周围毫无意识地游荡。传说她的受害者被诅咒不停地走遍世界,那些没有头的可怜人把瘟疫带到城市里。

如果你能给我我想要的,我就给你你想要的。

她太美了,如果她跳下悬崖,摩西会追随她投身跳下。摩西开始出汗,她脱掉了纱袍,开始和他做爱。她的大腿缠住他的腿,她的手抚摸他的阴茎。

好吧,摩西一边回应她的爱抚,一边说,我只希望大鸟吃我的时候温柔点。

突然,她跳了起来,她坚挺高耸的乳房摇晃着,她的手叉在腰上。你给我带了什么?

摩西从他的挎包里拿出塞特指示他带来的所有东西:颜色鲜亮的围巾、酒、珠宝,还有给她吃的可口的鸡肉。她把玩着围巾,品尝着美酒,摩西看到她高兴的神情,觉得自己通过了她的测试,但是她突然一下子把东西都扔到地上。

这还不够,她说着走到床边,在他身旁躺了下来。你必须对我说话,宝贝,请对我说话。

塞特了解他的妹妹,摩西开始对她说话,像奥西里斯在他们结合仪式上说的那样。他告诉她他有多爱她,愿意为她去死,愿意割开自己的喉咙然后游过满是扑打的鳄鱼的河流,和狮子搏斗,只为得到她。如果得不到她,他说他会诅咒自己不该降生,他会在埃及到处游荡,哭得像个孩子。他说他会挖出自己的眼睛,擦净埃及所有码头工人鞋子上的尘埃,跳下悬崖,余生都躲进洞里。摩西每说出一句谎话,伊西斯就会呻吟、叹息、呜咽,发出猫咪满足时的那种呜呜声。摩西的手往下挪,直到碰到她的封禁之处。他仔细地搜寻她的神庙,她带他看遍她所有的房间,带他进入不死之蛇的深处,他与她的那里搏斗,直到蛇软瘫在地。他深深地进入了她的书,舌头舔过她的每一段落,手指翻过她的每一页,大手摩挲了她所有的装订线。

当结束的时候,他把一切都记了下来。都记了下来,全部弄明白了。他起身离开熟睡中的女神,收起所有的工具,然后出发去埃及。

就这样,摩西向所有人宣布,他将举办一场有音乐和歌曲的演唱会,水准大大超过"黑色泥土之音",毕竟这种艺术正在迅速消亡,只有山里的几个老家伙还在表演。他说,这将是场尊贵的音乐会,每个人都必须把那些破烂的动物崇拜、"拨浪鼓"还有其他所有的"管乐器"留在家里,音乐会不允许任何野蛮的舞蹈。不要把那些愚蠢的狗屎带到我的演出中来,摩西说。我是唯一的。这一次,音乐不会被当作跳舞的背景,他是独奏家,观众里的任何人都不能吹口哨、打鼓或者敲铃鼓。奥西里斯教的人非常愤怒,他们知道这是阿托恩主义者的诡计,决定要破坏音乐会。

音乐会的那天晚上,人们像羊群一样被赶进了会场。(不参加将以叛国罪论处。)摩西开始演奏叶忒罗的歌曲,但是歌曲和在老人家的壁炉前演奏时听起来不一样,又平又弱,失去了叶忒罗演奏时的那种出色的节奏。鼓掌的牌子竖了起来,摩西听到了鼓掌声。一个不肯配合的人被拖出场外,被连枷和权杖一顿痛打。坐在包厢里的塞姆西斯和她的流亡者朋友们鼓掌的声音最大,1个希腊人说他要回到希腊宣布摩西比奥西里斯本人在世时演奏的音乐还要美妙。然后,摩西配上文本,开始演奏叶忒罗的音乐,但是他的声音听起来矫揉造作,模仿叶忒罗的口音一听就是假冒。就在这时,舞台上撒下了些粮食谷物,人们开始模仿蛇的声音嘶嘶嘶嘶嘶嘶嘶嘶嘶嘶嘶嘶嘶嘶嘶嘶。公园那边的观众马上遭到殴打,通道上洒满了血。

中场休息的时候,摩西回到了后台,他的阿托恩支持者们正在喝啤酒,他们告诉摩西他有多么厉害,对他大加称赞,这群拍马屁的人自从他回到埃及就处处跟着他。摩西知道事情不对头。门卫中的1个人告诉他,说场馆里有人开始打斗,如果暴力失去控制的话,他们得让军队来帮忙。

别担心,摩西说,接下来我要表演从那本神书里学来的歌曲和舞蹈,人们就会欣喜若狂,爱慕我,年轻女孩会对我寸步不离。

好吧,摩西走上舞台,开始扭动他的臀部,唱出《托特之书》里的文字。这时奇怪的事情出现了,人们的耳朵开始流血,一些人冲到舞台上试图抓住摩西,但是阿托恩暴徒把他们打了回去。1个奥西里斯的祭司再也受不了了,他和其他几个人知道摩西学的是什么,知道法术利用了摩西。

摩西不明白。为什么这些仪式、文字还有舞蹈不能结合在一起?为什么人们没有被感染?为什么人们没有口吐奇怪的语言、没有幸福地抽搐?

摩西检查自己的吉他①,什么东西不对劲。但在那时,奥西里斯教徒从自己的位置上起来,开始吹口哨,美好的音乐飘荡在空中。他们不知道摩西学的法术,但是法术在摩西手里显然并没什么好作用。人们开始放松下来,拿起他们偷偷运进场地的乐器,开始跟着奥西里斯教徒一起演奏。奥西里斯教徒演奏着乐器走向舞台,人们开始跳舞。摩西再也受不了了。

抓住这些人,他大声叫着。人们离他站的地方越来越近,有人开始登上了台阶。1个奥西里斯教徒——是个黑人,他力大无比,能和鳄鱼摔跤,他的朋友们叫他"猎人"——扑向了摩西。但是阿托恩暴徒围住了他,用匕首猛刺他,刺得他浑身流血,他们猛踩他直到他躺在地上失去了意识。看到这一幕,所有的观众都冲向了舞台,摩西被一些阿托恩主义者保护着赶快转移了。人们开始朝

---

① 这里的吉他不是现代吉他,是一种古代弹拨乐器,可以视作吉他的祖先。

着那些奔向皇宫去躲避的皇室马车投掷石头,针对阿托恩主义的洗劫和杀戮持续了整晚。

人们围住了宫殿,有些人跳过了法老警卫队设置的障碍,朝着皇宫投射飞弹。皇宫里,摩西的母亲塞姆西斯在轻柔地啜泣。她哭的方式像希腊人一样,文明而有品位,不像丈夫被杀死后伊西斯的恸哭,那种从内脏里发出的撕心裂肺的痛哭,在她走遍埃及时,她把哀恸传递给人们。(塞姆西斯哭的那种方式,我有个阿拉巴马州的亲戚叫作"得体的痛哭"。——I. R.)希腊朋友们正试图以最快的速度上船离开——这些游手好闲的人里有弟兄俩,还想了个主意——出售被阿托恩暴徒杀死的"猎人"的饰带来凑足跑路的费用。

摩西以为自己可以到露台上去和人们"讲道理"(他母亲的诡辩家朋友们的主意)安抚众人,警告他们他将不再容忍任何粗暴行为,已经准备好了可怕的惩罚来对付所有无法无天的行为。

埃及的女士们、先生们,如果你们继续这种行为,我将对你们发起毁灭性行动。在这变化和动荡的时刻,我们必须保持理智和逻辑。

一块石头打破了那小子的嘴唇。

摩西暴怒之下把权杖扔到了地上,它马上变成了一条蛇。

人们哄笑起来。他们说他是江湖郎中,是术士,是骗子,是培多罗爱颂的巫师,和不到15块钱就让人死而复生的廉价的江湖骗子一样,对他冠以各种蔑称。

人们开始拥向皇宫。摩西只好回到了屋里,他的母亲正在那里轻柔地啜泣,用手绢轻触她那柔软光滑的脸庞。

他斥责她:看在老天的分儿上,你能不能停下,我正在集中精力想办法。

突然,他有了个主意。摩西跑到自己的屋里,从伊西斯给他的书里撕下了一页。他回到露台上,下面的民众推倒了大树,正用树干来猛撞皇宫的大门。摩西大声地念诵作法口诀,刚开始一片寂静,然后人们开始往尼罗河跑去,他们看到巨大的蘑菇云腾空而起。

几分钟后,极其可怕的尖叫声从那个方向传过来。众人四下逃窜,互相踩踏,飞奔着找地方躲藏。这是神书历史上的转折点。

左手的作法现在已经上升到右手作法的程度。正如著名的音乐家大胖子华勒后来所评价的:"之前右手负责所有的作法,左手自行设法拨弄弹奏一个普通 8 度音,或者一般的基础和弦;现在两手平分了作法,左手也学会了所有技巧。"

摩西的大爆炸甚至让塞特的魔法师们相形见绌。第二天早上,鱼和河里的其他生物都死了,被冲到了尼罗河的河岸上。

伏都教传统说法是,摩西从叶忒罗那里学会了所有的伏都教秘术,并教给了他的追随者。海伦娜·布拉瓦茨基①持相同意见:"自由共济兄弟会成立于埃及,摩西把神秘教义教给了以色列人,耶稣传给了门徒,然后流传给了圣殿骑士。"但是这无法解释为什么他学到的是培多罗爱颂,而不是拉达。我的理论是,因为他在错误的时间接近了科普托斯的伊西斯,刺激了她邪恶的一面,因此学到的是神书的这一面。有人说,摩西和他的阿托恩追随者不久之

---

① 海伦娜·布拉瓦茨基(1831—1891),人们称她为"布拉瓦茨基夫人"。传说她出身于俄罗斯贵族之家,先后旅经土耳其、埃及,最终定居欧洲,是 19 世纪晚期著名的占星家,1875 年在纽约创建通神学会,著作有《揭开面纱的伊西斯》(1887)和《秘密教义》(1888)。

后就开始流亡。①

叶忒罗听说了北部发生的核袭击和愤怒的暴民的一切,他告诉了西坡拉。西坡拉坦然地接受了,她很高兴之前叶忒罗没有在一怒之下施法让摩西的母亲塞姆西斯染上白色麻风病。叶忒罗是个好人,一旦你开始用培多罗作法,就很难戒掉。

许多年后,某1天,摩西"和他的上帝交流之后"回到家里,看见他的孩子们围在神牛埃皮斯前跳舞,奥西里斯活的灵魂就栖身在神牛中。摩西听到了"异教之音"②(铃鼓奏响的黑色赞歌,布吉、爵士、南方音乐、放克、低级爵士乐)。在埃及,他已经很久没有听过了。摩西从他的儿女手中夺过那本可怕的书,孩子们正玩得快活,疯狂地跳舞。摩西想要扔掉这本书,他已经发誓再也不用了,但是他不敢烧毁这本书,他害怕作法的威力。因此,他把它藏在神龛里,后来这本书丢了,成了"佚失的摩西之书"之1。

● ○

几个世纪过去了,到了1118年,圣殿骑士在所罗门神殿的原址成立了他们的总部。这个组织是模仿波斯人哈桑·本·萨巴赫③的暗杀组织成立的,二者有类似的机构:大团长、大院长、骑士、骑士随从、俗人修士,圣殿骑士甚至有些穆斯林的色彩,同他们的对手条顿骑士团和医院骑士团以示区分。他们中包括肮脏的无赖、暴徒、被逐出教会的"亵神的罪人",他们的衣服一直穿到稀烂。也

---

① 《非洲文明介绍》——约翰·G.杰克逊著,约翰·亨利克·克拉克博士作序。——原注
② 《摩西之书》:8,9,10——亨利·伽马什。——原注
③ 哈桑·本·萨巴赫(？—1124),伊斯兰教什叶派的伊斯玛仪派支派的尼扎里耶派(阿萨辛派)创始人。

许这也并不是特别糟糕,毕竟那时候,甚至法国国王也不过是每年换3次衣服。他们是群暴徒,以十字架的名义"骚扰"亵神者、通奸者和其他罪人,以此来证明自身存在的正当性。(他们自任法官,判决他人是否犯下了某种界定模糊的罪行。)他们的势力不断扩大,当他们拯救第2次十字军东征免于覆灭之后,他们强大到能够自行决定所有的事务。亨克尔·范温普顿是圣殿骑士团的图书管理员,一天晚上,在图书馆的地下室码放书籍的时候,他突然发现了一条密道,结实的台阶通向一处古老的房间。就在这里,他找到了《托特之书》,伊西斯给摩西的神书,奥西里斯的助手——黑色鸟人的作品。(如果有人认为这是将"过去的历史神秘化",那请你查一下当地的鸟类书籍,你会发现圣鹮的鸟类学学名就是埃及圣鹮。)

他把这本书给了他们的领袖雨果·德·帕英,当时此人刚从特鲁瓦①教堂理事会回来,教会授予了圣殿骑士永远不被开除教籍的特权,他正为此兴奋不已。他们开始翻译象形文字,但是,这本书不愿受他们摆布,呈现出最不好的一面。它为了和舞蹈、音乐结合,把所有的爱和拉达保存了起来。他们从书里得到的是奇怪的仪式,叫作"圣殿守则"……学者们说这一守则已经失传。他们偷偷地进行培多罗仪式,这时他们的命运发生了扭转。1187年,萨拉丁——埃及和叙利亚伟大的黑人苏丹萨拉丁·尤素福·本·阿尤布——带领7万大军把他们从"圣地"赶走。亨克尔·范温普顿带着神书逃走了。

这不过是他们衰亡的开始。他们和欧洲的君主们结盟,试图

---

① 特鲁瓦,法国中东部城市,奥布省首府。在中世纪时期,特鲁瓦是重要的贸易城市。

在1244年重新夺回耶路撒冷,但是1248年他们遭到蒙古人屠杀,1250年阿拉伯人又一次打败了他们。1303年他们完全失去了作用,因为这时候再也没有可以保护的"圣地"了,所有的"圣地"都重新回到了穆斯林手中。

  法国的腓力4世虽然是圣殿骑士团从巴黎的暴民手中救出来的,但是他本人鄙视圣殿骑士。有人说他无能又爱猜疑,他们不准许他加入骑士团,因为他不够强壮,无法通过审核。圣殿骑士放贷,当腓力4世向他们借钱时却遭到了拒绝。最后,国王对当时的骑士团领袖雅克·德·莫莱提出了一个计划,让他们和竞争对手医院骑士团结盟发起另一次圣战,这次由法国王子领导。腓力认为这是一个聪明的办法,可以处理掉圣殿骑士的财富。当雅克·德·莫莱拒绝这一提议时,腓力让教皇克雷芒,一个"病夫",把他们送上了审判台。1307年,教皇克雷芒命令欧洲的君主逮捕他们境内所有的圣殿骑士。腓力逮捕了莫莱,指控他从事亵渎神灵的奇特仪式,包括崇拜黑人神巴弗灭。这不过是圣殿骑士被神书蒙蔽而进行的仪式罢了。37个圣殿骑士被烧死在巴黎的火刑柱上,在整个欧洲,有5万人被抓起来杀死。2个领袖都被处死了,死时嘴里还在诅咒国王和教皇。亨克尔逃走了,圣殿骑士团转入地下活动。他们的仪式被讹用,形成了共济会,你会看到共济会的源头也来自于所罗门圣殿。^① 不管亨克尔到欧洲什么地方,都会被一代又一代的支持者藏起来。这样持续了几百年,直到19世纪90年代,他来到了美国,所有的叶斯格鲁症状都在美国,这些症状感到有可能要和神书的文本结合了,就纷纷呈现出来。许多年过去了,

---

① 《共济会简明史》——加尔文·艾拉·坎法特。——原注

阿托恩主义者征服西方时成立的秘密执法团体壁花会，一直对他紧追不舍，遍布全美国的侦查员都在查找圣殿骑士的图书管理员。壁花会能够迫近他是因为《托特之书》藏得太浅，亨克尔无论到哪里，哪里的叶斯格鲁就会抬头。这时，亨克尔·范温普顿想了个好主意。他选了14个叶斯格鲁病毒携带者，每个月付给他们钱，让他们流动着把文本寄来寄去，每次都改变伪装，这样当局就不会起疑心。条件就是这些人之间不能有任何私人交情。

这样文本绕着圈传来传去，私下里传递。亨克尔·范温普顿在《纽约太阳报》找到了工作，就在那时，他以新闻头条的形式向壁花会发出了一个试探信息，披露了他们在海地的战争。而美国的新闻发言机构之前收到消息，说这件事绝不能宣扬。当然，壁花会调查是谁掌握了他们的机密，结果发现是亨克尔。首先，他们彻底搜查了他的公寓，因为比起拿到他的尸体，他们更希望得到那本书，他们认为烧了那本书他们就可以永远消除叶斯格鲁。亨克尔和他们达成了协议，大意就是他会把神书交给他们，如果这是叶斯格鲁所要的东西的话；另外他的骑士团会负责对叶斯格鲁的圣战。但是名单上14个人里的1个人，我们不知道是谁，把书给了阿卜杜勒。文本终于稳定下来，阿卜杜勒开始翻译作品，这时叶斯格鲁发展壮大，开始向曼哈顿移动。

有了神书的文本，叶斯格鲁会成为拉达，而不是摩西和圣殿骑士的培多罗。当亨克尔写信给14个人要求他们归还文本时（他们收了钱，以为这又是一个把所有钱都留给自己的猫的那种古怪的百万富翁），他从他的专栏作家伍德罗·威尔逊·杰弗森那里得知阿卜杜勒手里有一本书，听起来像是他送出去的那本。他接近阿卜杜勒，当阿卜杜勒拒绝时，他就杀死了他。阿卜杜勒留下了一首

关于《美国-埃及棉花》的短诗:

> 似线似团;成捆地跳动
> 在中心之下
> 躺着大鸟

我们破解了这首诗,意思是书就藏在棉花俱乐部中央的地下,阿卜杜勒曾经在那里因为游荡和攻击轻佻女孩被捕过。他被捕的那天晚上,恰恰是他刚把神书藏在那里。他在死前翻译了那本书,他的翻译本落到一个出版人手里,此人拒绝出版该书,但是最原始的宝藏还藏在棉花俱乐部下面。我们挖出了盛书的盒子,发现上面有圣殿骑士的印章,我们追踪到了亨克尔·范温普顿,因为阿托恩秩序的壁花会委派他打造一个说话机器人,这是壁花会计划的第2阶段,制造一个"发言人",让他偷偷地教育新黑人来抵抗叶斯格鲁,避免叶斯格鲁传播。根据书盒子上的印章,我们把它和亨克尔·范温普顿联系了起来。你们看,他现在正戴着印章呢。

客人们把目光转向亨克尔,他露出个虚弱的微笑,满脸通红,紧紧地抓住戴在脖子上的坠饰:2个骑士骑在1匹马上,象征着圣殿骑士守贫的誓言。

当我们听说他计划今晚介绍"唯一有想法的黑人诗人",一切都清楚了,我们马上赶了过来。

> 对非洲魔法和仪式的研究……确认了一种看法,那就是非洲黑人从事的所有扰乱意识的作法都源自古埃及。
> ——彭尼索恩·休斯,《巫术》(1965)

这种词源解释是否能相信?在海地仍有些神秘的传说片段,说盖德是第一个被拉格巴神拯救的死人,拉格巴把他的灵魂从水下唤起。如果盖德们今天挥舞的节杖对应着奥西里斯被阉割的阴茎——它把荷鲁斯送入了伊西斯体内,那么这件事可能有些道理……

——弗朗克斯·赫胥黎,
《隐形者:海地的伏都教神灵》

54

人群一片寂静。女主人刚刚闻了嗅盐醒过来,当她看见拉巴斯、赫尔曼和 T. 马里斯还有他们身边站着的 6 个高大的黑人时,马上又晕了过去。7 个男人把她抬进了楼上"太阳王"路易 14 的卧室里。

亨克尔·范温普顿和胡伯特·"窃贼"·谷德浑身大汗淋漓。几内亚艺术评论家汉克·罗林斯终于开口说话了。

我一个字也不相信,你是捏造的。如果是亨克尔·范温普顿付钱让人流动传递文稿,谁会这么傻把它给了阿卜杜勒?

是啊,范温普顿费力地挤出声来,你能解释吗……

而且,汉克·罗林斯继续说,根据你的故事,亨克尔·范温普顿得有 1000 岁了。

亨克尔和胡伯特·"窃贼"·谷德紧张地笑着。

他们是 1000 岁了,布莱克·赫尔曼说,亨克尔和他的同伙谷德——也是最初的 9 位骑士之一——学会了欺骗死亡。他们甚至连他们的领袖也没告诉,他们学会了阿拉伯的一种药方。

为什么,谁会相信这样的胡言乱语呢,这是我听过的最傻最愚蠢的说法!

听着,大伙儿,我是纽约最容易相处的人,亨克尔转向宾客说。我带着抹黑了脸的"窃贼"·谷德来这里,只是因为我想把他写的新黑鬼音乐剧介绍给大家,名字叫《哈莱姆手鼓》。你们中的媒体人士应该理解宣传的好处,对不对?古老的文稿兜圈子传递,荒唐……谁会把它送给阿卜杜勒呢?

是我。

众人转身看见……看见……巴迪·杰克逊!!

杰克逊走到众人前面。

我在你的名单上的名字叫作威利·B. 约翰逊,我从没见过你,但是每个月我都收到你的支票,我把它给了连鞋子都没有的寡妇和孩子。我是布瓦耶1号共济会的大团长,1845年3月18号王子霍尔共济会即非洲1号会馆开创了我们这支共济会,而王子霍尔共济会是1776年英国共济会总会馆的大团长——坎伯兰公爵特许成立的。我代表的是友谊兄弟会、神秘10姐妹、全世界草原女儿保护水牛群仁慈团体、东西半球的加利利渔夫联合会;我是东方之星和真改革者联合之源的代表,也负责调停当地支部的纷争,其中的支部包括水晶泉、莎伦的玫瑰、深谷百合、善意会、安全之舟、不沉会、携手会、加萨韦会、东方新星会和毗斯迦山会……愿为您效劳,巴迪说着取下了他的方格帽子和雪茄并鞠躬。

布莱克·赫尔曼、帕帕·拉巴斯和巴迪·杰克逊微笑着以古老的黑人方式握手——阴户包裹阴茎的形式。

可你不过是个卑贱的流氓,一个穿着狐狸皮大衣的棕色皮肤的上流社会妇女从后面大叫。

你闭嘴,布莱克·赫尔曼训斥那个女人,她窘迫得浑身发抖。

请允许我介绍我的副会长、初级会长、财务官和秘书。几个人走上前来,其中2个就是在"约克镇警佐"施利兹死的那天晚上在种植园俱乐部扔掉假发的人。

但是你是怎么对这件案子有兴趣的,巴迪?拉巴斯问道。

城里的白人会馆不想和我们打交道,他们拒绝承认我们会馆的地位,虽然我们是由王子霍尔批准的,王子霍尔又是被英国授权的。我们反正也不想离他们太近,至少我们大多数人不想。当我们的纽约会馆申请纽约州会馆时,他们拒绝了,理由就是我们的地位是"非法"的。他们对我们扯什么"专属地域管辖",说1个州只有1个会馆——他们的会馆。如果真是这样,他们的大多数会馆都是非法的,事实上,共济会学者说他们就是非法的。他们中有个叫阿尔伯特·派克的将军,在他写的名叫《共济会会规与教义》册子里,他把我们称作"低等的野蛮人",在伊利诺伊州大会馆1899年会议记录的第1附录里,我们被称作"无知、无教育、不道德、不诚实的"。我们和他们的全国契约决裂了,这是个本身名声有问题的文件。我们将根据海地将军布瓦耶命名的"布瓦耶会馆"改名为"共济会联合会馆"。我们很奇怪,我们已经很清楚地表明不想和他们有任何关系了,他们为什么还是要继续攻击我们。我们决定把他们的白人会馆成员从哈莱姆赶出去,所有成员都赶走,包括"约克镇警佐"施利兹和警察局局长。

我们觉得,如果我们能经营自己的共济会馆,包括记账和制定法律法规,那我们就能经营自己的买卖。但是针对我们的恶意打击一直不见丝毫缓和。你知道我们是怎么做的吗?

怎么做,帕帕·拉巴斯问道,他的枪对着亨克尔和"窃贼"·谷德,谷德的满脸大汗和油彩混在一起。

我们有些浅肤色的兄弟,你知道,他们是潜伏的分队,他们的势力直达这个国家的最高层。这些忠诚的黑人装作白人,是乔治·斯凯勒[①]笔下的我们第5纵队[②]的战士——非洲1号会馆的创

[①] 乔治·斯凯勒(1895—1977),非裔美国作家,哈莱姆文艺复兴的代表人物。
[②] 第5纵队,指在内部进行破坏,不择手段意图颠覆、破坏国家团结的团体。现泛称隐藏在对方内部、尚未曝光的间谍。

始人王子霍尔本人就很像白人……不管怎么说,我们浅肤色的混血兄弟渗透了白人会馆,那时我们发现了他们为什么不愿意我们在身边,不愿意我们掺和共济会,不愿意我们把会馆叫作所罗门圣殿,等等。

我们发现有个圣殿骑士,一个大团长,在1890年潜入了美国,当他们邀请他参加时,他反而避开他们,因为他鄙视他们对作法的知识认识有限。我们了解到的情况印证了我们的猜测,共济会神秘学背后的黑人根源比我们预想的还要深,而且还发现,这个人手里有黑人神书。他们很担心我们发现这一切,他们想把我们从此地赶走,正是因为这是我们黑人的神秘学!可想而知。他们指责我们擅自进入我们自己的领地。实际上我们并不那么介意,我们已经发明了我们自己的文本和俚语,这是他们的学者嘲笑的对象,虽然这些学者总想在我们身边晃荡,来参加我们的集会,刺探我们的仪式。东方之星的姐妹团的宪章是以我们的神秘语言写成的,白人说这是俚语或者方言。有天晚上,1个兄弟告诉我们,甚至连天主教的弥撒都是以埃及的黑人仪式为基础的。当他们怀疑我们知道了真相时,他们就派"约克镇警佐"和他的手下来我们的地盘进行肮脏的勾当,目的是除掉我和我的干事们。这看起来像是一次黑帮交火,但实际上,这是熟悉内幕的人在斗争。白人绝不会承认他们犯下的剽窃罪行,他会偷走你所有的东西,然后还要对你各种辱骂。他会扯出什么标准,大谈礼节。所以当神书根据亨克尔的指示到了我手里时,你可以想象我有多吃惊。我决定将计就计,拿着他给的钱把它传递了14遍,但是第15轮的时候,我听说阿卜杜勒懂得埃及文,就把书给了他。

现在多数听众都坐在通往楼上卧室的楼梯上,有些人回到其他房间跳舞,其他人聚精会神地在倾听。

我仍然有怀疑,几内亚艺术评论家说。这可能是个骗局,如果你拿到书的话,让我们看看。

其他人也异口同声要求拉巴斯给他们看看在棉花俱乐部的舞台下发现的那本书。

当然可以,帕帕·拉巴斯回答说。赫尔曼,我看着这2个罪犯,你能不能去拿……

瘦高个的助手 T. 马里斯冲进屋子里——

55

帕帕·拉巴斯！赫尔曼！叶斯格鲁消散了！收音机上说的。

什么！帕帕·拉巴斯扭头看向布莱克·赫尔曼。

哈！几内亚艺术评论家叫道。这说明你的前提并不是根据合理的经验事实，他拔高了英式口音说道。在社会动荡的时候，你们这样的人总是会抛弃理智，求助于芒博琼博的胡言乱语。如果正如你刚才胡乱解释的那样，你妄想的这个叶斯格鲁真是在寻找作法，你手里又掌握了作法，那它怎么会彻底失败呢？回答我！

是啊，回答，亨克尔和谷德赶紧附和几内亚艺术评论家。

现在有了支持者，几内亚艺术评论家汉克·罗林斯又要说话。

你不需要回答任何问题，拉巴斯、赫尔曼。如果你愿意，我和我的人会帮你把这些罪犯送到监狱里。

不，我们要向这些人证明神书是真的，不然他们就不会认真对待我们的话。赫尔曼回答说，拒绝了巴迪·杰克逊的好意。

几内亚人和一些宾客站在一起，他双臂交叉抱在胸前，脚拍打着地，露出得意扬扬的嘲讽微笑。

去拿那本书，T！

T. 马里斯去车里拿回来一个巨大的闪闪发光的盒子，上面装饰着亮闪闪的宝石拼成的蛇和蝎子图案。

看到这么华丽的盒子，女士们禁不住倒吸一口气。上面可以看到圣殿骑士的徽章：2个骑士骑着骑士团的花斑马博赛。T.马里斯把盒子放在地板中央，打开第1层是铁盒子，第2层是铜盒子，盒子光芒耀眼，他们不得不把天花板的灯调暗些。在铜盒子里面是个枫木盒子，枫木盒里是乌木盒，再往里是象牙盒子，然后是银盒子，最后是金盒子，然后……是空的！

亨克尔和谷德交换了一个微笑。

我们不管怎么说都要带走这两个人，帕帕·拉巴斯和布莱克·赫尔曼开始推着亨克尔·范温普顿和谷德往门外走。

这不合法，你不能就靠这么薄弱的证据就把人带走，几内亚人横插在谷德、范温普顿和逮捕他们的人中间抗议道。

巴迪·杰克逊从裤子后面的口袋里拿出一把黑杰克枪，狠狠给了艺术评论家一下，对方缓缓倒在地板上。

帕帕·拉巴斯、赫尔曼还有他们6个身份不明的助手加上T.马里斯往门口走去。这时门开了，进来几个无产阶级的黑人妇女和他们的小孩。小孩指向了胡伯特·"窃贼"·谷德，这位儿童文集的作者，曾经的投机客，如今的"激进教育专家"，圣殿骑士团的创始成员，在那个光荣团体里曾被称为"高加索黑色摩尔人"。

就是他，就是这个人，妈妈，一个扎马尾的小女孩指着胡伯特·"窃贼"·谷德叫道。他拿走了我们的作业，还总在学校操场上晃荡，用录音机把我们说的话全录了下来。

妈妈们冲进了屋子里，开始用她们的雨伞痛打胡伯特·"窃贼"·谷德的胳膊和腿。

停！等一下，姐妹们！布莱克·赫尔曼劝道，你们别急着打他，让我们来吧，我们会处理好这个骚扰孩子的人，放心吧。可能会有人来找孩子们，让他们叙述他的所作所为，但是现在，我们得把他带走。

布莱克·赫尔曼,一个妈妈在他面前摇晃着手指警告他说,你最好处理好这个人,否则我和你可没完。

女人们知道能得到公正的处理,放心地离开了。

● ○

布莱克·赫尔曼和拉巴斯带着他们的犯人离开,但是走出"乌班吉女王"的大宅之前,拉巴斯又一次回头看向那些宾客,他们像是红宝石一样照亮了20年代的兴盛时期,有时候人们会把红宝石和天青石、绿松石、紫晶石混淆,但是红宝石能够庇护人们免受神灵的侵害,这种宝石能稳定人的神经,抵挡邪恶之眼。

拉巴斯的洛克莫比尔汽车和赫尔曼的斯蒂庞克8缸直排式总统车里分别坐上了3个保镖,一行人向曼哈顿开去。

你们绝不会得逞的,比夫·马索怀特在欧洲,等他回来,他会把我们从你们这些所谓的、假冒的侦探手里救出来,范温普顿得意地笑着威胁说。

拉巴斯根本没有留意自己押送的罪犯。当T.马里斯到达哈莱姆125街的时候,汽车右拐然后进了市区,然后右拐驶向废弃的码头。

嗨,你们这是去哪儿? 纽约监狱在市内!

哦,正如你所说,拉巴斯回答道,我们是不够格的侦探,没有纽约官方颁发的执照,但是我们在海地有管辖区。我们要把你交给其他的主管部门。

但是……我不明白。

你会明白的。

他们到了废弃码头的街上。此时已是午夜,明月含血。

这是什么意思?亨克尔被从车里推了出来。布莱克·赫尔曼和其他人把胡伯特·"窃贼"·谷德从总统车里带出来。这时候,他已经疲惫不堪,整个人皱巴巴的,活像是哈勃·马克斯①的卡通画。

他们把犯人推上了"黑羽毛"的舷梯,推进了大厅。贝努瓦·本特维尔走过来。

他装作吃惊的样子。我们何德何能,让如此尊贵的客人屈尊光临?

我会控告你……我有社会关系。为什么这艘船会非法停在这里……你最好放了我们,我和很多高层的人很熟,亨克尔说。

等会儿,亨克尔,贝努瓦说。我们准备带你短途旅行一次。

既然把犯人交给了他们,布莱克·赫尔曼和拉巴斯就准备要离开。

还有些小孩,胡伯特·"窃贼"·谷德用了他们的手稿,如果你想让他们提供证据的话,他们会乐于做证的,拉巴斯说。

很好,赫尔曼、拉巴斯。谢谢你们的配合,不过我想我们不需要了。

拉巴斯顿了顿。你知道叶斯格鲁减弱了吧。你觉得出了什么事,贝努瓦?

我知道我不该说的,我认为我们海地人不该插手你们内部的事情。你会明白的,你能自己找到答案,我们唯一能给你们提供的就是一个据点,毕竟我们离非洲更近。

---

① 哈勃·马克斯(1888—1964),美国喜剧演员,马克斯三兄弟之一,擅长小丑和哑剧等搞笑表演。

3 人握手道别。

再见了,赫尔曼、拉巴斯,我祝你们成功和好运。记得要供奉你们的神灵。

有1件事,拉巴斯问道。你说还有1个同谋在城里,你打算怎么对付他?

特·布顿要亲自对付他,大师很少直接负责行动。

2人下了船,耳边还响着胡伯特·谷德和亨克尔的抗议声。

嘿,我要……我要一路告到最高法院去,亨克尔抗议道。

对,我也是,亨克尔,谷德骑士赞同大团长。

拉巴斯和赫尔曼向他们的车走去。

我想我可能会有一年左右看不到你,拉巴斯。

你要去哪里?

一些印度僧侣邀请我去寻找大佛额头上消失的珠宝,这场搜索行动会让我接下来忙上好几个月了。

等你回来记得联系我。

我会的,布莱克·赫尔曼边说边上了汽车,开走了。

拉巴斯和T.马里斯往芒博琼博大教堂驶去。

你觉得什么出了问题?

我不知道,T,我们应该早点打开盛书的盒子,但是我们当时太兴奋了,太傻了。

他们抵达芒博琼博教堂,往里走的时候,一个乞丐过来乞讨,他头发花白,衣衫褴褛。这个小个子黑人看上去好像好几个月没洗澡了,他的衣服破烂不堪,破旧的大衣上扣子都脱落了。他的眼里看起来似乎盛满了多年的痛苦。

先生们,帮帮我这个不幸的人吧,求你们了!

可怜的人,拉巴斯伸手从口袋里掏出枚 25 分的硬币。你怎么了?

我才 29 岁,但是看起来不像。那天晚上我说出了那些词,那天晚上我们让种植园俱乐部所有人都神魂颠倒。我说了那些词,然后她就消失在空气中,嘿嘿嘿嘿嘿嘿嘿嘿嘿嘿嘿。消失在空中,你明白吗?她消失了,像只精致美丽的白鸟一样消失了。**白鸟,你明白吗?** 那个人抓着拉巴斯的衣服领子哭了起来。

朋友,拜托。这是 25 分钱,给自己买点热汤喝吧。

哦,谢谢你,先生,那个人一瘸一拐地朝一家餐馆走去。

看起来世道艰难,T. 马里斯对拉巴斯说,他们看着皮特匹克博士拿着施舍的钱走向一家小餐馆。

当他们步上芒博琼博教堂楼梯的时候,拉巴斯拿出钥匙准备开门。意外的是,门从里面开了。

厄琳!他们两人拥抱住她,就像家人重聚一样。

我前阵子病了,但是现在我感觉好极了。

好的,至少这是件值得高兴的事,厄琳。

你听说叶斯格鲁的事了吗,老爹?

是的,厄琳,我知道了。

拉巴斯和 T. 马里斯走进教堂空无一人的房间。

噢,老爹,今天有封信到了,现在的邮递速度太慢了。是阿卜杜勒·苏菲·哈米德的信,是在他生前最后一天的下午寄来的。

让我看看,拉巴斯说着,赶紧打开了信封。

Dear LaBas;

It was a pleasure meeting you the other night. You and that Herman fellow proove that even anachronisms have their charm! I called you so that you could have a look at the manuscript i translated into the language of "the Brother On the Street."

A copy sent to a publisher was lost in the mails. All I received was a rejection slip indicating that it had been returned. O well, maybe it will turn up someday. Doesn't really matter. They say they can no longer find a market for this work. Isn't that incredible!! A Sacred Black work, if it came along today would go unpublished!

They seem only interested in our experience's seamy side. But this is necessary now. Works of reform. Works, which will assist these back ward, untogether niggers in getting themselves together. We must change these niggers! Change niggers! Niggers, change! Change! Change! Niggers! Make them baaaaaaad niggers!

亲爱的拉巴斯：

那天晚上很高兴见到你和赫尔曼那个家伙，你们证明了就算是不合时宜的人也有其魅力！我写信给你，想让你看看这部我翻译的文稿，我采用了"街头兄弟们"的语言！

我邮寄给出版社的那份已经在邮递过程中丢失了。我收到的只有一封拒绝信，说明有人已经审读过了。好吧，可能哪天书稿又会出现了呢，没什么关系。他们说如今找不到这本书的市场，简直是难以置信！！神圣的黑人作品，如今出现了，居然连发表的机会都没有！

他们似乎只对我们丑陋的经历感兴趣。但是现在，这些改良的作品还是有必要的，这些作品会帮助那些落后的、一盘散沙的黑鬼们组织起来。我们必须改变这些黑鬼！改变黑鬼！黑鬼，改变！改变！改变！黑鬼！让他们成为"坏黑鬼"！

2

Hopefully, one day all of us shall be able to express a variety of opinions, styles, and values, LoBas, but for now we need a strong man, some one to "whip these Coons into line." Let the freedom of Culture come later. I know this sounds contradictory but I don't have God's mind, yet!

I really wanted you and Herman to see this Book, the Book of Truth, but now you won't have a chance... for I have burned it!! It has gone up in smoke!!

When I translated it I didn't give it too much thought, but now that I have had a chance to read it over a few times,

I have decided that black people could never have been involved in such a lewd, nasty, decadent thing as is depicted here. This material is obviously a fabrication by the infernal fiend himself!! So, into the fire she goes!! It is our duty to smite the evil serpent of carnality

希望有一天，我们所有人能够表达不同的观点、风格和价值，但是现在，拉巴斯，我们需要一个强大的人，一个能够"用鞭子让这些黑鬼听话"的人。让文化自由来得晚些吧！我知道，听起来自相矛盾，但是我毕竟没有上帝的头脑！

我真的想让你和赫尔曼看看这本书，《托特之书》，但是现在你没有机会了……我已经烧掉它了！！它已经灰飞烟灭了！！

当我翻译的时候，我没有仔细思考过，但是现在有了机会，我又读了好几遍，我决定，黑人绝不能接触这样一本淫荡、下流、颓废的书。这本书明显就是地狱恶魔亲自捏造的，因此，她就该被扔进火里！！我们的责任就是要毁灭充满肉欲的罪恶之蛇。

3

I am going to sell the beautiful, precious box, the Book of Thoth arrived in, from the proceeds I will build a great Masque in whose reading room, only clean and decent books shall be kept. A fence is coming to my office this afternoon to inspect it—

I left behind a code dealing with Egyptian-American Cotton so that if anything happened to me someone could locate the Book of Thoth, this serves no purpose now & so I will destroy the note as soon as I get a chance. I will remove the box from the Cotton Club where it's stored and return it to the office for the fence to see.

As-Salaam Alaikum!
Abdul Sufi Hamid

我要卖掉装着《托特之书》的漂亮的、珍贵的盒子,卖来的钱我会建个清真寺,寺里的图书馆只存放干净体面的图书。一个负责黑市交易的家伙下午要来我的办公室验货。

我留了个密码,是关于埃及－美国棉花的,这样如果万一我有什么不幸,别人还能找到《托特之书》,现在这都没有意义了,所以有机会我会尽快销毁那个密码。我要把盒子从棉花俱乐部取出来,拿到办公室里让黑市交易人来看看。

真主至上!

阿卜杜勒·苏菲·哈米德

临到最后还坚持审查制度,他自作主张,决定黑人——他声称自己爱的人——应该看什么样的作品,真让人难以理解。很明显,阿卜杜勒烧毁了书,叶斯格鲁感应到了文本的灰烬、祷文的灰烬,枯萎死去了。希望下次能有好运吧。

你觉得是什么让他焦虑不安,老爹?

站在门口的厄琳看到了这一切,她低下头为拉巴斯难过,他可能有生之年都看不到自己这么渴望的东西了。

我想我明白。他把自己当作路障,设卡来检查所有通过者的100万种感官的所有数据,他是思想的巡逻人,对所有的加速行驶或者U型拐弯的想法和思想开罚单,但是这些思想太多了,他根本处理不了,这让他陷入了危机。他无法阻止1个人所受的影响,浩瀚的思想,独立的思想——就像是银河里的兆亿颗星星。这些能量太大了,远超过了他的能力,最后他肯定知道,自己会遭受古人愤怒的惩罚,古人不会允许别人篡改他们的神圣思想。在我们的传统中,思想就像是神殿。

这是叶斯格鲁的终结吗?

叶斯格鲁既没有终结也没有开始。它甚至早于那些数亿年前爆炸后导致我们存在的小球体,甚至可能是叶斯格鲁导致球体爆炸的。我们会有一阵子见不到它了,但是等它回来,我们就知道,它从来没有离开过。你看,生命不会完结,生命并没有终结,要离开的是死亡。叶斯格鲁是生命。它们两者就像是2个骑士舒服地骑在1匹马上。他们会竭力去压抑叶斯格鲁,但是它只会反弹发展。我们会制作我们未来的文本,未来的一代年轻艺术家会完成这个任务。如果东方之星的姐妹团能做到,他们也能。我们一起去餐馆吃个三明治怎么样?

好主意,老爹,厄琳说。

她把黑色镶边的帽子歪歪地斜戴在脑袋右上方,帽子和她棱纹的灰色针织裙、腰上的黑腰带形成漂亮的对比,她胸前戴着大大的黑色珠子。

3人走下楼梯,到了街上,走了几个街区才到餐馆。进去之后,拉巴斯点了3个汉堡。餐馆后面的房间是店老板一家的起居室,里面有部收音机正开着。

情况报道:全国人民表达感激的电报涌入了总统办公室。根据白宫的调查,20:1的人支持总统针对叶斯格鲁危机的收紧措施。黑佛(Heeber)总统说,人们可能在挨饿,销售在下跌,卡巴莱和酒馆都关张了,但是舞蹈结束了。前面还有一段困难的时期,我们可能要经历焦虑的阶段,但是如果我们死了,没有1个人会说我们死得没有尊严。

……在欧洲休息度假一周之后,艺术拘留中心的馆长比夫·马索怀特乘坐所向无敌的巨轮泰坦尼克号起航回国,他驳斥了他将竞选州长的传言……近日海军将从海地撤军……姆塔斐卡的白人成员索尔·温特格林在监狱里自杀了,他的口袋里发现了一份名单,警察开始逮捕这个臭名昭著的艺术品窃贼团伙……

厄琳和T.马里斯已经吃完了。女招待给拉巴斯拿来账单。
3个汉堡75分钱?
别看我,女招待说。批发商说他们买牛肉要多花钱,农民说草料的价格涨了,种麦子的农民涨了钱,种西红柿的农民要支持种麦子的农民,人们再也不能像以前那样高标准了。照这样下去,我们很快就得上街叫卖了。

拉巴斯从兜里拿出钱来放到柜台上,3个人准备离开。

多么漂亮的玩偶!厄琳看见穿着酋长服的黑人神巴弗灭,他头巾中央的红宝石闪闪发亮。噢,是不是很漂亮,她指着女招待身后架子上的玩偶,对拉巴斯和T.马里斯说。你从哪里买的?厄琳问道。

哦,我妈妈在长岛一个白人疯子家里干活。有一天她"拿"了一些东西,把白人藏在屋子里的箱子拿回了家,我们打开看见了这个黑人小玩偶。放在这里不错,是不是?

很可爱,厄琳说。

好吧,我说咱们走吧?帕帕·拉巴斯问。

老爹,今晚我能不能开你的车,你知道,我就要回林肯大学准备秋季学期了,有个小妞……她……

当然,开吧。

T进了车里。厄琳和拉巴斯站在餐馆外面。

老爹?

怎么了?

我之前的所作所为肯定很傻,我精神崩溃那件事。

我不认为是精神崩溃,我有我的理论。精神崩溃听起来太像新教徒了,我们认为你被神灵附体了。我们的办法管用了,不是吗?你要知道的就是如何施法。

是啊,我想多了解一些,老爹。我想去新奥尔良、海地、巴西以及整个南部,研究我们古老的文化,我们的伏都教文化。也许30年后,逐渐地,未来的艺术家能从我的研究里有所收获。谁知道呢,老爹,我现在信叶斯格鲁。

真的吗?

是的,她说。他们经过一家时装店,店里的海地服装和首饰价格锐减,他们走过大街上门窗被木板封上的卡巴莱,经过关门的酒馆和倒闭的唱片公司。大街上几乎一片荒废,人们等候叶斯格鲁来侵的热情也一去不再,曾经,人们热情地加入到叶斯格鲁的爵士先头军里。

老爹,你知道,我接连好几天忽略了给神龛上的 21 号托盘供奉添食。

这也许和你被神灵附体有关系。

是啊。

你应该早和我解释,那个特定的仪式是关于什么的,老爹,也许我会更尊重它。如果你们有经验的人不把你们经历的东西告诉我们,我们年轻人怎么能知道这些呢?有时候,我觉得,不管我们多么大声地宣扬它的美,我们还是以自己的经历为耻。每一代人都注定要重复上一代人犯下的错误,这成了个循环。

我以为你不想听我说话呢。

老爹,我有 2 张拉法耶剧场的票,你想去看吗?半个小时之后开幕。

愿意,如果你不介意一个老头陪你去的话。

得了,老爹,少来这套,老爹,你只不过是自己觉得老了。

两个人走向几个街区之外的影院。很快,他们看到了新戏的标题,一部关于未来的戏剧:

《芒博琼博假日》

帕帕·拉巴斯记得布莱克·赫尔曼称赞过这部剧,但是阿托恩的评论家们批评它全是胡扯。不管怎么说,看来吸引的观众不少。

尾　声

　　1909 年,"……起先它脱颖而出,在南部、西部和东北部的几个地方发展。它不管任何阶级、种族和意识"。1899 年,《音乐导报》的一个编辑作家——实际上是个阿托恩主义者——写道:

　　　　社交界宣布拉格泰姆和蛋糕舞是流行,你可以惊讶又厌恶地看到,历史和贵族名流们加入了充满性欲的舞蹈,这是非洲狂欢放荡的温和版本。

　　蛋糕舞和拉格泰姆是未知因素的症状,**精神传染病专家**的难题。在亨克尔·范温普顿对那些知情者发出信息的 11 年前,西格蒙德·弗洛伊德受命来美国诊断这种现象。(你应该记得,西格蒙德·弗洛伊德在一个小城市里长大,一座高达 200 英尺、以圣母玛丽亚命名的尖顶教堂笼罩着这个城市,影响了他。他开始把人的"神经症"追溯到这种基本关系引发的状况。母亲和儿子! 你听到多少次埃勒克特拉情结①?)

　　弗洛伊德的真正天赋在于给像诺亚方舟一样古老的现象取一个新名字,他像美国的肥皂商人一样精于此道,这就是为什么他在

---

① 埃勒克特拉情结,指女性在儿童时期形成的恋父憎母情结。与之相对应的是男孩恋母情结——俄狄浦斯情结。

这里比在他自己的地盘维也纳更有名。

当他们一行人驶入纽约港的时候,弗洛伊德正喝着迪克西①纸杯里的饮料。在尼亚加拉大瀑布前,他充满了敬畏,然后他驶入了美国灵魂的腹地,就在这繁星下的熊之国里,他看到了溃烂的病毒。

弗洛伊德晕了过去。他习惯了奥地利快乐的华尔兹圈子,可敬的、干净整齐的家庭,"文明的"仪式和规章,他看见的东西肯定让他非常不安。弗洛伊德的弟子们赶紧给他们的老师递上了嗅盐。自从他控制了所有的"偏激妄想"并因此获得了一枚刻着旅行者向斯芬克斯像提问的奖章之后,自从他和卡尔·荣格就泥炭藓的化石对峙的那次之后,他们还没见过他有如此的爆发。

这个人看到了什么?这个头脑清醒、理智、"过于谨慎"并且"贞洁"的人看到了什么?"黑色的泥潮。"他后来说。"我们必须制定教义……不可动摇的壁垒来抵制黑色泥潮。"他说。当他还是个孩子时,从教堂里回来就模仿牧师,以"自以为是的方式"重复牧师的布道。

一个高个子、戴眼镜的人召开了一次新闻招待会。

问:博士说的"黑色泥潮"是什么意思?
答:他说的是神秘主义。
问:那么,为什么他使用了教会的语言:"教义"?
答:这只是种修辞手法。
问:但是根据他的理论,修辞不是有潜在的深意吗?

---

① 迪克西,美国一个专门用来装饮料或者冰激凌的纸杯的品牌名。

……求你们了,荣格博士说道。不要再提问了,我要回去看博士了。

1个记者坚持问了另1个问题。

问:博士,你离开之前,能不能说一下弗洛伊德博士对美国的印象如何?

答:他认为,这是个"巨大的错误"。

弗洛伊德不喜欢预言,他也没有资格做出诊断。他曾经承认,自己并没有"内心深处这种'大海般'的情感"。他缺乏与这个世界的和谐,所以他无法看清这到底是什么。

后来,荣格去了纽约的巴法罗,在晚餐桌上,他看到了弗洛伊德所见的景象。居住在美国的欧洲人经历了一种转变,荣格把这个过程叫作"变黑"①,然而这位缺乏热情的瑞士人并没有公开这个秘密。

奇怪的是,关于美国最有见地的描述似乎都是欧洲人或者黑人做出的:缪尔达尔、托克维尔、荣格、特罗洛普、赫尔顿、克莱伦斯·梅杰、艾尔·杨,或者是那些了解欧洲和美国的黑人:赖特、鲍德温、切斯特·海姆斯、约翰·A.威廉姆斯、威廉姆·加德纳·史密斯、西塞尔·布朗。我曾经翻阅过一本关于西部的图画书。令我印象深刻的是,白人总是在照片或者画作的中央,而黑人总是离中心很远。中心总是暴力的:枪战、私刑、谋杀和虐待。如果是室内场景的话,黑人一般站在门口的地方,注视着中心。

墙上的钟表指向晚上10:00。讲座一个小时之前已经结束了,

---

① 《美国心理学的复杂性》,首次发表(1930)的名称是《你的黑人和印第安人行为》——卡尔·G.荣格。——原注

但是一旦帕帕·拉巴斯开始讲,他就停不下了。他是个盖德,喋喋不休、贪吃、爱挖苦、爱讽刺,但是不惧权威,不怕走到总统的办公室要贡物。

弗洛伊德所说的"黑色泥潮"是什么意思?为什么之后会出现刺杀文化英雄的事件?1914年斯考特·乔普林宣布说,拉格泰姆"让这个国家着了迷",之后他被带到了沃德岛。在那里,他们用休克疗法一点点消除他的魔力。[①] 斯考特·乔普林用他召唤未知因素的能力治愈了很多人,未知因素就是弗洛伊德看到又无法定义的东西,詹姆斯·威尔登·约翰逊称之为"叶斯格鲁"。

"它不归任何人所有,"约翰逊说,"歌词是不雅的,但是曲调极有魅力。"叶斯格鲁,这个东西让查理·帕克能够奏出喜马拉雅山

[①] 乔普林1916年因为精神错乱被带到了纽约沃德岛的曼哈顿精神中心,1917年在此死去。

的曲调,即兴、拨弄、飞弹、滑翔、倾斜、飞腾,达到神的速度。叶斯格鲁触动约翰·卡特兰①的次中音,挑起奥蒂斯·瑞丁②的嗓音,给布莱克·赫尔曼灵感写出让弗洛伊德都艳羡不已的关于梦境的词典。叶斯格鲁是艺术家的疯狂,它宁愿含混不清,不愿意"整齐、干净、清楚"。叶斯格鲁是备受鄙视的,它的敌人包括阿托恩秩序、培多罗洛阿的左手操作者们,还有那些绷得太紧无法从悬崖峭壁前起飞的人,他们蠕动着叮叮当当地下去又浑身打战着上来。叶斯格鲁是遗失的祈祷仪式,在寻找宗教的祷文。它的词语、赞歌被神秘的团体控制,这个团体,这些受辱的骑士,"拯救第二次圣战不被伊斯兰部落歼灭"。叶斯格鲁需要自己的话语来告诉携带者该

---

① 约翰·卡特兰(1926—1967),著名的爵士乐音乐家、萨克斯风手,继查理·帕克之后对爵士乐贡献最大的乐手之一。
② 奥蒂斯·瑞丁(1941—1967),黑人歌手,以演唱黑人灵歌著称。

干什么。叶斯格鲁是在寻找自己文本的影响力,不管什么时候,只要它知道了自己的文本和舞谱的藏身之地,它就去往那个方向。19世纪90年代,它零星地出现,又被赶回洞穴里。叶斯格鲁如今还在跳动,因为20世纪20年代它出现了,并且发展了。它曾激动人心。如果它找不到文本,会被人误认为是娱乐。它基本的舞步据说是由最早的"种子人"的助手记录下来的。

叶斯格鲁不断地兜圈子,直到20世纪20年代,它注入了美国式的"歇斯底里"。当时我就在那里,我是个私家侦探,有家"新伏都教"的疗法中心——批评者们叫它芒博琼博大教堂——我给自己颁了爱颂,给自己执照,我是个办案子肆无忌惮的玄学侦探。20世纪20年代有个关键的案子,那时叶斯格鲁横扫整个国家,不管美国人喜欢或者不喜欢,他们面临的要么是"鹰岩"舞,要么是"秃鹰飞扑"舞,要么是加入传染病,要么是隔离它,要么是跟着叶斯格鲁,要么是继续对壁花会保护下的阿托恩秩序效忠。壁花会是这个团体的行政骨干,由爱发牢骚和讨人嫌的人组成,没有人会去问他们:

"我可以要这个吗?"

帕帕·拉巴斯注意到有些学生开始离开会场,现在快到晚上10:30了。

我该结束了……有问题吗?

一个女人举起了手,她的发型做成了一个巨大柔软的黑色棉花球。

好的?

帕帕·拉巴斯,你怎么会100岁高龄的?

供奉我的灵魂,孩子。如果不给精神提供它需要的独特的维生素,就算是健康的身体也毫无用处。这是我给你们每个人的处方,这个方法从我们古老的创造者发明持续至今。

你是说,女人继续提问,有些灵魂决定了我们的精神传承?

是的,表面上说,它和占星学的方式差不多:天堂里发生的一切对我们地球上的生命有一定的影响。当然了,"天命占星学"被阿托恩学者讹用了,过去几千年来,他们用自己的传统偏见影响了这门艺术,我们不再使用埃及人、阿兹特克人或者巴比伦人使用的系统。比如说,金牛座被描述成——他的主要特征是可靠、耐心、缓慢、诚实、可信。听起来,阿托恩秩序的能手们对金牛座托鲁斯已经怀恨几千年之久,寻找一切机会来阉割这个人物,而且你看,他的颜色是柔粉色的——他们创造了一只虚弱的公牛,让他成为第5大道萨克斯百货①的橱窗装饰。我真想知道他是不是还玩橄榄球,上脱口秀呢?

他们是最早的小报编辑,他们在赫利奥波利斯篡改了古老的文本。他们在黄色新闻的早期就围在一张马蹄形桌子旁密谋,让他们的英雄看上去容光焕发、神采奕奕,丑化别人的英雄。虚伪的新闻编辑室。

根据对金牛座和黑人神灵的描述对比来看,海地的巫师们还保留了基本上未经篡改的文本。洛阿神阿加维·米诺利曾炫耀说,在女人身上的时候他的阴茎坚硬无比,他的球状龟头亮得像面镜子。

海地的巫师,还有非洲和南美的祭司们,能够鉴别附在人身上的神灵或神,希腊人也了解这门艺术,这是因为"种子人"被埃及头号阿托恩主义者谋杀之后,他的助手们逃亡到希腊时教给希腊人的。

———————
① 萨克斯百货,美国的高档百货商店。

希腊人给埃及的奥西里斯和伊西斯建造了神庙，在那里，人们可以自由地发狂，这样神灵就会进入他们的头脑；还有训练有素的祭司们密切关注他们，这些祭司都知晓狄奥尼索斯从埃及带来的知识。一切都记在这本字典里，里面总能找到适合你头脑的东西。"种子人"的助手们逃到苏丹、努比亚时牢牢记住了这些知识，后来奴隶把这些知识带到了美国。成千上万的神灵和特定仪式结合的时候，有些特征发生了改变，就像黄道12宫和其他星系结合时一样。这些仪式主要是拉达和培多罗，它们并非天生是好的或者坏的，关键在于人们怎么用。恩贡们用右手操作仪式，廉价、邪恶的**波克**用左手操作仪式。从古埃及到现在的北美，人们都不赞成左手作法和下流作法。

所以，不管哪里出现了未经篡改的文字，阿托恩主义者都会闻风赶来。他们知道叶斯格鲁需要它的文字和舞步，否则它就只不过是一时的时兴，没有实质内容它就无法流行起来。当人们打败了阿托恩的宗教军队，他们的世俗部队又会紧随而来，这些人善于编造些受大众欢迎的词来迷惑大家，让人们分不清招摇撞骗和真正的深度。驱魔仪式变成了精神分析学，符咒变成了诅咒，神灵附体变成了精神失常。这说明了为什么要以"给加勒比地区带来稳定"的名义对海地发动战争，这场战争比越战持续的时间还要长，但是你几乎没听说过它，因为这是对付黑鬼的战争。1914—1934年，南方海军——"因为他们知道怎么对付黑鬼"——企图摧毁海地政府、毁灭他们的经济，是为了从源头消灭毒气，以消除叶斯格鲁的废气。正如詹姆斯·威尔登·约翰逊推测，布鲁斯就是叶斯格鲁，拉格泰姆就是叶斯格鲁，紧追随它的爵士是叶斯格鲁，俚语也是叶斯格鲁。

黑人教授打断了帕帕·拉巴斯。

我们今天的时间到了,帕帕·拉巴斯。非常感谢你今晚和我们大家在一起。帕帕·拉巴斯是来自20世纪20年代的特殊人物,他关于那个黄金年代的传奇故事,以及他对我们今天庆祝的这个节日所起的影响,都让我们听众兴奋不已。

学生们微笑地看着老人收下了装着酬金的信封。他喜欢每年一次来大学里做关于叶斯格鲁的讲座。所有的学生都戴着他们自己设计的叶斯格鲁纽扣徽章。

帕帕·拉巴斯轻快地走出教室门,他戴着高顶礼帽、茶色眼镜,拿着手杖,还是20世纪20年代熟悉的那身行头——1919年海报上"英俊的陌生人"一样——致命,多疑的——

帕帕·拉巴斯?

一个上了年纪的粗哑的声音叫他。他转过身来,是他。这个忠于实证作法的老头,抹除了他的祖先引以为傲的所有预言。上次叶斯格鲁发出试探性声明,放出试探信号并短暂兴盛之后,他在写作中嘲笑它。他想给人们注射防疫针,说叶斯格鲁必须要模仿史蒂芬·克莱恩和马克·吐温,才能取得成就;说叶斯格鲁就像是坐旗杆和吞金鱼的把戏一样,是短暂的流行。他的意象一直没什么变化,因为叶斯格鲁的艺术让他紧张不已,他不知道该拿它怎么办。在上次神志清醒的采访中,他表示后悔自己曾反对霍夫曼、卢宾、齐默尔曼、披头士和先知诗人,这些人和保罗·怀特曼、德沃夏克、弗雷德·阿斯坦、苏菲·塔克、梅·韦斯特、丹·莱斯、乔治·格什温等人一脉相承,靠的是模仿黑人。这些人唱着布鲁斯,获得流行度,设法接触叶斯格鲁携带者,就是为了受它的影响,他们装模作样地说着黑人英语。他批评他们反常的句法和语法,如今他恨不得能宽容一些,但是太晚了。这些模仿者的势头在衰退,真正的黑人成员已经接手。叶斯格鲁知道了它的正统血统,毕竟利物浦不是孟菲斯,蒙特雷爵士音乐节上的不是真正的黑人。现在这些模仿者退居二线,让位给叶斯格鲁携带者——摆放在美国南方人意识草坪上的黑人骑士。① 他们的出现让萨特金矿的淘金者们神经过敏。

这些人不允许出现在自由竞争的赌场的转盘、牌桌和老虎机前,因为有个戴着贝雷帽、有八字胡和山羊胡的黑人绅士曾在那里掷了 7 个 7。人们说他对骰子施了伏都,这也是叶斯格鲁的因素。

携带者们也在学习,只要他们上台表演,像那些善于饶舌的小丑一样,他们就算是背诵电话号码簿里前 15 排的列表也能让大家着迷不已。他们有市政厅、卡内基和希尔顿酒店大舞厅的演出机会,但是当他们批评阿托恩秩序的偶像时,奇怪的事情就会发生。令人难解的是,书店订不到他的书了,他的磁带失踪了,盒装的麦克风离他说话的地方大约有 15 英尺。这类阿托恩主义者所说的"偏执妄想"就会出现。

这一切都归根于吉卜林的洞察,所有人——左派、右派,等等——都想戴着他们的遮阳帽,骑在他们的文化大象上,但是萨布再也不想当他们的向导了。②

但是这个曾经蔑称"黑人研究是黑眼豆豆"的可怜家伙不得不站在高处呐喊,就像之前宗教界的阿托恩主义者一样,大讲弗洛伊德、马克思还有那些陈旧的名字。他就像是个尴尬的石像鬼③,沮丧地看着自己之前的崇拜者们无视他,进入了叶斯格鲁的中心。这就是异教神秘学的力量。

---

① 美国南方过去常见的一种装饰,在草坪上、大门口摆放一个穿骑士服的小人雕像,往往是黑人男孩,骑士的手可以用来系缰绳。
② 根据吉卜林的小说改编的电影《大象小子》中的印度男孩,叫萨布。
③ 石像鬼,也叫滴水嘴兽,用石头雕刻的嵌在屋檐上的一种装饰。

有时候,他会不断地抱怨,他母亲和父亲作为移民在纽约的服装区①如何辛苦。每个人都应该有地方住,有东西吃,对于身体大家并没有不同意见,关于头脑的意见不同而已。

拉巴斯认为每个人都应该有自己的想法,或者神的想法,但是阿托恩主义的世俗"体系"却不允许。所谓经济人,就是这些吃喝无忧、缺乏自己意志的机器人,把自己的头脑让给了太阳神。这个可悲的老家伙想要叶斯格鲁感染者和他有同样的想法。停止这套叶斯格鲁,这个让人能够整晚上兴奋不已的东西,停止喧闹的大喊大叫,停止卡布·卡洛维的嘿嘀嘿嘀吼。

他想让他们服从他的思想,阿托恩主义的思想。拉巴斯想要大家拥有各自民族流传下来的思想或者创造新的思想,人的头脑就该像个图书馆,把图书堆起来足有 1000 英里长。因此他和帕帕·拉巴斯的争论是关于人的头脑,不是人的身体。

帕帕·拉巴斯想要忽视这个意识形态的流浪汉,但是没办法,这个人跟着他到了停车场。

拉巴斯,你为什么要把你的过去神秘化?这些年轻人需要的是明确可知的东西,不是敲着邦戈鼓②的叶斯格鲁。

邦戈鼓需要非常精湛的技术,它的节奏、词汇比法语、英语或者西班牙语还要丰富,它曾经是种口头语言。

得了,老头笑着说。得了,帕帕·拉巴斯。

帕帕·拉巴斯进了车里,老头就站在驾驶员的窗户旁边。他吸着烟斗,他的脸有些臃肿,面色红润。

每年都有学生邀请帕帕·拉巴斯到学校去讨论哈莱姆复兴。毕竟他本人参加了这场"黑人觉醒",去过那些卡巴莱、酒吧,他还

---

① 曼哈顿的一个区,以服饰和潮流著名,曾经有大量的东欧移民在此谋生。
② 邦戈鼓,黑人用手指弹奏的小型鼓。

知道很多画家、演员和电影制作人。他了解公园大道和奋斗者街①上的那些人,他曾经参加过哈德逊湾欧文顿的庆祝会,也去过猪肠交换派对。但是孩子们最感兴趣的莫过于他年过百岁的事实。

帕帕·拉巴斯发动了汽车引擎,一个油箱灯坏了,美丽的内饰也都褪色了,车里那部法式电话早就撤了。

那个人还站在那里,脸上有种奇怪的受伤的表情。上了年纪的食蚁兽会笑吗?

帕帕·拉巴斯,你必须和这些学生说清楚。他们必须牢固地掌握经典、严肃作品,那是人类自希腊时期开始的成就,人类成就之后就像是只脖子被拧断的小鸡,摇摇晃晃地发展起来。(有次在私下的采访里,他说他不知道是该摒弃叶斯格鲁还是该追随它。他的语言体现了这种犹豫不决。)

帕帕·拉巴斯继续选择忽视他。他想要回家,他们准备好了蔬菜和猪头来庆祝这个节日。

你能不能靠边点儿?

汽车颠簸了一下,驶了出去,这辆1914年②的洛克莫比尔汽车这时已经有了自己的意志。那人像沙袋一样跌倒在停车场的人行道上,他看起来没有受伤,他从人行道上爬起来,开始笨拙地跑着追汽车。他停了下来,满怀痛楚地捂住了胸口。

帕帕·拉巴斯从后视镜里看到,那个人可悲的身影转身,开始往学校慢慢走去。他可以在榆树下睡一觉,第二天早上他又能爬上高高的讲坛,滔滔不绝地讲弗洛伊德、马克思和年轻人,等等等等。他就像是另一个年代的遗物,像是霓虹灯标志里不亮的那个

---

① 奋斗者街,哈莱姆区的一条有历史意义的街道,又叫作圣尼古拉斯大道,这里以19世纪的赤褐色建筑著称。
② 前文是1915年,应该是作者的笔误。

字母,单调、乏味、邋遢的可怜家伙。他没有多少时间了,可能顶多70—75岁,还应该是个年轻的人。帕帕·拉巴斯的车拐弯上了大桥,他看见曼哈顿的灯光,他暗笑着想起了自己的讲座:幻想之旅,离题的旅程,教室里的人知道他在谈什么。

20世纪60年代的人说他们不理解他。(在圣克鲁兹的时候,学生们退席了。)在西雅图的时候,他们问,你是什么意思?那座城市的中心点——太空针——会时不时地消失不见。20世纪50年代在底特律的时候,他们会问,你在说什么? 在20世纪40年代,他常出现在空无一人的图书馆里。20世纪30年代的时候,他和所有其他人一样,希望弥补回自己的损失。20世纪20年代的时候,他们都知道是怎么回事。20世纪20年代如今又回来了,甚至更好。阿纳·邦当①在《黑色雷电》里是正确的。时间是个钟摆,不是一条河,更像是因果循环。(汽车驶向曼哈顿的霓虹天际线,摩天大楼像魔法树一样闪闪发光。镜头定格。)

1971年1月31日下午3:00
于加利福尼亚,伯克利

---

① 阿纳·邦当(1902—1973),非裔美国诗人、小说家,代表作《黑色雷电》(1936)。

图书在版编目(CIP)数据

芒博琼博/(美)伊什梅尔·里德著;蔺玉清译.
－北京:北京燕山出版社,2018.5
ISBN 978-7-5402-5146-8

Ⅰ.①芒… Ⅱ.①伊…②蔺… Ⅲ.①长篇小说-美国-现代 Ⅳ.①I712.45

中国版本图书馆 CIP 数据核字(2018)第 118356 号

MUMBO JUMBO by ISHMAEL REED
Copyright:© This edition arranged with LOWENSTEIN ASSOCIATES INC.
through Big Apple Agency, Inc., Labuan, Malaysia.
Simplified Chinese edition copyright:
2019 Beijing Uni-wisdom Media Culture Co. Ltd
All rights reserved.

芒博琼博

［美］伊什梅尔·里德 著
蔺玉清 译
丛书策划／赵东明
责任编辑／尚燕彬 朱 菁
装帧设计／小 贾 张 佳

北京燕山出版社出版发行
北京市丰台区东铁营苇子坑路 138 号嘉城商务中心 C 座　邮编 100079
全国新华书店经销
北京市松源印刷有限公司印刷

开本 850×1168　1/32　印张 9.5　字数 208,000
2019 年 7 月第 1 版　2019 年 7 月第 1 次印刷

定价:45.00 元

版权所有　盗版必究